CANNIBALE BLUES

BEATRICE HAMMER

CANNIBALE BLUES

roman

ÉDITIONS PÉTRELLE

Merci à Pierre Brévignon pour ses conseils,
à Jeannine, Elisabeth, Laurent et Michaëlla pour leur hospitalité,
à mes parents pour la liberté,
et à Gro pour l'élan qu'elle sait.

© Editions Pétrelle, 1999.
24, rue Pétrelle 75009 Paris

ISBN 2-84440-004-3

Pour Armand et pour Héloïse

Première partie

I

Celui-là, je l'ai repéré tout de suite. À la descente de l'avion, engoncé dans son imper Burberrys acheté aux puces, les bras disparaissant sous une valise en Skaï mal ficelée, un sac de voyage gonflé de bouquins sur l'épaule, le nez pigeonnant, la bouche molle, les lunettes rondes cerclées de fer, le crâne vaguement dégarni, il avait tellement l'air comme je les aime, modeste, idéaliste, plein d'illusions, que j'aurais bien crié de joie, si j'avais été seul. Enfin, quand je dis ça, c'est une façon de parler, dans ma famille on ne crie pas.

Ramou. On pourrait croire que c'est un surnom. Mais non. Ça ne s'invente pas, il s'appelle vraiment comme ça. Ramou. Philippe Ramou, comme le précise la fiche de débarquement que Jean-Bosco me donne, après m'avoir ignoré pendant dix secondes, m'avoir conseillé de m'occuper plutôt de mes taxis en ville, avoir claqué la langue pendant que j'invoque le secret d'État, rétorqué qu'il sait bien, lui, que le secret, ce n'est rien d'autre que ces années que j'ai passées à croupir chez les Blancs, qui m'ont gâté le sang et la cervelle, puis froncé les sourcils en disant, va, prends cette fiche, je vais prier pour qu'Imana te remette la tête à l'endroit.

Quelquefois Jean-Bosco se demande à quoi ma mère pensait le jour où elle a rejoint mon père, ce qui me fait plisser les yeux, lever un doigt menaçant, prévenir qu'à sa place je n'insulterais pas ma famille, parce que ses cris s'entendent de très loin ; d'autres fois il réfléchit, fait la liste de mes possessions, m'interroge sur chacune, puis, en levant les yeux bien haut, il demande à la cantonade, mais quel besoin a-t-il, cet enfant-là, avec ses nombreux biens, sans un seul parent à nourrir, quel besoin a-t-il d'être là, à rôder dans l'aéroport autour des fiches de débarquement, alors que les filles n'attendent que lui et qu'il serait bien temps qu'il fonde une famille ; mais à chaque fois, immanquablement, la fiche atterrit dans ma poche, et Jean-Bosco décide de prier pour qu'Imana m'accorde grâce et me guérisse.

L'écriture de Ramou est fine, resserrée, délicate ; les lettres sont tracées si consciencieusement que je le parierais instituteur, n'était la mention « économiste » à la rubrique « profession ». L'adresse qu'il donne est celle de la Mission de coopération française, ce dont je ne peux que me réjouir. Dans la catégorie tiers-mondiste désireux de comprendre l'authentique âme africaine, de réparer les erreurs des Blancs, prêt à jurer qu'il n'y a rien de plus beau que l'art nègre et le son des tambours, dans cette catégorie-là, les Français sont ce qu'on fait de mieux, si l'on excepte certains Belges, qui sont presque hors concours.

L'âge qu'il a indiqué correspond à mes prévisions : notre Ramou vient d'avoir vingt-quatre ans. Il a probablement fini tout récemment ses études universitaires, et a choisi de sauver l'Afrique plutôt que d'aller faire son service militaire. Pas tout à fait le cran d'être objecteur de conscience, mais quand même assez idéaliste pour avoir renoncé à être officier de réserve, comme ses diplômes le lui permettent à coup sûr.

Pour l'heure, mon protégé est en train de passer la douane ; il a attendu longtemps, il transpire sous ses lunettes cerclées de fer, ses vêtements de mi-saison sont bien trop chauds, l'aéroport n'est pas climatisé, il a l'air à la fois piteux et grandiloquent, fatigué par son voyage mais exalté par la certitude qu'il a de vivre un instant mémorable, ce tournant dans sa vie, sa rencontre avec l'Afrique, ses mystères, sa misère, mystères qu'il va élucider, misère qu'il va soulager.

Devant lui, faisant la queue bien sagement, il y a Innocent, le cousin du ministre, un habitué qui fait le voyage une fois par mois grâce aux billets que les différentes compagnies aériennes offrent régulièrement à son cousin en témoignage d'amitié, de reconnaissance, de respect ou de coopération. Innocent en profite, il fait les courses pour toute la famille, frigos, voitures, télévisions, magnétoscopes, chaînes stéréo, sans oublier le champagne de France. Les douaniers le connaissent, Innocent est le passage obligé pour obtenir une voiture neuve trois fois moins cher : lui seul peut échapper aux taxes d'importation. Il passe bien vite, sans même qu'on touche à ses deux gros attachés-cases.

C'est le tour de Ramou. Plein de bonne volonté, il esquisse un sourire, c'est le premier Africain d'Afrique avec qui il entre en contact, sa bouche tremble un peu tant il est soucieux de bien faire. Il sourit toujours quand le douanier lui demande d'ouvrir sa valise en Skaï.

C'est Abdoullaye. Je ne pouvais pas rêver mieux.

Il saisit un pull, plié bien correctement dans la valise en Skaï, le déroule, le renifle, puis le retourne sur l'envers, comme s'il cherchait une preuve de quelque chose, qu'il avançait inexorablement, le tout avec une lenteur impressionnante et un calme méticuleux. Une fois passées en revue toutes les mailles de ce pull — une œuvre maternelle, probablement — Abdoullaye le jette négligemment sur la table de fer où la valise est déposée. Il s'empare d'un caleçon avec circonspection.

Ramou, toujours souriant, manifeste quelques signes de nervosité. Il perçoit confusément ce qui risque de lui arriver ; mais sa prise de conscience est encore vague ; il remue quelques pensées rassurantes, heureux de constater le sérieux de ce douanier.

Une demi-heure plus tard, le champion de la lenteur zélée

pose délicatement au sommet de la pile de linge le dernier slip, pour lequel il s'est surpassé. Le sourire de Ramou ressemble maintenant à un rictus, la sueur perle distinctement à son front, mais il est soulagé. Il se dépêche de fourrer ses hardes dans sa valise en Skaï, en commençant par le linge de corps, quand Abdoullaye lui demande, très poliment, avec cet air d'impartialité dont il a le secret, de bien vouloir ouvrir à présent le sac mou qu'il porte sur l'épaule.

Un frisson de désapprobation parcourt l'assistance— près de dix personnes contemplent la scène —, mais le scrupuleux douanier, imperturbable, explique qu'il a pour consigne d'attacher une attention particulière aux bagages à main, qui, contrairement au fret, n'ont pas subi d'autre contrôle. Il y va de la sécurité de l'État, conclut-il ; il ne fait là que son devoir de fonctionnaire assermenté.

Je ne m'étais pas trompé, ce sont bien des bouquins. De loin, je reconnais les couvertures : il y a là une véritable anthologie de la littérature tiers-mondiste bien-pensante. Soucieux, sans doute, de ne pas se départir de son idéal pendant son séjour ici, ce brave Ramou a fait un stock.

Abdoullaye n'est pas vraiment un intellectuel. Pour lui, René Dumont ou Maurras, c'est du pareil au même. Il entraîne Ramou dans le petit bureau des douanes. Là, sans se presser, il s'installe confortablement, sort d'un tiroir un épais cahier, et se met au travail. Du bout des doigts, il saisit le premier livre, consulte longuement son cahier qui recense les ouvrages subversifs. Soucieux de ne rien laisser échapper, il tourne les pages une à une sous le regard hagard de Ramou.

Si Abdoullaye n'était pas, par ailleurs, l'être le plus borné et têtu que je connaisse, pour un coup comme ça, je deviendrais son frère immédiatement.

Jean-Bosco, qui a fini son service, passe à côté de moi, claque la langue et me dit, petit, je t'assure que tu as mieux à faire, va à la ville, les filles n'attendent que toi, tu le sais bien.

Au fond, il n'a pas tort ; je vais dire un petit bonjour à une copine.

Fortunata : une belle petite gueule, des yeux de biche, des lèvres veloutées, une nuque gracile, des fesses qu'elle ne répugne pas à tortiller entre les bras des pauvres Français qui se sentent seuls loin de chez eux. Elle a trouvé la planque : hôtesse-secrétaire à la Mission de coopération. Elle les voit arriver tout frais, les petits Blancs. Depuis qu'elle a pris goût à ça, je ne l'invite plus pour la nuit, mais, en souvenir du bon vieux temps, elle ne me refuse jamais un petit service, d'autant qu'elle sait que je travaille pour la Sûreté.

En l'occurrence, je veux en savoir plus sur Philippe Ramou.

Fortunata me gratifie de son sourire énigmatique, tortille élégamment sa croupe, l'air de demander si vraiment ça ne me tente plus, et va me chercher le dossier convoité.

Je suis verni : Ramou est affecté pour deux ans à l'Institut polytechnique. Il y sera chargé de plusieurs cours dans son domaine de prédilection : économie générale, microéconomie, macroéconomie, planification, économie du développement. Voilà qui explique sans doute la quantité de bouquins tiers-mondistes que ce brave Abdoullaye doit être encore en train de décrypter, pendant que — qui sait ? — Ramou, à bout de forces et de nerfs, s'est effondré sur le sol dur et poussiéreux, prenant ainsi directement contact avec la terre africaine.

Depuis quelques années, le ministère français de la Coopération a instauré une nouvelle pratique, pour les volontaires du service national (dont, comme je l'espérais, mon petit Ramou fait partie) : chaque postulant est prié d'expliciter ses motivations par écrit, en une ou deux pages. Ce n'est pas que les candidatures affluent, mais les postes de coopérants sont de plus en plus rares : à force de former les élites africaines, il faut bien les caser quelque part. Par exemple derrière un bureau. Précisément à l'endroit où les coopérants ont l'habitude de prendre leurs aises.

Coup de chance, la lettre de Ramou figure encore dans son dossier. J'y apprends avec émotion que mon futur client est *depuis bien longtemps désireux d'apporter sa modeste contribution à la marche de l'Afrique vers le progrès*, qu'il est *persuadé que c'est grâce à l'éducation que les Africains pourront enfin être les propres acteurs de leur développement*, lequel développement se fera, bien évidemment, *non pas selon des modèles occidentaux postcoloniaux préétablis et imposés* mais *grâce à l'imagination créative de cette civilisation, en cohérence et en harmonie avec le passé méconnu de ce grand peuple.*

Je lis tout haut cette dernière phrase à Fortunata, en hoquetant de rire, mais elle n'a pas l'air de trouver la chose aussi désopilante que moi, elle dit qu'elle préfère ça aux vrais anciens colons, ceux pour qui nous étions de grands enfants dépourvus d'âme. Elle ajoute que décidément je suis devenu bizarre, depuis les événements, que j'ai beau m'en moquer, finalement, ma cervelle est presque plus ressemblante à celle d'un Blanc qu'à un de ma famille.

Parfois, Fortunata m'énerve sérieusement.

Elle me regarde droit dans les yeux, secoue sa jolie tête, baisse les paupières et attend sans rien dire.

Je n'ai jamais pu résister aux yeux baissés d'une jolie fille. Je n'y peux rien, il faut que je m'excuse. Mais non, Fortunata, je ne le pense pas, ce que je viens de dire, tu n'es pas bête, et tu n'es pas une pute, j'ai dit ça sous le coup de la colère, parce que tu as parlé des événements. Allons, Fortunata, tu me connais, je suis comme ça, un impulsif, mais tu sais bien qu'au fond de moi je te respecte, tu es si belle, Fortunata. Tiens, si tu veux, ce soir, je t'invite dans un restaurant, un où ne vont que les Blancs et les ministres, si si j'insiste, Fortunata, je n'aurais pas dû t'insulter. Ce sera la dernière fois avant longtemps, après j'aurai trop de travail, fais-moi plaisir, Fortunata, viens avec moi. Mais non, ce n'est pas vrai, je n'aurai jamais honte qu'on me voie avec toi, tu dois savoir depuis le temps que toute honte m'est étrangère, oui, si tu veux, j'aime ça, on peut dire ça comme ça, Fortunata. Alors, à tout à l'heure, je viendrai te chercher vers les sept heures, j'ai encore deux-trois choses à faire, promis-juré, Fortunata, la prochaine fois je ferai attention avant de dire n'importe quoi.

2

Il me reçoit dans son bureau. Depuis qu'il a été nommé directeur de l'Institut polytechnique, il est devenu effroyablement formaliste ; si je ne l'avais pas connu sur les bancs de l'école, chahutant avec moi, ou jouant du tam-tam sur les poubelles de l'internat, je pourrais presque y croire.

Nous échangeons les formules d'usage, je le questionne sur la santé des membres de sa famille, le complimente sur son embonpoint, lui me demande des nouvelles de mon grand-oncle, puis, avec un clin d'œil très appuyé, de mes autres affaires.

Bonaventure, lui dis-je, tu sais que j'ai un grand respect pour toi, tu te souviens des moments difficiles que nous avons partagés, Bonaventure, pour toi je n'ai pas de secret, eh bien voilà, je vais encore avoir besoin de toi, encore une fois pour une raison d'État.

Il m'assure que l'amitié qui nous unit unira aussi nos enfants, et les enfants de nos enfants, jusqu'à ce que la rivière s'assèche et que les lions dorment aux côtés des autruches, puis s'enquiert du nom de cette raison d'État.

Quand il apprend qu'il s'agit de Ramou, il tique un peu. Je me contente de déclarer d'une voix ferme que les ordres sont formels.

C'est suffisant pour qu'il me croie. Que peut-il faire pour

m'aider dans ma mission ? Je lui explique : la même chose que la dernière fois, pour le statisticien.

Bonaventure sourit : rien de plus simple. Et, tiens, je vais même lui prêter une vieille machine à laver, à ce monsieur Ramou. Ça te convient ?

Je me répands en louanges sur l'intelligence et le cœur de mon ami Bonaventure, un grand malin qui, depuis qu'il est directeur, est encore plus malin, je trouve. Il sourit benoîtement, ferme la porte, prévient par téléphone sa secrétaire (dont le bureau se trouve juste derrière la porte qu'il vient de fermer) qu'il ne faut pas le déranger, prend des airs de conspirateur avant d'ouvrir cérémonieusement son coffre d'où il sort une bouteille de cognac et deux verres de dégustation.

Dans ce bureau, on peut parler en toute sécurité, m'explique-t-il en me tendant un verre. J'ai fait tout vérifier cet été. Pas le moindre micro.

Il faut être mégalomane comme Bonaventure pour penser que sa petite personne intéresse tant en haut lieu qu'on a besoin de poser des micros dans son bureau. Comme si l'enregistrement de ses conversations téléphoniques ne suffisait pas amplement.

Entre nous, poursuit Bonaventure en réchauffant son cognac dans sa paume, tu ne trouves pas ça un peu lourd, toutes ces missions qu'on te confie ? Même si c'est pour la bonne cause, ça ne doit pas être amusant, à force. Bien entre nous, tu n'en as jamais marre ?

Je regarde à droite et à gauche, pour m'assurer qu'aucune oreille autre que celle de Bonaventure, mon ami Bonaventure, ne peut m'entendre, puis je chuchote, entre nous si, j'en ai assez, j'aimerais bien qu'ils trouvent quelqu'un d'autre, mais tu sais ce que c'est. Étant donné mes antécédents, je n'ai pas trop le choix.

Bonaventure soupire, puis dit, tout aussi doucement, heureusement pour moi, mon père n'était pas ministre dans le premier gouvernement.

Ma moto me ramène docilement chez moi. Comme un acteur qui prépare son costume, je rassemble mes frusques, un grand tee-shirt où est inscrit Coca-Cola, un jean rapiécé, summum de l'élégance, un ou deux pantalons à pattes d'éléphant, une chemise très cintrée, avec un col pointu, un petit chapeau, mon livre de recettes, fruit de plusieurs années de labeur acharné.

Il ne me manque plus qu'une chose : ce grand cahier, que je m'en vais quérir chez le Pakistanais du coin. Je prends ce que je trouve de plus épais.

La nuit est tombée depuis plus d'une demi-heure. Fortunata m'attend. Je me sens bien, un peu fébrile, mais prêt pour le grand show.

3

Le soleil vient à peine de se lever, sur la colline de l'Institut polytechnique, quand je frappe vigoureusement à la porte de la maison que Bonaventure lui a attribuée.

Ramou est encore en pyjama — un pyjama rayé que j'ai pu admirer à l'aéroport. Il a l'air abasourdi de me voir là, sur le pas de la porte, mon baluchon sous le bras, les yeux modestement fixés sur mes sandales de toile. Sa voix est un peu rauque quand il me demande ce que je lui veux.

En quelques mots, je lui ai expliqué, en ponctuant mon discours de nombreux « patron », que je suis simplement son nouveau boy, celui dont Monsieur le directeur lui a parlé, celui qui va être à son service et à sa dévotion pendant tout son séjour.

Je m'applique à prendre le mieux que je peux l'accent des faubourgs, moins pour Ramou que pour les boys qui officient dans les maisons avoisinantes. C'est une vieille tradition chez nous que d'espionner.

Plus ou moins réveillé, mon futur maître me propose de revenir plus tard. Mais devant mes supplications, mon air piteux de devoir repartir, alors que, patron, si tu veux je te fais tout de suite un très bon petit déjeuner, j'ai déjà travaillé chez des Blancs, patron, je sais tout faire, le directeur, là, ça fait cinq ans qu'il m'a chez lui, il a promis qu'il me reprend après, tu peux lui demander, il est venu me voir et il a dit, le jeune Français, il a besoin de quelqu'un qui s'occupe bien de lui, c'est pour ça que je suis là, patron, tu ne peux pas me chasser, le malheureux abdique.

Il a cédé un peu vite.

Mais la manière dont il se précipite dans sa chambre pour recouvrir son lit défait d'une couverture me redonne de l'espoir : il y a pour lui des choses sacrées. Je ne suis pas venu pour rien.

Un rapide coup d'œil dans la cuisine me montre qu'il n'y a là absolument rien de ce qui serait nécessaire à la confection du petit déjeuner promis : ni victuailles ni ustensiles, les victuailles n'ayant pas été achetées, les ustensiles devant arriver sous quinzaine, dans deux grosses malles qu'Abdoullaye se fera un devoir d'inspecter minutieusement.

Il en faudrait plus pour me décourager. Je fais le tour des maisons avoisinantes, empruntant ici une casserole, là du thé et du sucre, ailleurs du café, du pain et de la confiture, découpe un ananas, épluche une papaye, presse deux ou trois oranges, et en moins de temps qu'il n'en faut pour le dire je propose à mon nouveau maître une collation à la mesure de mon talent de domestique.

À la lueur qui éclaire un instant ses yeux désormais chaussés de lunettes, je sens que mon premier essai a touché juste : Ramou est un gourmand, flatter son appétit, c'est s'assurer de sa reconnaissance.

Il ne me déçoit pas non plus lorsqu'il m'invite à m'asseoir à sa table, pour goûter avec lui ce petit déjeuner de roi. Je refuse doucement mais fermement ; il insiste maladroitement, enfin, Joseph, ça me ferait tellement plaisir, sinon j'ai l'impression d'être un esclavagiste, mais moi, mais non patron, je vois bien que tu es gentil, tu n'es pas un esclavagiste, mais ça ne se fait pas, on n'a jamais vu ça, si moi je m'assieds avec toi, patron, après les autres vont le voir, ils vont dire des choses sur moi, et mes enfants en pâtiront, non s'il te plaît patron, ça amènerait le malheur sur ma maison.

Il me propose alors d'emporter avec moi dans la cuisine ce que je veux manger pour déjeuner moi-même. Je le prends très mal : dis-moi plutôt ce qui ne te plaît pas, patron, je l'enlève de la table, il suffit que tu dises.

L'abîme de l'incompréhension s'entrouvre dans ses yeux, il pousse un profond soupir, puis dit très bien, tout ce que tu as fait est bien, Joseph, je n'ai rien à te reprocher, je voulais simplement, sincèrement, partager avec toi... C'est difficile de se comprendre. Dis-moi ce que je dois faire maintenant, pour montrer que je suis content. Tu dois manger, patron, dis-je en gardant les yeux fixés sur mes sandales.

Pauvre Ramou. Il a du mal à avaler son pain grillé. Son sens moral en prend un coup. Il se représente le tableau qu'il offre, le lendemain de son arrivée, assis à table en train de s'empiffrer, pendant qu'un serviteur noir, plutôt maigre, attend qu'il ait fini pour se nourrir de ses restes. Il se sent coincé, le pauvre homme. S'il s'écoutait, il s'arrêterait là, se lèverait de table, pour que je puisse tout manger à sa place. Mais il a compris que s'il faisait cela, il me blesserait profondément dans mon honneur de boy. Il reste donc assis à table, à mâchonner son pain, sans plus rien oser dire que, tout doucement, d'une voix d'enfant, c'est bon, Joseph, c'est vraiment bon.

Il se sent mieux quand il a fini son café. Il ose alors à nouveau se tourner vers moi — mes yeux rejoignent précipitamment mes sandales — et me propose de m'asseoir, histoire de causer un peu.

Les yeux toujours baissés, je marmonne que j'aime autant rester debout, si le patron veut bien, je me sens mieux comme ça.

Tu sais, m'explique Ramou, c'est la première fois de ma vie que je viens en Afrique, je ne sais pas très bien ce qu'il faut faire, j'aurai besoin que tu m'expliques, dans mon pays, les choses se font différemment.

Mon silence docile finit par l'énerver : Joseph, est-ce que tu pourrais s'il te plaît me regarder quand je te parle, dit-il d'un ton plus vif qu'il ne l'aurait voulu, avant de s'excuser. Il pousse un gros soupir, je sens qu'il est à bout. Les paupières toujours respectueusement baissées, je constate placidement le voyage a dû te fatiguer, patron, tu devrais peut-être aller dans ton lit, et disparais dans la cuisine.

4

Paris, le 15 octobre 1984

Voilà. Les derniers préparatifs sont achevés, malle bouclée, certificats de vaccination tamponnés, toutes les affaires que je laisse en France sont en sécurité dans la cave de Laurent, Juliette a fini par s'endormir, après m'avoir serré très fort dans ses bras en me faisant jurer que je n'allais pas l'oublier là-bas... Moi aussi, je devrais dormir, mais je n'y arrive pas, tant est forte l'impression que j'ai d'être à un moment charnière dans ma vie.

Je peux bien l'avouer, ce qui m'attend, là-bas, pendant deux ans, me terrorise.

Depuis le temps que je dis qu'il faut agir pour le tiers-monde, qu'il faut faire quelque chose pour soulager la misère de ces peuples qui meurent de faim pendant que nous nous gavons sous leurs yeux, ne pas partir, comme Juliette me le demandait, non, c'était impossible.

Mais serai-je capable, à ma manière, d'apporter une contribution, même modeste, au redressement de l'Afrique ? Suis-je capable de transmettre le savoir à des étudiants dont certains seront plus âgés que moi, et qui plus est, dont la culture n'est pas la mienne ? N'est-il pas scandaleux qu'on laisse des jeunes gens inexpérimentés comme moi enseigner à ce qui sera l'élite d'un continent ? Ce choix, même, n'est-il pas révélateur du caractère inacceptable de la situation ?

Il n'est question ni de me voiler la face ni de rejeter sur autrui les responsabilités qui m'échoient. Bien sûr, la politique de «coopération» du gouvernement français est inique. Mais c'est justement pour cette raison que je ferai tout mon possible pour que mon enseignement soit de bonne qualité, porte ses fruits, malgré le handicap de mon jeune âge.

Pour être honnête, ces scrupules, quant à ma possible incompétence, ne sont pas les seules raisons pour lesquelles je ne peux pas dormir ce soir, pas les seuls motifs de cette peur qui m'étreint. Non, ce dont j'ai peur, beaucoup plus prosaïquement, c'est de ne pas être capable de m'adapter à ce nouveau mode de vie, ne serait-ce que matériellement. J'ai tellement été habitué à disposer de mon petit confort...

J'ignore complètement dans quelles conditions je vais être hébergé. La lettre du ministère de la Coopération stipule simplement que les conditions de logement sont identiques à celles des professeurs du pays ; je suppose qu'un professeur a au moins droit à une case individuelle, mais n'en suis pas certain. Quel dommage que mon prédécesseur ait mis fin avant terme à son contrat, et soit − paraît-il − depuis lors en maison de repos... Il aurait pu m'éclairer ne serait-ce qu'un peu, et m'éviter, ce soir, de me tourmenter pour des problèmes si bassement matériels que je me sens honteux.

L'autre raison pour laquelle mon enthousiasme devant cette nouvelle vie qui s'offre à moi n'est pas complètement sans faille, c'est bien sûr la perspective de devoir, au moins pour les six prochains mois, être séparé de Juliette. Depuis bientôt deux ans que nous vivons ensemble, nous avons eu des crises, mais, dans l'ensemble, notre couple est une réussite. Une séparation de six longs mois, pendant lesquels nous ne pourrons communiquer que par courrier, va très probablement fragiliser cette relation, à un moment où je sens Juliette pleine de doutes, sur son avenir, sa vie à elle, la façon qu'elle aura de la mener.

En écrivant, je sens ma gorge qui se serre, comme si, en

couchant simplement sur le papier ces quelques fantômes qui me font peur, je les rendais du même coup plus réels. Juliette, Juliette, je ne veux pas que ces six mois soient pour nous deux le coup de grâce, je me battrai de toutes mes forces pour que nous surmontions cette épreuve, pour que nous en sortions plus forts, pour que ce moment clé dans notre vie devienne le symbole de toutes les espérances.

Mes doigts se crispent sur ma plume, je sens mon dos prêt à ployer, pourtant je sais très bien qu'aussitôt couché je subirai à nouveau la ronde infernale de mes peurs. Au moins demain n'aurai-je plus besoin d'imaginer, il me faudra me battre, concrètement, avec mes faibles forces, en ayant pour seule arme toute ma compréhension.

5

J'avais à peine fini de ranger les ustensiles empruntés, dûment nettoyés, dans les grands placards vides, que voilà mon Bonaventure qui arrive, escorté par le corps professoral de l'Institut. Tout ce beau monde souhaite la bienvenue à Ramou, Souleyman, le doyen, le remercie au nom de tous de consacrer deux années de sa jeunesse à venir éclairer les étudiants de son pays, dans un esprit de confiance et de respect mutuels. Je sens mon maître ému. Souleyman le prend dans ses bras, lui donne l'accolade, Ramou pense qu'il faut l'embrasser, se ravise, rougit, s'excuse de ne pas connaître les coutumes. Bonaventure le met à l'aise, y va d'une anecdote. Moi, tous les copains me l'avaient dit, explique-t-il d'une voix forte, en France, c'est le pays des bonnes manières, les femmes tu dois toujours leur faire le baisemain, j'étais jeune à l'époque, je venais juste de débarquer pour mes études. J'arrive dans la famille chez qui j'allais loger, une famille d'ouvriers, quelque part dans le Nord. On me présente la dame, je m'apprête à lui faire le baisemain, la pauvre dame, on lui avait trop dit que les nègres étaient cannibales, elle a cru que j'allais la mordre, elle s'est mise à crier et ça a fait une belle pagaille.

Tout le monde rit, l'atmosphère se détend. Ramou a l'air presque à l'aise. Peut-être la bouteille de cognac, apportée par Bonaventure en guise de cadeau de bienvenue, et dont j'ai servi copieusement chacun, est-elle en partie responsable de la quiétude doucereuse qui s'empare de lui. Il se laisse même aller à me sourire, sans plus sembler se sentir coupable d'être assis et moi debout.

Le plus gros des membres du corps professoral de l'Institut, ayant compris qu'il n'y aurait rien d'autre à boire que ce cognac, et même pas une petite arachide à se mettre sous la dent pour patienter jusqu'au repas, prend chaleureusement congé. Il ne reste bientôt plus que trois personnes avec mon maître : Bonaventure, Betty, la jeune Américaine qui tient lieu de professeur de langues, et Robert, un quinquagénaire belge qui enseigne la physique aux polytechniciens.

Un saut chez Bonaventure me permet de pourvoir cette assemblée restreinte en amuse-gueules. Au moment où je reviens dans la pièce, la conversation roule sur les programmes, ainsi que sur le recrutement des élèves. Bonaventure, très en forme, est en plein milieu d'un très joli numéro sur l'impartialité totale et la rigueur à l'œuvre lors du processus de recrutement.

Au début, explique-t-il, nous nous sommes faits mal voir, mais nous sommes restés fermes, et la qualité des étudiants qui quittent l'Institut a fait le reste : on se les arrache, tout simplement. Maintenant, nous n'avons plus de problème pour avoir des crédits, comme en témoignent les nombreux équipements sportifs dont nous avons pu nous doter. Tout en parlant, il me jette un fin regard : nous savons bien tous deux comment les deux courts de tennis ont été financés. Mais il arrive malgré tout, continue mon Bonaventure, qu'un papa ou une maman vienne nous voir pour qu'exceptionnellement nous acceptions son rejeton. Je vous parle de tout cela bien franchement, parce qu'il peut arriver que vous soyez vous-même, un jour ou l'autre, soumis à ce genre de tentation. Vous pouvez demander à Betty ou à Robert, ils vous le confirmeront.

Je sens mon Ramou exulter, voilà qui confirme s'il en était besoin ce dont il était sûr avant de venir en Afrique, tout ce qu'on dit sur la corruption de ce continent est injuste, Bonaventure en est la preuve vivante : ici, au sein de l'Institut, la probité, l'honnêteté, le goût de l'instruction et le sens de l'effort sont à leur firmament, Ramou le savait bien, ça lui fait chaud au cœur.

On frappe ; c'est un marchand de statuettes et autres objets d'art typiquement africains. Bonaventure ne fait ni une ni deux. Le traitant de voleur, de va-nu-pieds et de chien, il fait détaler le petit vendeur illico. Ce n'était qu'un mendiant, explique-t-il sans se forcer ; un pauvre qui fait du porte-à-porte en espérant récolter quelques miettes. Ce qu'on appelle un crève-la-faim. Ils tentent leur chance à chaque nouveau Blanc. Il faut leur faire comprendre immédiatement qu'il est inutile de frapper ici.

Baignant délicatement dans les vapeurs du cognac, persuadé d'être en confiance, Ramou ne s'y attendait pas. Surtout pas de la part de ce tiers-mondiste au-dessus de tout soupçon, dont la probité fait honneur à son pays.

Son crâne devient très rouge, il articule difficilement : ce sont peut-être des gens que vous connaissez, vous avez déjà eu affaire à eux, ils sont malhonnêtes ? Mais non, répond Bonaventure, plus vrai que nature, je ne les connais pas, de toute façon, ils se ressemblent tous, ce sont bien tous la même racaille, des chiens qu'il faut chasser comme tels.

Ramou se tourne successivement vers Betty, puis Robert, cherchant une once de solidarité dans leurs regards occidentaux, mais tous deux sourient gentiment, comme si rien de spécial n'était en train de se passer.

Je suppose que vous plaisantez, fait mon maître bravement, vous ne pouvez pas parler de la sorte de pauvres gens qui n'ont d'autre recours que de faire du porte-à-porte pour subsister ? Sa voix tremble, mais il l'a dit ; sous ses allures de grand mou, il a du cran, mon Ramou préféré. Je ne l'ai pas choisi pour rien.

Bonaventure éclate d'un grand rire. Vous n'avez qu'à les accueillir, ces marchands ambulants, vous n'avez qu'à acheter leurs bijoux en ivoire qui ne sont que de l'os, leurs masques de sorciers qu'ils fabriquent en série, vous verrez bien, je ne vous donne que quelques mois pour comprendre combien j'ai raison. Mais que cela ne nous empêche pas de trinquer ! Je porte un toast à votre idéalisme !

Joignant le geste à la parole, Bonaventure me fait remplir son verre pour la sixième fois. Depuis le temps où nous éclusions à deux plusieurs bouteilles, dans notre chambre de bonne, il tient toujours aussi bien l'alcool ; ses yeux n'ont rien perdu de leur lucidité quand ils croisent les miens, l'air de dire, mon vieux, je me demande ce que la Sûreté a à faire d'un pareil olibrius.

Le gros Belge a pris très gentiment le relais, il explique à mon maître, entre nous, entre Blancs, que lui aussi était plein d'illusions, la première fois qu'il est arrivé en Afrique, qu'il avait cru, comme lui, qu'on pouvait réellement communiquer avec le petit peuple, même avec les vendeurs à la sauvette. Mais qu'il s'était vite ravisé, quand il avait compris que pour ces gens-là nous ne sommes rien d'autre qu'un portefeuille : ils ont des dollars dans les yeux quand ils nous parlent, c'est la seule chose qui les intéresse.

Mais c'est normal, persiste Ramou. Il y a une telle différence pécuniaire entre ces gens-là et nous... Qu'est-ce qu'on ferait, tous autant que nous sommes, si tout d'un coup une escouade de milliardaires américains arrivait dans notre pays ? Est-ce qu'on n'essaierait pas de ramasser les miettes ? Mais serait-ce une raison pour nous chasser comme des chiens, de ne pas voir en nous des êtres humains ?

Mon cher, je ne savais pas que vous étiez professeur de philosophie, lance Bonaventure qui fait rire l'assistance. Ramou proteste, mais les autres s'esclaffent de plus belle. Allons mon cher, poursuit le directeur, l'affaire est entendue. Je suis ravi pour mon Institut, j'ai récolté un professeur d'économie qui est une vraie perle. Pour fêter ça, je vous invite tous les trois à manger chez moi, je crois que Jean nous a préparé un plat traditionnel, je suis sûr que ça va vous plaire, mon cher Philippe — vous permettez que je vous appelle Philippe.

Mon maître proteste une dernière fois, avant de suivre le petit groupe vers la demeure du directeur, à quelques dizaines de mètres de là. Au passage, il me jette un regard perdu, mais moi, je fixe mes sandales de toile : ce sont là des affaires de maîtres et je n'ai pas à m'en mêler.

6

[20 octobre]

Ce matin, Ramou a choisi mon acolyte, celui qui fera office de gardien-jardinier.

Ça ne se pressait pas trop au portillon ; non que la place ne soit pas enviable — un jeune Français célibataire, normalement, on se l'arrache —, mais, malgré mon accent des faubourgs, le secret de mon identité n'a pas été gardé longtemps. Bonaventure aura vendu la mèche, pour m'éviter quelques ennuis. On a beau avoir besoin de manger, on ne se met pas si facilement en tandem avec un docteur en sciences politiques, fils de ministre assassiné, rendu fou par les événements et travaillant, à ce qu'on dit, pour la Sûreté.

Au lieu d'une longue file se chamaillant devant la porte, ils ne sont donc que trois ce matin, envoyés là, l'un par un parent malintentionné, l'autre par un ancien patron blanc, et le troisième, par lui-même, parce qu'il a vraiment besoin d'argent, à la fois pour sa mère, mourante, à l'hôpital, et pour pouvoir payer la dot pour se marier.

Ramou fait bien les choses : il les reçoit individuellement, écoute patiemment l'histoire et les supplications de chacun en triturant la branche de ses lunettes. Il finit par se décider pour le troisième : un jeune couple séparé par de sordides raisons d'argent, il ne pouvait pas résister.

Les deux autres ne repartent pas les mains vides, Ramou les gratifie chacun d'un gros billet, et de tous ses encouragements. Justinien s'insurge immédiatement : il ne faut pas donner comme ça de l'argent à des vagabonds. Mais, Justinien, demande gentiment Ramou, si je ne t'avais pas choisi, tu n'aurais pas été heureux de partir malgré tout avec un petit quelque chose ? Bien sûr, patron, répond Justinien sans se démonter, mais maintenant c'est moi que tu as choisi, c'est moi ton employé, donc si tu as de l'argent à donner, tu dois me le donner à moi, ou à ton boy, mais pas aux autres.

Quand nous nous retrouvons tous les deux, dans la cuisine où nous partagerons nos repas pendant deux ans, Justinien, après m'avoir fixé pendant un long moment, dit tu ne me connais pas, mais moi je te connais. Il paraît que tu as étudié, qu'on t'écoute en haut lieu. On dit aussi que tu es le frère de la désolation, que le malheur est ton enfant. Moi, je ne te crains pas. Je n'ai rien à cacher. Je veux bien faire ce que tu voudras, si cela peut t'aider et que cela ne m'enlève pas l'argent que je suis venu gagner.

Je réponds par un proverbe de ma grand-mère, une étrangère : plus la cruche a été travaillée, plus elle est fragile, plus on doit y faire attention, car elle est plus précieuse. Comme il ne répond rien, j'ajoute que pour m'aider dans mon travail, la seule chose qu'il a à faire est d'accomplir sa tâche exactement de la même manière que si je n'étais pas là. Il demande s'il est toujours nécessaire qu'il fasse son rapport chaque mois, je lui réponds, en découvrant un peu mes dents, que je parle bien évidemment aussi de cet aspect des choses. J'ajoute qu'il est inutile qu'il mentionne cette conversation.

Bien sûr, je ne pense pas un seul instant qu'il suivra ce dernier conseil. Il serait du plus haut comique d'imaginer qu'on puisse, dans ce pays, faire ce que je fais sans que la Sûreté en soit informée. Mais grâce à cette consigne, je suis à peu près certain que Justinien prendra, pour leur parler de moi, le ton qui convient aux secrets d'État. C'est grâce à ce ton, que tous ceux qui parleront de moi adopteront immanquablement, que ma mission va devenir officielle.

Je revois le visage de François, ce soir où, à grand renfort de bière, il avait imaginé cette technique. Il y a toujours un moyen, disait-il, d'utiliser le revers des choses. De créer des effets pervers positifs. Ainsi de la dictature et de la délation, dont tu me dis que ton pays se meurt. Je suis certain qu'avec un peu d'intelligence on peut les mettre à son service. Devenir intouchable, par exemple. Imagine que je sois un petit fonctionnaire de la Sûreté. Un de mes informateurs me signale que, comme je le sais sûrement, tu fais telle chose, pour les services de la sécurité. Je ne suis pas du tout au courant. Bon. Vais-je l'avouer tout de go à mon informateur ? Risquer ainsi de me déshonorer, de lui montrer qu'il sait des choses que j'ignore ? C'est impossible. Je ne dis rien, ou plutôt, je prends un air entendu. Et la prochaine fois que je croise un petit fonctionnaire de mon grade dans un couloir, je lui glisse l'information, histoire de la vérifier par la même occasion. S'il en a entendu parler, c'est qu'elle est juste. Sinon, j'irai recommencer ce manège avec mon chef. De fil en aiguille, tout le personnel de la Sûreté connaîtra cette information, qu'il tiendra infailliblement pour avérée. Il suffit donc qu'une poignée d'informateurs, agissant chacun de leur propre chef, parlent ainsi d'une action prétendument initiée par la Sûreté pour que cette action devienne, par le miracle des méandres bureaucratiques, officiellement initiée par la Sûreté, mais trop secrète pour que le dossier en soit communiqué. Et celui qui conduit l'action bénéficiera de toutes les protections grâce à ses multiples délateurs.

Nous avons bien ri ce soir-là.

François.

Dix ans déjà que nous ne rions plus.

7

Le 23 octobre 1984

Afrique, me voici donc parvenu en ton sein, toi que j'ai tant attendue, toi pour qui j'ai dû tout laisser, toi enfin dont je me demande si j'arriverai un jour à te connaître.

Tout est étrange, je me sens comme un nouveau-né.

Si je devais résumer ma pensée, je dirais que j'ai en permanence le sentiment qu'il n'y a pas ces règles minimales sur lesquelles tout le monde est d'accord, dans la civilisation d'où je viens. Que les choses et les êtres semblent avoir des valeurs différentes. Ainsi, d'après les réactions que j'ai pu observer chez le directeur même de l'Institut (le directeur, donc réellement un membre de l'élite), il semblerait que la pauvreté soit mal vue, que l'on estime que ceux qui en sont victimes en sont en quelque sorte responsables. Sans doute s'agit-il là d'un réflexe de survie, dans une société où la misère est omniprésente, un mécanisme qui remplirait la même fonction que les castes d'intouchables, en Inde (s'il n'y avait pas une raison, alors ce ne serait pas supportable). Mais je ne parviens pas à m'y faire.

Les quelques rares Occidentaux que j'ai pu rencontrer jusqu'à présent, installés dans une vie facile, semblent s'amuser de me voir m'étonner, m'indigner d'injustices si flagrantes qu'elle ne peuvent laisser personne indifférent, du moins à ce qu'il me semble.

Mais je ne suis pas ici pour fréquenter des Européens. Plutôt que d'attendre de ces sortes de momies blanches une explication, je préfère me tourner vers les habitants de ce pays.

De ce côté, j'ai tout à apprendre. Avec les deux domestiques que j'ai embauchés (malgré mes réticences, poussé par le directeur de l'Institut, qui voit là la condition sine qua non de ma sécurité), j'ai tenté, dès le départ, d'instaurer des rapports amicaux, plus égalitaires que professionnels. Parce que je crois à la force des symboles, je leur ai demandé de m'appeler par mon prénom. Eh bien, il semble que ce soit impossible d'obtenir cela sans faire acte d'autorité, ce qui serait, évidemment, exactement le contraire de ce que je recherche. Justinien s'en tient à un « Monsieur Philippe » respectueux ; quant à Joseph, il serait d'accord pour Ramou, mais Philippe, c'est impossible. M'appeler Philippe sans préciser mon patronyme serait une offense à la mémoire de son père qui portait ce nom.

Et il y a en France des gens pour dire que les Africains sont des gens frustes, sans culture, sans tradition !

Avec Bonaventure, le directeur de l'Institut, les relations sont plus faciles : il a fait ses études en France. Ce qui me gêne un peu, c'est qu'il bat des mains avec enthousiasme à chaque fois que je me comporte «en vrai Français», comme il dit. Alors que je me serais attendu à ce qu'il m'applique ce qualificatif lorsque je récrimine, ou que je critique, il ne le dit qu'aux moments où je m'extasie. Hier, n'y tenant plus, je lui ai demandé la raison pour laquelle une fois de plus il qualifiait mon attitude de « bien française ». Il m'a répondu en riant que poser cette question montrait à l'évidence que j'en étais un.

Il me tarde de commencer à donner mes cours. Normalement, je devrais avoir dès demain mon emploi du temps : Bonaventure attend que tous les professeurs soient rentrés de vacances pour établir le planning, en fonction des desiderata des plus anciens. Cela aussi pourrait choquer : Ibrahim, le deuxième enseignant le plus âgé (le plus ancien, Souleyman, qui enseigne l'histoire de la Révolution, habitant ici à demeure), n'est rentré qu'aujourd'hui de ses vacances, dans le nord du pays, alors que la rentrée des professeurs avait officiellement lieu la semaine dernière. Eh bien, tout le monde l'attend pour établir le planning, et cela risque même de mettre en retard l'ensemble de l'enseignement.

    Avec mes petites valeurs occidentales — bien françaises, comme dirait Bonaventure —, je trouve que c'est tout de même abusif.

8

[30 octobre]

Il était très en forme, mon cher Ramou ; il parlait haut et fort des quelques « dysfonctionnements » qu'il avait pu identifier dans le système d'enseignement et dont l'élimination ne pourrait que profiter à tous. Bonaventure acquiesçait mollement en se raclant la gorge, ce qui m'a fait dresser l'oreille. Il a attendu patiemment que Ramou, assez fier de son petit couplet, fasse une pause-porto pour se lancer.

Le début est classique : il fait simplement l'éloge de Ramou, à grand renfort de superlatifs, pendant que l'autre, rougissant de plaisir, prend l'air modeste et secoue mollement la tête.

De l'éloge de Ramou, il passe à l'éloge de la France, ce grand pays démocratique, Rousseau, Voltaire, la tradition cartésienne, l'école laïque et républicaine.

Ramou approuve ; un sourire béat illumine son visage. Aux aguets dans ma cuisine, je me demande où Bonaventure veut en venir.

Il en est maintenant à ce pays cher à son cœur, la terre de ses ancêtres, sa patrie où Ramou a bien voulu s'exiler, pour y dispenser le savoir ; dans ce pays, et dans cet Institut, depuis quelques années, en fait depuis l'avènement de la Deuxième République, on poursuit, du mieux que l'on peut, avec de tout petits moyens, cet idéal démocratique, cet accès de tous au savoir, avec l'aide, heureusement, de membres de l'élite occidentale, dont Ramou est un éminent représentant.

Tout en opinant du chef, l'éminent membre de l'élite empoigne trois par trois les biscuits au fromage, et les enfourne entre ses lèvres pâles sans prendre le temps de mâcher.

De circonlocutions en circonvolutions, Bonaventure arrive au point sensible. Je le sens à sa voix, qui se met à vibrer. Quand on le connaît bien, on se méfie énormément de ce que dit Bonaventure quand sa voix se met à vibrer.

Malgré la sélection sévère à laquelle ils sont soumis, vibre Bonaventure, les étudiants de l'Institut ne sont, malheureusement, pas encore tous du niveau de l'élite française.

Ramou, la bouche pleine, conteste mollement. Il ne se méfie pas.

Si si, insiste Bonaventure, il ne servirait à rien de le nier, certains des étudiants qui sont assis sur les bancs de l'Institut ne savent pas prendre de notes. Certains ne maîtrisent d'ailleurs pas le français, ce qui peut être compréhensible, étant donné que ce n'est pas leur langue maternelle, mais ce qui sans conteste est très dommageable au profit qu'ils retirent des différents enseignements. Mais que pouvons-nous faire ? Ici, sa voix a presque des trémolos : pouvons-nous les chasser, ces étudiants dont les familles se sont parfois ruinées pour qu'ils puissent accéder à un diplôme aussi réputé que le nôtre ? Peut-être devrions-nous. Mais pour l'instant, je n'ai pu m'y résoudre. Tant d'espoirs sont concentrés dans ces individus, tant de sacrifices les ont conduits là, tant de courage les anime... Non, ce que nous avons décidé, il y a quelques années, quand je dis nous, je parle de l'ensemble du corps professoral réuni en assemblée démocratique, ce que nous avons décidé, afin de ne pas trop brimer les élèves ayant du mal à apprécier les subtilités de notre réflexion dans une langue qui n'est pas la leur, ce que nous avons décidé, donc, c'est tout simplement de leur dicter, à la fin de chaque leçon, suffisamment lentement pour qu'ils comprennent tous, l'ensemble des résultats importants dont nous avons traité.

Toujours tapi dans la cuisine, je me demande pourquoi Bonaventure a déployé tant de moyens pour informer simplement Ramou d'une coutume locale qui, si elle ne témoigne pas d'un effort important en matière de pédagogie, permet aux enseignants de transformer leur cours en gigantesque dictée.

Je reviens au salon, avec une deuxième fournée de biscuits au fromage. J'y trouve un Bonaventure placide, assez content de son effet, face à un Ramou déconfit, qui se force à sourire sans parvenir à contrôler le tremblement de ses joues.

Je ne connaissais pas cette coutume, balbutie-t-il. Il m'a semblé tellement impensable que l'on puisse, dans un Institut polytechnique, ne pas être capable de prendre des notes, cela m'a paru tellement incroyable, j'étais sûr que c'était une farce... Je leur ai dit qu'il était impossible qu'on ne leur apprenne pas à réfléchir, à distinguer les points saillants. Mon Dieu, comment vais-je faire ? Je suis irrémédiablement discrédité !

Mon pauvre maître se tord les mains avec violence, ses jointures en sont blanches, on le sent en proie à une angoisse phénoménale. Bonaventure laisse peser le silence, puis, d'une voix qui ne vibre plus, il se fait rassurant : mon cher Philippe, les étudiants en ont vu d'autres, ils auront bien vite oublié ce léger malentendu, la qualité de vos leçons est telle qu'ils veulent justement ne pas en perdre une miette. Joignant le geste à la parole, il rafle les derniers biscuits : croyez bien que je regrette de ne pas vous avoir mis plus tôt au courant de notre tradition ; c'était le rôle de votre prédécesseur. Je n'y ai pas pensé, oublions ce malentendu.

Et, là-dessus, Monsieur le directeur se lève, tend une

poigne virile à Ramou décomposé et décline poliment l'invitation à déjeuner, ce que mon petit maître interprète comme une marque de sa disgrâce.

Il mange seul, la mine sombre. De temps en temps, il pousse un gros soupir, hésite un peu, au bord de la confidence, puis se reprend, baisse la tête sur son assiette, engloutit vite ce qui s'y trouve, comme s'il pouvait ainsi faire disparaître les preuves de sa monumentale erreur.

Il a avalé la moitié de la tarte aux maracujas lorsque Betty frappe à la porte. Devant sa mine piteuse, elle l'interroge avec sollicitude — Betty est pleine de sollicitude pour lui, depuis le premier jour, il faut dire qu'il n'y a pas pléthore de mâles occidentaux célibataires, sur la colline ou dans son voisinage, et qu'elle ne semble pas encline à goûter aux charmes indigènes.

Betty écoute, on sent qu'elle se concentre pour comprendre tout ce français débité d'un seul jet. Tu n'as qu'à leur faire une contrôle-surprise, sourit-elle. Ramou lève la tête, interloqué, mais Betty développe, sûre d'elle : mais oui, une contrôle-surprise, avec ça tu restaures vite ta autorité. Tu prends les deux ou trois leaders, ceux qui sont allés voir la directeur pour se plaindre de toi, et tu leur mets les plus mauvais notes. Et puis tu en prends quelques autres, tu leur mets un note excellent. Par exemple tu choisis le neveu du ministre. Si tu fais ça demain, tu verras, tout le monde te respecte.

Ramou la regarde d'un air vide. Il dit, attends, je suppose que tu plaisantes ? C'est de l'humour anglais, même si tu es américaine ? Comme elle ne comprend pas, il part d'un rire aigu, nerveux, presque dément, puis il s'excuse, propose d'oublier tout ça, explique qu'il a soudain extrêmement besoin d'être seul. Betty proteste, elle ne veut pas le laisser dans cet état, mais il devient méchant, la chasse, littéralement, avant de me suggérer de foutre le camp moi aussi.

Cette fois il oublie de s'excuser.

9

[3 novembre]

Hier soir, mon petit Ramou chéri a invité Robert. Malgré ses airs de légume, ce gros Belge est, à part Betty, celui dont mon patron se sent le plus proche : il est blanc, c'est un homme, et il parle français, ce qui est tout de même plus commode pour communiquer. Or, ces jours-ci, mon pauvre maître a bien besoin de communiquer. Il ne s'est pas vraiment remis de la petite séance apéritive avec Bonaventure.

Donc hier soir Ramou invite pour le dîner Robert et sa femme, Félicité, une Sénégalaise qu'il a épousée quand il était VSN. Félicité est une belle plante, qui ne fait pas ses quarante ans, et arbore en toute circonstance un immense sourire évidemment resplendissant.

Le début de la soirée se passe bien. La conversation est cordiale, vaguement mondaine. Tout en grignotant mes feuilletés aux anchois et mes pruneaux enrobés dans une fine tranche de lard, croustillants à point, Ramou pose quelques questions sur les deux enfants, en pension en Belgique, leur âge, leurs goûts, la date de leur prochaine visite, Robert se renseigne sur la politique en France, qu'il suit encore moins que la belge, Félicité se réjouit de l'existence d'une fiancée, la bouteille de whisky se vide progressivement, les voix deviennent un peu plus fortes, l'ambiance est bon enfant.

Tout ce beau monde passe à table ; après une salade d'avocats du jardin, je leur sers un véritable pot-au-feu, avec os à
moelle et bouillon, un de ces pot-au-feu que seules les maî-
tresses de maison françaises qui y ont consacré leur existence savent cuisiner correctement. Ramou en profite pour
faire mon éloge : il n'a jamais aussi bien mangé de sa vie, en
France je serais un grand chef ; la discussion roule ainsi tout
naturellement sur l'Institut, en commençant par la personne
de son directeur, qui m'a si gentiment prêté pour deux ans.
Ce directeur, explique Robert, je m'en méfie, il est bien jeune
pour être arrivé à son poste.

Ramou s'insurge, vante les mérites de Bonaventure, avec
une fougue qui plairait d'autant plus à l'intéressé qu'elle est
sincère. Robert se met à rire, traite Ramou de naïf, Félicité
met tout le monde d'accord en rappelant que le plus important c'est que ce pot-au-feu soit succulent.

On parle ainsi de nourriture pendant un certain temps, Félicité exprime son admiration pour la cuisine européenne, tellement plus fine que les plats de chez elle, bien que certains plats
de sa mère lui fassent monter les larmes aux yeux. Elle promet
d'en faire goûter prochainement à Ramou, que cette perspective
enthousiasme : il n'a rien de plus cher que de découvrir la culture africaine, et la cuisine est un des piliers de la civilisation.
D'ailleurs, développe-t-il, c'est cela qui manque en premier.

C'est le moment rêvé pour sortir le camembert. Ramou,
tout fier, explique doctement à ses invités ce que je lui ai
raconté le matin même : il y a un peu plus de cent ans, un des
nombreux pères blancs venus évangéliser le pays s'est fixé
ici, certain qu'il n'y a de bonne évangélisation que dans la
durée. Voyant que nous avions des vaches, il s'était mis en
tête d'apprendre à ses protégés à faire du fromage comme
chez lui. Le saint homme était originaire de Normandie.

Voilà, dit Ramou en riant, ce que j'appelle l'évangélisation
bien comprise. Robert et Félicité rient à leur tour, puis s'atta-
quent au camembert, qu'un Normand n'aurait pas renié.

Au moment de passer au dessert, jugeant l'atmosphère suffisamment détendue, Ramou met sur le tapis le problème qui le turlupine : le bien-fondé de la dictée.

C'est que, lui dit Robert, pour percevoir tout l'intérêt de cette « tradition », comme ils l'appellent ici, il faut comprendre quelque chose, sur ce pays, et même sur l'Afrique en général, quelque chose que j'ai moi-même mis du temps à réaliser, quelque chose que personne ne vous dira jamais, parce que l'on touche là à un tabou puissant. D'ailleurs, je ne suis pas sûr que vous soyez capable de l'entendre.

Ramou s'insurge, bien sûr qu'il est prêt à entendre quelque chose qui va contre les idées reçues, il se doute bien qu'il est, sans le vouloir, pétri de préjugés, mais il ne demande qu'à s'améliorer.

Très bien, lui fait Robert, en posant un bras protecteur sur l'épaule de sa femme. Je vais vous dire la vérité, la raison pour laquelle il y aura toujours besoin de gens comme nous sur ce continent, la vraie raison pour laquelle on ne peut pas comparer l'enseignement ici et l'enseignement en France, la raison pour laquelle il n'y a rien de choquant, dans un Institut dit « polytechnique », à ce que les étudiants soient encore traités comme des gamins à qui l'on doit dicter le résumé du cours, parce que sinon ils ne retiendraient rien. Cette raison, elle est simple, elle crève les yeux, mais personne ne veut la voir. Cette raison, c'est que les Noirs sont bêtes, tout simplement.

Ramou se met à rire, il pense que Robert fait de l'humour. Mais celui-ci continue, imperturbable : tous les tests de QI le montrent, les Noirs obtiennent, en moyenne, dans toutes les études qu'on a pu faire, dix points de moins que les Caucasiens. Seulement ces résultats sont tabous. Avec tout ce tiers-mondisme, tout cet antiracisme ambiant, on ne veut pas connaître la vérité scientifique. La vérité, c'est que les Noirs sont bêtes, et qu'ils ont donc besoin de notre intelligence. N'est-ce pas ma chérie ?

Bien sûr, tu as raison, roucoule Félicité, en déployant son immense sourire.

Ramou, qui triturait nerveusement un morceau de pain, manque de s'étrangler. Levant le visage, il dit, je ne peux pas le croire, vous n'êtes pas sérieux, n'est-ce pas, vous n'êtes pas sérieux ?

Vous voyez bien, mon cher, constate Robert, narquois, je vous l'avais bien dit, vous n'êtes pas capable d'admettre cette vérité, votre esprit est trop plein de préjugés, vous préféreriez être sourd plutôt que d'entendre ce que je vous dis.

Ramou voudrait répondre quelque chose de spirituel. Il commence en bafouillant, s'empêtre, puis pousse un énorme juron, et crie d'une voix de fausset que non, il n'est pas sourd, il a parfaitement entendu, mais il ne veut pas fréquenter des racistes. Sortez d'ici, hurle-t-il à Robert, dont le sourire goguenard accroît encore sa fureur.

Ma chérie, est-ce que j'ai dit ou fait quelque chose de malpoli ? demande Robert à Félicité, qui n'a plus son sourire. Mais non, répond cette dernière, tu n'as dit que la vérité, tu n'as rien fait de malpoli. Monsieur Ramou doit être un peu nerveux, il ne supporte peut-être pas bien l'Afrique.

C'est regrettable que la coopération française ne s'assure pas de la solidité mentale des jeunes gens qu'elle envoie sur ce continent, persifle Robert. Enfin, je suppose que nous n'y pouvons rien. Viens, ma chérie, rentrons chez nous, nous prendrons le dessert à la maison.

Je m'empresse de débarrasser les assiettes de ce couple si bien assorti. Quand je reviens dans le salon, mon maître est prostré sur sa chaise, la tête dans les mains, les lunettes gisant sur la table. Au bout d'un long moment, il lève vers moi un visage au teint brouillé. Et toi, Joseph, me dit-il, qu'est-ce que tu en penses, est-ce que tu crois que j'aurais dû le laisser dire sans rien faire, ou bien peut-être est-ce que j'aurais dû argumenter ?

Je fais mine de réfléchir, puis je déclare pompeusement : je pense que si tu as fait ce que tu as fait, c'est que tu avais tes raisons, patron. Je crois que c'est toi qui as raison, parce que tu es plus intelligent que Monsieur Robert, mais peut-être que je me trompe. Ce que je sais, en tous cas, c'est que tu dois manger la tarte, parce qu'avec ces histoires personne n'y a goûté, pourtant moi je pense qu'elle est bonne.

Ramou prend ses lunettes, se lève, je sens qu'il voudrait m'embrasser. C'est toi qui as raison, dit-il, ému, c'est sûrement beaucoup plus important que mon histoire de Blanc avec Monsieur Robert, je vais goûter ta tarte.

Il s'en coupe une énorme part, pose son couteau, puis se ravise, en coupe une deuxième, encore plus grosse, la prend délicatement entre ses doigts et me la présente en disant, maintenant s'il te plaît Joseph, ça me ferait tellement plaisir que tu acceptes.

10

[8 novembre]

Brave Ramou. Il fait ce qu'il peut pour montrer qu'il s'habitue, qu'il est heureux.

Il mange de plus en plus. Je le pourvois du mieux que je peux en amuse-gueules, apéritif et surtout petits gâteaux, tartes, glaces ou biscuits sucrés ; tout mon cahier de recettes y est passé. Ramou dévore tout consciencieusement.

Son altercation avec Robert a fait de lui une sorte de paria : malgré sa grande bêtise, et grâce au talent de sa femme, Robert n'est autre que la plaque tournante de toutes les invitations sur la colline.

Bien sûr, il y aurait plusieurs dizaines de personnes, au sein de la communauté blanche qui vit sur les collines avoisinantes, pour apprécier la compagnie de mon maître, voire approuver franchement sa fâcherie avec Robert. Mais, dans ce petit monde où tout le monde se connaît, ce qu'il faut, c'est être présenté. Or, seules deux personnes, ici, sont en mesure de lui rendre ce service : Robert, qui ne lui adresse plus la parole, et Betty, qui ne fréquente que des anglophones. Il lui manque donc cette clé que tout Occidental débarquant dans la capitale a normalement dans ses bagages : le petit coup de pouce, le déclic qui va le faire inviter chez l'un, chez l'autre, ce qui lui permettra, en rendant les invitations, de bâtir rapidement son propre réseau.

Mon petit patron est condamné à la solitude. C'est seul qu'il doit affronter le mystère africain. Seul qu'il doit trouver, par exemple, quelle stratégie adopter vis-à-vis de tous les mendiants, porteurs de sacs, vendeurs de fleurs et gardeurs de voiture qui se ruent sur lui dès qu'il se risque en ville.

Le premier jour, après m'avoir expliqué qu'il ne voulait pas cautionner l'économie parallèle et l'exploitation des enfants, il a vaillamment enjoint aux mendiants de retourner sur leur colline y cultiver la terre, conseillé aux gamins de fréquenter plutôt l'école, le tout en rougissant derrière ses lunettes embuées. Moi, je me suis contenté de sourire bêtement : c'est lui le patron, c'est lui le Blanc, c'est lui qui sait. Par contre, j'ai tenu à porter moi-même tous les sacs : simple question de conscience professionnelle. Après s'être agité autour de moi comme une sauterelle — Joseph, s'il te plaît, laisse-moi au moins porter ce panier, c'est tout à fait absurde, j'ai les mains vides et toi tu portes au moins vingt kilos —, il a bien dû se résigner à déambuler dans les rues, accompagné d'un Noir chargé comme un baudet, marchant respectueusement un mètre derrière lui. Il pensait abréger ses souffrances en retournant au plus vite à la voiture. Las ! Un gamin d'environ six ans l'y attendait, ouvrant des yeux comme on en rêverait sur une publicité pour l'Unicef : j'ai gardé ta voiture, patron, il faut me donner un bakchich, si je garde comme ça souvent ta voiture, je pourrai peut-être payer l'école. Ramou n'a pas pu s'empêcher, il a donné l'argent.

Immédiatement, quatre autres gamins se sont précipités sur le premier, piaillant, criant, hurlant que c'était eux qui avaient gardé la voiture, que c'était à eux que revenait l'argent ; après avoir tenté de les séparer, recevant au passage quelques coups de pied bien sentis, rattrapant ses lunettes au vol et s'égosillant de son mieux, Ramou a compris que la seule solution équitable était de gratifier chacun de ces petits monstres d'une ou deux pièces. Ce qu'il fit tout en leur expliquant qu'il ne servait à rien qu'ils se battent entre eux mais qu'il fallait au contraire qu'ils s'unissent pour sortir tous ensemble leur pays de la misère ; et pour commencer, aller à l'école. On y va, patron, on y va, donne-moi l'argent, fit le premier gamin en tendant sa menotte, refrain immédiatement repris par ses petits camarades, qui ne furent plus bientôt autour de mon maître qu'une meute hurlante tendant bien haut les mains et s'agrippant à ce muzumgu amusant. Ramou n'eut pas d'autre alternative que de m'appeler à l'aide pour les disperser et de se réfugier derrière les vitres de son tacot.

Depuis, chaque fois que nous allons faire les courses, mon petit maître choisit soigneusement un gamin pour garder sa voiture, un autre pour porter son panier, un troisième pour nettoyer ses vitres, et achète un gros bouquet de fleurs volées sur le parterre du rond-point de l'Indépendance à un quatrième. Résultat : dès que le bruit du moteur de la vieille Peugeot de l'Institut se fait entendre, la concentration de bambins à proximité du parking augmente notablement. Et chacun d'eux jure haut et fort que l'argent récolté sera immédiatement réinvesti dans son éducation.

Je n'ai pas fini de m'amuser.

II

Le 12 novembre 1984

Modestement, à mon échelle minuscule, je tente d'apprivoiser ce continent. La tâche est immense, mais je refuse de me décourager.

Ainsi, par exemple, de ce petit marchand ambulant que Bonaventure avait chassé le jour de mon arrivée en le traitant de voleur. J'avais peur qu'il n'ose pas revenir. Heureusement, une semaine après cette scène regrettable, il a frappé timidement à la porte. Les yeux baissés sur ses sandales, le pauvre semblait prêt à déguerpir au moindre signal de ma part. Je lui ai parlé doucement, avec le respect que tout être humain doit à son semblable, et je l'ai rassuré. Il vend de très belles choses, des animaux en malachite, des masques traditionnels sculptés dans de l'écorce de baobab, des bijoux en ivoire... Je lui en ai acheté quelques-uns, et pense qu'il a compris qu'avec moi il était dans une relation d'égal à égal, même si nous ne sommes pas de la même ethnie ou que nos niveaux sociaux diffèrent. D'ailleurs, il revient très régulièrement.

À l'Institut, tout se passe bien. Quand, à la fin de chaque leçon, je dicte aux étudiants ce qu'ils doivent retenir, ils boivent littéralement mes paroles, soucieux de n'en rien perdre. Quand je pense qu'au début, imprégné que j'étais de valeurs occidentales élitistes, je m'étais insurgé contre cette pratique ! *Maintenant que je m'y suis habitué, je trouve cette manière de faire très intéressante, elle oblige à résumer au mieux sa pensée, à faire la part de l'essentiel ; c'est un exercice salutaire auquel on devrait toujours se livrer quand on prépare un cours. Bonaventure a eu raison de me rappeler à l'ordre avec gentillesse et fermeté.*

D'ailleurs, un authentique courant de sympathie, fondé sur le respect mutuel, circule entre nous ; et puis, tout au fond de nous-mêmes, nous partageons les mêmes valeurs : l'honnêteté, la croyance dans le progrès, l'humanisme dans le vrai sens du terme, ainsi que l'amour des petits et la haine des puissants qui se servent de leur position pour leur bénéfice personnel, au lieu d'œuvrer pour que chacun puisse parvenir au bonheur. Oui, tout cela, Bonaventure le partage avec moi, et il a autrement plus de mérite de croire à ces idéaux, étant né comme il l'est en terre africaine, où il a vu chaque jour l'homme blanc qui les lui inculquait bafouer ces principes. Sans parler de ce qu'il a subi en France.

L'autre soir, il est passé me voir, assez tard. Il avait besoin de parler. Il m'a dit que j'étais celui qui pouvait le mieux l'écouter. Cela m'a fait infiniment plaisir. En sirotant un petit cognac, il m'a raconté ses premiers mois en France, les gens qui se retournaient dans la rue sur sa peau noire, les insultes qu'il retrouvait écrites sur la couverture de ses cahiers, son cartable découpé en morceaux par un groupe de lycéens lui enjoignant de rentrer dans son pays. Il n'était pas parti seul chez les Blancs ; l'autre (« mon copain Bébert ») le réconfortait quand il n'en pouvait plus.

Et puis, heureusement pour eux — et pour l'honneur de la France — il y a eu François. Un pion, un simple pion au lycée où étudiaient les deux amis. Mais un vrai humaniste. Un être d'un courage exceptionnel, d'une intelligence aiguë, qui les a pris sous son aile, les a écoutés, protégés des autres élèves. « C'est lui qui m'a sauvé », m'a confié Bonaventure. « C'est grâce à François que j'aime encore la France. »

J'ai demandé ce qu'était devenu cet homme, que j'aimerais rencontrer ; très brutalement, Bonaventure s'est arrêté, son visage s'est fermé. Il a dit qu'il s'était laissé aller, qu'il n'aurait pas dû évoquer ce nom, que cela portait malheur, puis il s'est levé très vite. Même un nouveau verre de cognac n'a pu le retenir. J'ai encore beaucoup à faire pour gagner sa confiance.

Mais cela n'est rien comparé à l'abîme qui me sépare encore, bien malgré moi, de mes collègues de l'Institut. Je ne parle pas de Robert, à qui j'ai cessé d'adresser la parole. Non, j'assume parfaitement cette brouille, en regrettant d'avoir dû du même coup arrêter de fréquenter Félicité (comment une femme aussi belle et sympathique peut-elle se contenter d'un être aussi méprisable que Robert ?). Mais je suis malgré tout un peu blessé de voir que les professeurs africains lui parlent plus facilement qu'à moi. Chaque fois que je le vois, il est au milieu d'un petit cercle d'Africains, qui rient très fort, lui tapent sur le dos et l'appellent « sacré Robert ». Alors qu'ils me disent à peine bonjour.

Mais plus encore que mes collègues ou que Bonaventure, c'est de Joseph et Justinien que je souhaite, du plus profond de mon cœur, me rapprocher. Après tout, ce sont eux qui partagent réellement ma vie ici, ce sont eux qui constituent, plus authentiquement que les étudiants (membres d'une élite limitée), les forces vives de cette nation.

Justinien est le plus liant, je n'ai pas l'impression de trop l'intimider. Mais chaque fois que nous avons une conversation un peu personnelle, il s'avère qu'il a besoin que je lui fasse une avance sur son salaire, ou que je lui prête de l'argent. Bien sûr, je ne lui refuse jamais ce genre de service. Mais j'aimerais qu'il vienne parfois discuter avec moi pour le simple plaisir de communiquer. Qu'il me raconte ses menus soucis, que je lui expose les miens, comme le font deux amis.

Avec Joseph, les choses sont un peu différentes. Il ne raconte jamais rien de personnel. J'ai l'impression qu'il est extrêmement impressionné par mon côté « intellectuel ». Pour-

tant, Joseph est un être doué. Certains de ses plats sont de véritables œuvres d'art, la manière dont il dispose les bouquets de fleurs témoigne d'une grande sensibilité, et il a une forme d'intelligence pragmatique qui me fait cruellement défaut. Je saisis toutes les opportunités de le valoriser, mais ne suis pas encore parvenu à détruire ce piédestal sur lequel il me place bien à tort.

Il n'y a pas de balance, ici, mais il me semble que je n'ai pas englouti impunément les bons petits plats de Joseph. J'ai été obligé de desserrer ma ceinture de deux crans, et je suis très à l'étroit dans mes pantalons. C'est tout de même un comble de se mettre à grossir quand on séjourne dans un pays où la malnutrition fait des ravages ! Betty m'a proposé de l'accompagner à la piscine du Méridien ; d'après elle, la natation est le sport le plus équilibrant qui soit (elle a fait beaucoup de recherches sur l'équilibre corporel associé au psychisme), et, en y allant deux ou trois fois par semaine, je pourrais profiter sans remords de la cuisine de Joseph.

C'est incroyable qu'en vivant ici, en côtoyant chaque jour la misère la plus épouvantable, j'en sois encore à me torturer pour une chose pareille. Je croyais que tous mes vieux complexes étaient bien enterrés, que depuis que Juliette avait posé les yeux sur moi, m'avait vu nu sans éclater de rire, et m'avait affirmé que ma poitrine était très attirante, pas du tout féminine, je n'aurais plus jamais honte de mon corps. Eh bien pourtant, je n'ai pas encore réussi à accepter la proposition de Betty. Il faut dire que j'ai l'impression qu'un ou deux des kilos que j'ai pris sont allés se loger là...

C'est vraiment trop stupide, j'ai pourtant passé l'âge de ce genre de chose. Au reste, Betty m'est totalement indifférente, je veux dire physiquement, je n'éprouve pas la plus infime attirance pour elle : elle est blonde, elle a des dents de cheval, donc ce qu'elle risque de penser devrait m'être tout à fait égal.

Joseph passe de temps en temps dans la pièce, il me regarde écrire avec respect. S'il savait...

12

[17 novembre]

Tout à l'heure, pour me délasser, je suis allé boire un petit cognac avec Bonaventure. Le cher homme est en plein trafic de devises, un gros coup d'après lui ; je lui ai conseillé la prudence, les filières pakistanaises ne sont pas toujours fiables. Enfin, Bonaventure est un grand garçon ; après tout, si la Sûreté se mettait à lui chercher des poux dans la tignasse, il n'aurait que ce qu'il mérite.

Il s'esclaffe quand je lui dis ça, et ajoute, en nous resservant du cognac, qu'à propos de Sûreté il se demande vraiment ce qu'elle a à faire de mon protégé.

Je prends mon air mystérieux, celui que Bonaventure connaît bien, que je ressors quand je veux lui cacher quelque chose, avant de répondre que moi non plus, je ne vois pas bien ce qu'on peut bien trouver à redire à un pareil olibrius.

Il fait claquer sa langue doucement, c'est bien ce que je me disais, pour que tu sois sur ce coup-là, c'est que ce type est réellement très fort. Figure-toi, j'ai même essayé de le saouler, il y a trois jours, j'ai apporté une bouteille du meilleur cognac, je lui ai juré qu'on était frères, à la vie à la mort, je lui ai raconté ma vie, enfin une partie seulement, ce qui est racontable. Eh bien, il joue à merveille le grand nigaud, il a un talent monstrueux pour noyer le poisson. Il m'a parlé de sa fiancée, en long, en large et en travers, il m'a fait tout l'historique depuis la première fois qu'il l'a vue, il m'a raconté leurs moindres disputes dans le détail, puis il a fini en apothéose, avec des sanglots dans la voix, le dernier soir avant qu'il parte, le déchirement brutal, le vide de l'absence, l'amour triomphant de l'oubli, tu vois le genre, de quoi faire craquer l'agent de la Sûreté le plus aguerri. Tout ça avec un naturel, comme s'il le vivait dans sa chair, ce drame de l'amour. C'est bien la preuve que c'est un gros poisson.

Je hoche la tête, tends mon verre, cligne de l'œil et esquisse un fin sourire. Bonaventure, mon ami cher, mon presque frère, Bonaventure, tu ne me déçois pas. Depuis nos soirées d'étudiants, là-bas, en France, tu as fait un sacré chemin, tu es devenu quelqu'un d'important, mais tu as toujours gardé ta jugeote. Une sacrée jugeote, si tu veux mon avis.

Pendant qu'il se rengorge, je plisse les yeux, je vais te dire quelque chose de tout à fait confidentiel : d'après certaines informations, une indiscrétion qui m'a permis de voir son dossier complet, il semblerait qu'il soit à la recherche de renseignements sur certaines personnes ; il s'intéresserait tout particulièrement à ceux de nos compatriotes qui ont étudié en France. Je veux dire, ceux qui depuis ont obtenu des postes importants, évidemment.

Tu crois que ?... Mon Bonaventure en reste bouche bée, son verre de cognac à la main.

Peut-être n'est-il pas à l'Institut par hasard, dis-je avec un air terriblement intelligent. Je ne peux que te conseiller la prudence. Il est très fort. On dirait même qu'il se méfie de moi, ajouté-je avant de raconter, avec force détails, comment mon maître a suscité une brouille avec le gros Robert dans le seul but de faire le vide autour de lui et de ne pas risquer ainsi de se trahir au détour d'un regard.

Il y a un silence, pendant lequel j'entends mon cher Bonaventure faire marcher sa petite cervelle. Soudain, il claque la langue et laisse un franc sourire s'épanouir sur son visage.

Ce qu'il n'a pas prévu, ton oiseau, là, c'est la fête de l'Institut, le dix décembre, s'exclame-t-il, tout fier. Cette année, on va frapper un grand coup : c'est le dixième anniversaire de la proclamation de la Deuxième République, et les vingt ans de l'Institut. Ça va être grandiose. Il y aura deux ministres, trois ou quatre ambassadeurs, deux douzaines de diplomates, l'épouse du président, et du champagne par tonneaux. Le champagne, il n'y a rien de tel. Les Blancs seront tous là, comme une nuée de moustiques à la saison des pluies. La voix de Bonaventure a son vibrato des grands jours : je peux te dire que Philippe ne passera pas inaperçu.

Je claque la langue trois fois, lève mon verre, et déclare pompeusement, Monsieur le directeur, je bois à votre discernement. Et à votre conscience professionnelle, que je ne manquerai pas de signaler en haut lieu.

Joseph, lance Bonaventure comme je franchis le seuil, tu ne trouves pas qu'il ressemble un peu à François ? Physiquement, je veux dire. Ça ne t'a pas frappé ?

13

Le 21 novembre 1984

Plus je vis dans ce pays, plus je me rends compte de l'abîme qu'il me reste à combler pour pouvoir comprendre les choses à la manière africaine. J'ai la sensation qu'il y a une série de clés qu'il me faut découvrir, mais j'ignore, pour chacune d'entre elles, où je peux me la procurer.

Ainsi par exemple, de mes rapports avec les étudiants. Certains ont mon âge. Je pensais que je pourrais parvenir à établir un rapport de complicité intellectuelle avec eux. Pour cela, dès mon premier cours, je leur ai expliqué que, s'ils avaient des questions particulières à me poser, ils ne devaient pas hésiter à venir me trouver à la fin du cours, ou même à passer me voir chez moi.

Mais cette annonce est restée lettre morte. Le seul qui soit venu me trouver est un étudiant de première année, qui sollicitait l'autorisation de ne pas assister aux cours pendant trois mois, des affaires urgentes l'appelant à l'autre bout du pays. J'ai failli commettre une erreur importante (une de plus !), puisque je m'apprêtais à lui répondre que la présence aux cours était tout à fait indispensable, quand Bonaventure est arrivé. Il a l'habitude de ce type de situation, et a accordé l'autorisation demandée à l'étudiant, à la condition qu'il rattrape les cours manqués. Je dois avouer que cela m'a surpris sur le moment, mais Bonaventure m'a expliqué gentiment qu'il connaissait cet étudiant personnellement, et qu'il lui était impossible financièrement d'étudier une année de plus, comme je le suggérais.

Voilà une chose qu'avec mes œillères d'Occidental je n'avais pas du tout réalisée. En fait, bien que l'Institut soit un établissement public, et que, comme tel, il dispense un enseignement gratuit (chose exceptionnelle puisqu'ici même l'école primaire est payante, ce qui explique la difficulté, pour les petits « gamins des rues » de s'y rendre, malgré leur envie), il n'est pas du tout facile pour une famille modeste de laisser un enfant y étudier : pendant trois ans, il ne rapportera pas d'argent à sa famille, qui devra au contraire débourser pour lui les frais d'internat, ainsi que les fournitures scolaires.

Cela rend les décisions de redoublement particulièrement délicates. Et cela explique qu'un homme de devoir comme Bonaventure soit prêt à oublier certaines règles de discipline afin de ne pas pénaliser les étudiants les plus modestes.

C'est Betty qui m'a expliqué tout cela, au bord de la piscine du Méridien où je l'ai accompagnée, mardi dernier, faisant fi de mes vieux complexes.

C'est un endroit très luxueux, un lieu qui ne ressemble à rien de ce que j'ai pu fréquenter jusqu'à présent. On peut s'y étendre à l'ombre d'un palmier, ou, si l'on préfère, se faire dorer au grand soleil. Il suffit de prendre une consommation au bar de l'hôtel pour avoir le droit d'y faire un petit plongeon, ce qui est tout à fait raisonnable, d'autant que les cocktails au champagne sont délicieux. Par contre, tous les services supplémentaires (location de cabine, location de matelas, de bouées, de parasols, achat de crème à bronzer, etc.) sont très onéreux. Nous avons donc décidé, Betty et moi, de partager la même cabine. Cela n'avait rien de gênant pour moi, puisque j'avais pris soin d'enfiler mon maillot de bain sous mon pantalon. Je pensais que Betty avait fait de même.

Il n'en était rien, si bien que je l'ai vue en petite tenue. Bien

sûr, au début, je détournais les yeux, mais Betty est extrê-
mement libre avec son corps, et elle n'avait pas l'air gênée du
tout par la situation. Elle m'a fait admirer son slip — une
petite chose charmante, tout en dentelle transparente — en
m'expliquant qu'elle faisait venir toute sa lingerie directement
de Paris, parce que dans ce domaine «les Français sont vrai-
ment des pionniers, tu sais». J'ai pris un air entendu, pour ne
pas la décevoir, mais c'était bien la première fois que je voyais
de la lingerie parisienne.

Quand elle a fait mine d'enlever son soutien-gorge, je me
suis tourné de l'autre côté, mais au bout de cinq minutes
(qu'elle a passées à se faire une natte très haut sur la tête
«pour ne pas abîmer mon cheveu»), elle a ouvert la porte en
grand, ce qui a provoqué un petit quiproquo : je pensais
qu'elle avait oublié de mettre le haut de son maillot, et j'ai
essayé de la retenir, avant de comprendre ma méprise.

Partout, tout autour de la piscine, il n'y avait que des
femmes presque nues. «Ici on fait la monokini», m'a expliqué
Betty en souriant, avant de se diriger vers un petit coin isolé,
près d'un palmier, au bord d'une grande pelouse. Moi, je la
suivais en essayant de prendre un air naturel, tremblant à
chaque instant d'entendre quelqu'un rire de moi ; mais per-
sonne ne semblait me prêter attention, et je suis vite allé faire
quelques longueurs avec Betty.

Elle nage divinement bien. Il faut dire que, plus jeune, elle
a pratiqué la natation à un haut niveau, a participé à plu-
sieurs compétitions importantes, avant de tout abandonner à
cause d'un chagrin d'amour.

Elle m'a raconté tout cela en me massant le dos avec de
l'ambre solaire — il paraît qu'il faut être très prudent, les pre-
mières fois que l'on s'expose, le soleil tape d'autant plus fort
que le pays est en altitude, les rayons nocifs ne sont pas filtrés
de la même manière ; elle m'a trouvé très tendu, et s'est
employée à «défaire» les «nœuds d'énergie» qui, d'après elle,
m'empêchent de m'épanouir vraiment.

Nous avons nagé à plusieurs reprises, et nous nous sommes fait bronzer le reste du temps. À sa demande, j'ai passé de la crème à Betty, sa peau de blonde est particulièrement sensible, « surtout le poitrine, quand le soleil le brûle, ça fait très très mal », m'a-t-elle expliqué en souriant. Ses seins sont beaucoup plus fermes que ceux de Juliette, et ses aréoles sont rose clair (celles de Juliette sont très brunes). Betty est extrêmement libre avec son corps, elle semblait trouver tout à fait naturel que je lui masse le buste et les jambes avec la crème solaire. De mon côté, je dois bien avouer que je n'en menais pas large. Pourtant, tout cela était fait en toute camaraderie, sans aucune ambiguïté (Betty connaît l'existence de Juliette depuis le début). Sans doute suis-je encore trop marqué par mon éducation pudibonde.

En tous cas, c'est quelqu'un d'intéressant. Il me semble qu'elle détient, d'une certaine manière, une des clés qui me permettront d'accéder à la réalité de ce pays.

Mes rapports avec les autres membres du corps professoral sont toujours inexistants. Comme avec les étudiants, j'ai la sensation de me heurter à un mur ; ils me répondent poliment quand je leur dis bonjour, m'écoutent quand je leur parle des étudiants, mais je n'arrive pas à en tirer autre chose que des monosyllabes lorsque j'évoque des choses plus personnelles.

J'ai essayé plusieurs fois d'inviter Cissé, le professeur de mathématiques, à dîner à la maison. À chaque fois, il a décliné très poliment : à l'entendre, il était pris chaque soir.

Heureusement qu'il y a Bonaventure. Il a pris l'habitude de venir boire un petit cognac vers les dix heures, quand sa femme et ses enfants sont couchés. Nous devisons comme on ne peut le faire qu'autour d'un verre, quand il fait nuit, et que les ombres caressent le firmament. La dernière fois, la conversation a pris un tour vraiment intime : nous avons parlé de nos amours. Je lui ai raconté l'essentiel de ma relation avec Juliette, la façon dont nous nous étions connus, pour le réveillon (je lui ai même parlé de cette brune piquante sur qui j'avais des vues, ce soir-là, mais qui était sortie avec Laurent juste pendant que j'étais allé me rincer la bouche et me laver les dents, si bien qu'à mon retour j'ai dû changer de stratégie, et inviter Juliette pour la série de slows qui marquait l'entrée dans la nouvelle année), les crises que nous avions surmontées, et même les petits problèmes sexuels que nous avions pu rencontrer. Bonaventure m'a écouté avec une grande attention, on sentait qu'il me comprenait parfaitement. Il s'est confié à son tour, m'a parlé à cœur ouvert des femmes qu'il a pu fréquenter avant de se marier (il y en a eu énormément), et même des deux ou trois qu'il retourne voir de temps en temps, quand sa femme « n'a pas le cœur à ça ».

Je suis fier que Bonaventure me fasse ainsi ses confidences, bien qu'il sache que je n'ai pas la même manière de considérer les femmes et les rapports de couple. Il me semble que c'est sur ce genre de sujet que l'on peut réellement faire l'expérience de ce qu'est la tolérance. Bonaventure a autant de rigueur morale que moi, d'ailleurs, lorsque nous en parlons, nous tombons souvent d'accord sur les grands principes ; mais, dans sa vie privée, il a une manière de procéder bien différente, liée à son éducation, à sa culture, et peut-être aussi à sa sensibilité propre. Cela ne l'empêche pas d'être heureux avec sa femme, et je pense que de son côté elle est ravie d'avoir un tel mari.

Parler avec Justinien me conforte dans l'idée que les rapports de couple sont fondamentalement différents ici. Je lui ai demandé s'il voulait des enfants. Ma question a eu l'air de le surprendre énormément, puis il s'est mis à rire : « Mais bien sûr, patron, que je veux des enfants, sinon pourquoi tu crois que je désirerais me marier ? » J'ai essayé de lui expliquer la manière dont les choses se passaient, en France, le choix qu'on pouvait faire, grâce à la contraception, d'avoir ou non des enfants, de vivre ensemble d'abord un certain temps pour profiter d'être deux, mais il a hoché la tête, et dit que non, tout ça, c'était peut-être bien pour les Blancs, parce que nous étions riches, mais que pour lui, il ne pouvait pas attendre, il lui fallait tout de suite faire des enfants, pour qu'ensuite «les enfants travaillent la terre ou font les domestiques chez les Blancs, si c'est une fille, je la marie jeune, je prends la dot, si c'est un garçon ça fera quelqu'un pour s'occuper de mon bien-être quand je serai trop vieux pour travailler encore».

J'ai été émerveillé de voir avec quelle simplicité, avec quelle netteté, en quelques phrases, cet être fruste était capable de décrire exactement la logique de sa culture, cette logique qui fait que tous les programmes de contrôle des naissances financés par les organismes internationaux se heurtent automatiquement à l'échec. C'était un grand moment d'ethnologie.

Avec Joseph, les choses sont plus compliquées. Je crois qu'il est réellement trop intimidé pour oser se livrer. Il ne dit rien sur sa vie personnelle.

D'après Justinien, que j'ai interrogé à son sujet, il ne devrait pas être boy : il était d'une famille ayant un certain prestige, en tout cas par sa mère ; mais son père a eu quelques problèmes politiques, et Joseph a dû se résoudre à mener cette existence. «Si j'étais toi, patron», m'a dit Justinien l'autre soir, alors qu'en désespoir de cause, et en mal de causette, je l'avais invité à partager avec moi le cognac que je gardais pour Bonaventure, «si j'étais toi je me tiendrais à l'écart de Joseph, un homme comme ça, il est mauvais, il apporte le malheur dans les foyers si on commence à s'occuper de lui». Il n'a pas voulu en dire plus, mais je sens bien qu'il y a là encore quelque chose que je ne comprends pas, une sorte de mystère que je souhaiterais élucider, à moins qu'une jalousie larvée n'oppose les deux hommes : bien que je leur verse le même salaire, le métier de cuisinier est plus valorisé que celui de gardien, et Justinien serait parfaitement qualifié pour remplacer Joseph.

14

[25 novembre]

Justinien me déçoit. Parler de moi en mauvais termes à un étranger est contraire à toutes les règles de savoir-vivre, ou je ne m'y connais pas. Si l'on tient compte de la lignée de ma mère, cela frise la faute grave. Les préséances familiales sont à peu près tout ce qui nous reste de notre passé glorieux, il ne sera pas dit que je contribuerai à les faire disparaître. Une petite visite chez son grand-oncle, et Justinien apprendra à ses dépens que la jalousie est un vilain défaut.

Grand motif de satisfaction pour mon cher patron : les petits marchands ambulants. Grâce à de remarquables efforts, il est parvenu à les apprivoiser complètement. Les objets d'art typiquement africains envahissent la maison. La dernière acquisition de mon Ramou préféré est une paire de sandales traditionnelles. Émile, le petit vendeur qui la lui a refourguée, a d'ailleurs de réels talents de conteur ; au départ simples sandales typiques, ces informes parodies de babouches découpées dans du pneu sont devenues, au gré de l'imagination d'Émile, pressé de questions par un Ramou passionné, les chaussures sacrées en peau d'hippopotame portées par la dernière reine du pays, le jour où le premier Blanc a été reçu à sa cour. Conservées depuis lors précieusement par les derniers survivants de la dynastie, elles n'auraient été vendues — en désespoir de cause — que parce que leur ultime propriétaire y était tristement contraint : son enfant unique, atteint du choléra, devait être hospitalisé à grands frais. Mon maître n'y a pas résisté ; il était prêt à payer l'hospitalisation de l'héritier sans garder les sandales. Où l'on constate que les petits vendeurs ambulants ont une âme : c'est Émile qui a insisté pour que mon cher patron entre en possession de la précieuse relique. Il faut dire qu'avec l'argent qu'il a récolté, il peut s'acheter une dizaine de pneus en peau d'hippopotame finement tannée.

Même seul, ce cher Ramou se débrouille pour me distraire. Tous les soirs, vers dix-sept heures, il a pris l'habitude de préparer son cours du lendemain. Une feuille à la main, planté devant la glace du salon, il lit, en y mettant le ton, le résumé qu'il va dicter. Ensuite, il répond avec bienveillance aux questions supposées des étudiants. Finalement, il prend congé le plus poliment du monde. Le spectacle est digne d'une scène de café-théâtre. Et, tant il est vrai que l'on peut joindre l'utile à l'agréable, il me permet à moi, pauvre boy, de tout apprendre sur la gestion des projets de développement, sur la manière de mettre au point un outil de comptabilité adapté aux besoins africains, ainsi que sur les méfaits du marché noir. Dommage que Bonaventure n'assiste pas à ces leçons. Certaines pourraient lui être utiles, par exemple celle où Ramou fustige le trafic de fausses devises, l'œuvre, d'après lui, de véritables criminels, qui maintiennent leur patrie dans la misère en recherchant sciemment leur égoïste profit.

15

Le 29 novembre 1984

Je viens de finir les cours du premier module de première année.

Comme je n'arrivais pas à avoir un réel retour sur cet enseignement, j'avais décidé de consacrer la dernière heure à un bilan, sous forme de débat sur le thème « Comment peut-on aujourd'hui enseigner en Afrique ? ». Je voulais que les étudiants comprennent un peu ma propre démarche intellectuelle, afin qu'ils soient, le cas échéant, amenés à la remettre en cause. Ce que je cherchais à leur faire comprendre, c'est qu'ils devaient parvenir à se dégager du modèle occidental, prendre de la distance par rapport à lui, et surtout apprendre à développer une réflexion autonome. En d'autres termes, ce débat aurait pu s'intituler : « Peut-on enseigner l'autonomie, et si oui, de quelle manière ? »

Dans un premier temps, je leur ai exposé l'objet de la séance, en leur expliquant qu'il s'agissait de sortir du carcan des cours qui nous avait été imposé jusque-là. Pour que les choses soient encore plus claires, je leur ai demandé de modifier l'organisation des tables, en formant un vaste cercle, cercle auquel j'ai pris part, au même titre qu'eux.

Bien sûr, au début, personne ne voulait prendre la parole. J'ai donc proposé que l'on fasse un tour de table rapide, au cours duquel chacun expliquerait ce qu'il avait retiré du cours, ainsi que ce qui avait pu lui manquer.

Je n'avais sans doute pas formulé la question de la meilleure manière, puisque les quelques étudiants qui ont osé parler se sont bornés à déclarer que « tout était très bien, monsieur, ça nous a beaucoup plu et nous avons appris beaucoup de choses ».

J'ai donc repris la parole, en expliquant que j'attendais d'eux une démarche critique.

Un grand silence a suivi mon intervention.

Finalement, Parfait (celui qui m'a prévenu qu'il n'assisterait pas aux cours durant les trois prochains mois, et qui est plus éveillé que les autres) a demandé si j'allais attribuer une note à l'issue de cette séance.

J'ai alors compris qu'ils étaient tous terrorisés à l'idée que je puisse me vexer de leurs critiques et leur mettre une mauvaise note pour me venger.

J'ai eu une illumination. « Oui, ai-je répondu à Parfait, je vais mettre une note à l'issue de ce cours. Ou plutôt, je vais donner un bonus de cinquante points à celui qui aura formulé la critique la plus pertinente sur ce que j'ai pu faire pendant ce premier module. »

L'effet de surprise passé, cette stratégie s'est révélée payante : ils étaient quinze à lever le bras, en réclamant la parole.

Malheureusement, la moisson de critiques a été décevante. L'un a dit que je touchais trop souvent mes lunettes, l'autre, que je me raclais toujours la gorge avant de commencer à dicter mon résumé, un troisième a demandé que je dicte également la date. Pour ne pas les décourager, je faisais mine d'être ravi à chaque intervention. « C'est bien, mais ce n'est pas tout, leur disais-je, il y a encore beaucoup à critiquer dans ce que je vous ai enseigné. » Finalement, Boniface, le meilleur étudiant, a levé la main, m'a demandé s'il était bien certain que je voulais entendre des critiques, même si elles étaient violentes, et comme je répondais oui, il a dit à voix presque basse que tous les étudiants savaient que je n'aimais pas les femmes africaines, et que cela leur paraissait contradictoire avec tout ce que j'avais pu leur enseigner sur la fraternité entre les peuples.

C'est ainsi que j'ai appris, à ma grande stupéfaction, que j'avais chassé une femme noire de chez moi, au cours d'un repas. Cela m'a paru tellement incongru que j'ai nié en bloc, avant de comprendre brutalement d'où venait le coup.

Je n'ai pas voulu dire du mal d'un collègue, mais j'ai démenti formellement. «Pourquoi alors on ne vous voit jamais avec une fille noire, si vous n'êtes pas raciste?» a répliqué Maurice, un fils de ministre qui vient tous les matins sur sa grosse moto. Je leur ai expliqué que ma fiancée était restée en France, et que c'était la raison pour laquelle je ne fréquentais pas d'Africaine.

J'espère être parvenu à trouver les mots justes pour les convaincre. En tout cas cela m'a ouvert les yeux sur les raisons du comportement des autres membres de l'Institut. Si Robert leur a servi le même mensonge, je comprends que tous les professeurs m'aient battu froid, et que Cissé ait toujours été pris les soirs où je l'invitais.

Cela n'a pas grand-chose à voir avec l'économie du développement. Mais j'ai malgré tout attribué les cinquante points à Boniface, puisque aussi bien il s'était jeté à l'eau, prenant le risque de me dire quelque chose de réellement désagréable, et que par ailleurs il avait bien compris ce qu'était l'esprit critique.

En revanche, j'avoue que j'ai été un peu surpris quand, à la fin du cours, Antoine a demandé pourquoi je ne dictais pas le résumé de la séance.

[Plus tard]

Bonaventure vient de partir. Il m'a convié solennellement à la grande fête qui se donne, la semaine prochaine, à l'Institut, en l'honneur de l'anniversaire de la Deuxième République, ainsi que de la création de l'Institut.

D'après ce qu'il m'en a dit, ce sera quelque chose de très important, puisque l'épouse du président en personne y assistera, ainsi que l'ambassadeur de France, celui de Belgique et celui d'Union soviétique. La présence de l'ensemble des membres du corps professoral est évidemment indispensable. La mienne, plus encore, puisque Bonaventure m'a demandé de préparer un petit discours.

Bien sûr, j'ai refusé un tel honneur, qui revient de droit à un professeur plus expérimenté. Mais il a tant insisté, disant que mon point de vue aurait le charme de la jeunesse et de l'enthousiasme, qu'il m'a été impossible de refuser. Je lui ai proposé de parler de l'adaptation de la pédagogie aux réalités économiques d'un pays, et des perspectives d'avenir de ce type de démarche, et il a eu l'air de trouver que c'était une bonne idée. J'espère être à la hauteur de l'honneur qu'il me fait.

Une chose me tracasse : je n'ai absolument rien à me mettre, pas le moindre costume un tant soit peu correct. Le seul que j'avais, acheté spécialement pour le mariage de Sophie, qui est un peu passé de mode mais aurait pu faire l'affaire, est devenu tellement petit que je n'arrive plus à fermer le pantalon.

Je me rends compte à quel point il peut sembler ridicule de se tracasser pour une chose aussi prosaïque, mais je me demande vraiment ce que je vais pouvoir faire : ici on ne trouve pas de boutique de prêt-à-porter, tous, même les plus pauvres, ont recours au tailleur, et bien sûr il est beaucoup trop tard pour commander un costume, Joseph m'a expliqué qu'il fallait compter environ un mois.

Peut-être qu'en allant souvent à la piscine d'ici là je pourrai me débrouiller pour maigrir suffisamment et entrer à nouveau dans mon costume ?

16

[11 décembre]

Je m'en délectais à l'avance. Ce cher Ramou, debout devant sa glace, ficelé dans son costume bleu marine, une feuille à la main, s'exerçant à parler de l'importance d'un Institut tel que celui où il enseignait, où les étudiants étaient tous sélectionnés dans un esprit de rigueur et animés par une soif commune de connaissance, à commencer par Monsieur le directeur en personne, jusqu'au personnel périéducatif, cela valait déjà son pesant d'or. Mais le voir faire ce même discours en bégayant de trac, la jambe gauche agitée d'un tremblement nerveux, le bras droit ramenant spasmodiquement une veste trop étroite sur des bourrelets difficilement camouflés par une chemise aussi blanche qu'étriquée, devant trois ambassadeurs endormis, quelques coopérants enthousiastes et un parterre d'Africains goguenards, cela valait son pesant de diamants. D'autant que mon cher maître a parlé en dernier, après cinq orateurs tous plus inspirés les uns que les autres — le meilleur étant, sans conteste, mon ami Bonaventure, qui pratique la langue de bois avec élégance et naturel —, si bien que chacun lorgnait le somptueux buffet, et qu'une salve d'applaudissements fournis a salué l'envolée lyrique sur la synergie indispensable entre éducation et coopération, coupant mon petit maître tout net dans son élan et nous privant tous de l'apothéose, pourtant tout à fait au point (les deux bras écartés, la tête haute, il aurait conclu en remerciant l'Afrique de l'accueillir en son sein). Malgré cette regrettable amputation, le discours de Ramou a fait mouche. Quand il sort des toilettes, un petit comité d'accueil l'attend de pied ferme pour le féliciter. Rougissant, les lunettes embuées, engloutissant coupe de champagne sur coupe de champagne, Ramou remercie modestement, sans réaliser que sa vie prend un nouveau tournant.

C'est que, outre les étudiants soucieux de lui montrer qu'ils ne perdent jamais une miette de ses paroles, l'indécrochable Betty et les quelques officiels dont c'est le métier, on peut admirer, dans la cohorte des féliciteurs, quelques-unes des figures les plus marquantes de la communauté occidentale.

Au premier rang de celles-ci, Mme Jacquot.

Mme Jacquot, Bénédicte de son prénom, est une institution. D'origine belge, mais née ici, elle est l'une des rares à être restée après l'indépendance. Elle a hérité de son père — parti profiter de sa retraite sous d'autres cieux — le commerce le plus florissant de la capitale, la Case d'Ali-Baba, une sorte de parodie de supermarché où les Occidentaux trouvent absolument tout ce dont ils sont privés, pour des sommes parfaitement astronomiques. C'est également là que l'on peut se procurer la presse étrangère ; le salon de thé qui fonctionne avec la librairie est un lieu de rendez-vous connu des Blancs qui se respectent.

Mme Jacquot est une fine mouche ; elle est passée entre les gouttes de tout ce qui a pu ébranler ce pays sans avoir l'air de faire d'effort ; en fait, elle a toujours su tenir son rang, arroser gracieusement les ministres et les militaires de ses petits cadeaux, et, comble d'élégance, être extrêmement correcte avec son personnel. Elle n'embauche que des gens d'ici, qu'elle choisit intelligemment dans à peu près toutes les tribus influentes, paye bien, assure à ses protégés des débouchés intéressants quand ils sont fatigués du commerce : places dans les ministères, emplois dans les ambassades, Mme Jacquot a ses entrées partout, et toujours l'air de ne pas y toucher.

Enfin, ce qui ne gâte rien, Mme Jacquot est une belle femme. Elle a le bon goût d'être veuve, ce qui fait taire les mauvaises langues, bien qu'elle ne néglige pas, de temps en temps, de passer la nuit avec un expert en transit ou un haut fonctionnaire local. Parce que Mme Jacquot n'est pas raciste ; d'ailleurs, quiconque en douterait serait immédiatement contredit par le pedigree de son défunt mari : c'était un Africain de bonne famille. Au reste, Mme Jacquot est une sorte d'idéaliste, et ceux qui la connaissent affirment que, bien qu'elle soit insensible aux états d'âme, son naturel est bon.

Normalement, elle aurait dû prendre ce pauvre Ramou sous son aile dès sa descente de l'avion : elle se fait une sorte de devoir d'aider tous les jeunes coopérants à s'installer, avec une préférence assez marquée pour les volontaires, qui ont, comparativement aux autres, des revenus nettement moins importants. Mais elle était en vacances à son arrivée, et la quarantaine infligée par Robert a fait le reste.

Dans le sillage de Bénédicte, on repère une autre figure incontournable : le père Francis.

Ce dominicain d'une cinquantaine d'années a initié ici, juste après la révolution, un projet de briqueterie, où il emploie les délinquants à leur sortie de prison. Il faut l'entendre parler de ses briques — un nouveau modèle qu'il a inventé lui-même, qu'on peut fabriquer entièrement avec des moyens locaux, puisqu'elles sont constituées de terre mêlée de bouse de vache, deux matériaux disponibles, peu coûteux et écologiques, sans consommation d'énergie puisqu'on les fait simplement sécher au soleil, selon un procédé traditionnel que le premier repris de justice qu'il a fait travailler lui a enseigné — pour savoir ce qu'est une passion dévorante.

Le père Francis, je le connais depuis longtemps, nos chemins se croisent régulièrement, pour mon plus grand plaisir, mais lui ne fait attention qu'aux repris de justice, et dès lors qu'on n'a pas cet uniforme rose si seyant, on n'est pas digne d'arrêter son regard.

Le père Francis, c'est la bonne conscience de l'épiscopat français. Il s'en est d'ailleurs fait une sorte de fonds de commerce, de sa gouaille et de son franc-parler. Il n'hésite pas à dire haut et fort que le pape est un abruti, que le meilleur service que l'Église pourrait rendre à l'humanité souffrante serait de la délivrer de la papauté, qu'il faudrait diffuser l'usage de la contraception, qu'il n'y a rien de plus contraire au message du Christ que la hiérarchie et le dogme catholiques. Parmi les coopérants que mon petit maître va se mettre à fréquenter, inutile de dire que le père Francis fait un malheur.

Troisième pilier des Blancs tiers-mondiste qui s'incrustent dans ce pays depuis plus longtemps que la durée réglementaire des contrats de coopérants, et qui viennent féliciter Ramou, les époux Durouchoux. Depuis le temps qu'ils papillonnent de projet pilote en étude prospective, ils connaissent tous les bailleurs de fonds, et maîtrisent parfaitement le jargon des experts et autres fonctionnaires. À eux deux, ils ne doivent pas être loin de la centaine d'années, madame étant un peu plus jeune que monsieur, mais plus marquée par la vie. Les Durouchoux, c'est simple, ils sont tout simplement tombés amoureux de ce pays, c'est le seul endroit au monde où ils se sentent bien. Pourtant, des pays, ils en ont fait, à commencer par le Népal à l'époque héroïque, mais il n'y a qu'ici qu'ils se sentent en accord avec les paysages. Comme si notre âme était enfermée dans une de ces collines, explique madame, lyrique, à Ramou qui en profite pour faire une razzia sur les petits fours et vider une des coupes de champagne que je lui tends complaisamment. En tout cas c'est ici que nous comptons terminer nos jours, ici que nous nous ferons enterrer, nous avons d'ailleurs déjà pris nos précautions, acheté un lopin de terre, sur la colline qui fait face à notre maison.

Le charme des époux Durouchoux, c'est qu'ils ont conservé intacte l'idéologie qui a bercé leur jeunesse, et qu'ils restent, avec leurs cheveux gris, contre vents et marée, les chantres de l'amour libre et du libertarisme. Leur rêve serait de parvenir à fonder une petite communauté, où chacun partagerait tout, races et sexes mêlés, mais, prudents, ils estiment que la population locale n'est pas encore mûre pour ce genre d'expérience ; ils se contentent donc, à l'occasion, de procéder à quelques échanges entre époux libérés, mais sans jamais rien imposer — c'est là le secret de leur réussite —.

Il y a aussi quelques nouveaux visages, parmi ceux qui, portés par un élan fraternel, se pressent autour de mon petit patron. Autant de joyeuses découvertes en perspective.

Je mets beaucoup d'espoir dans un jeune couple sympathique, lui plutôt dégingandé, elle petite comme une souris, qui semble avoir eu le coup de foudre pour ce cher Ramou ; elle lui a déjà demandé plusieurs fois s'il connaissait l'« awulé ». D'après ses explications, il s'agit d'une danse traditionnelle africaine, à laquelle la chère petite se serait initiée, et qu'elle se chargerait à son tour d'enseigner à quelques Occidentaux avides de culture africaine et de libération corporelle. Cela doit valoir le coup d'œil, le mot « awulé » signifiant, à ma connaissance, quelque chose comme « attrape-nigaud ». Betty semble vivement intéressée.

Elle est un peu perdue, devant cet afflux brutal d'admirateurs de Ramou. Mais elle semble décidée à défendre courageusement sa place, et ne s'éloigne de mon petit patron que pour aller lui chercher du ravitaillement (comme moi, elle mise sur la reconnaissance du ventre).

De mon côté, étant censé passer les plats à d'autres qu'à mon petit maître, je suis tout de même contraint de m'éloigner de temps en temps. J'en profite pour aller faire un tour du côté de Bonaventure, qui, très en verve, noie la femme de l'ambassadeur belge, une greluche au nez pointu, sous un torrent d'éloges bien sentis, et me fait un petit signe de connivence au passage, puis pour aller saluer Fortunata, invitée avec tout le personnel de la Mission de coopération ; elle me coule un regard langoureux, décrète que le smoking blanc et le nœud papillon me siéent à ravir, et me demande avec un air mutin une ou deux informations sur ma mission secrète.

Peut-être parce que son sourire est vraiment désarmant, peut-être parce que j'ai envie de varier les plaisirs, je lui désigne Ramou, dont le teint est maintenant uniformément écarlate — champagne et émotion obligent —, qui pérore au milieu d'un petit cercle d'admirateurs. La voilà, ma mission, Fortunata, je sais bien que c'est difficile à croire, mais c'est à celui-là qu'on s'intéresse en haut lieu. Et avant qu'elle pousse son avantage, avec ses yeux de gazelle farouche, je file aux cuisines chercher une nouvelle cargaison de coupes de champagne.

Quand je reviens, les lumières ont été tamisées, et Papa N'diaye s'affaire autour de la sono. Ce n'est pas tous les jours le vingtième anniversaire de l'Institut polytechnique et le dixième de la Deuxième République.

On commence par une série de valses et de tangos. Robert fait sensation en entraînant Mme Durouchoux au milieu de la piste ; aussi incroyable que cela puisse paraître, tous deux valsent à merveille, au point que même les étudiants les plus imbibés s'arrêtent de boire pour admirer la chose.

Les applaudissements qui suivent cette prestation sont, sans aucun doute, plus fournis que ceux qui ont abrégé le discours de mon patron. Heureusement, il est trop occupé à attaquer une colonie de petits fours sucrés réfugiés dans un renfoncement pour s'en formaliser.

C'est là que Betty vient le débusquer. Même de loin, leurs mimiques sont éloquentes : Betty voudrait à son tour danser une valse, mais mon pauvre petit maître lui explique qu'il n'est pas en état, n'a pas le costume adéquat, ne se sent pas en forme, bref, que cela lui est impossible.

J'attends patiemment les slows quand Bonaventure surgit, la mine catastrophée. Le chauffeur de l'ambassadeur des États-Unis a eu un malaise (en d'autres termes, il cuve son champagne quelque part au creux d'un fossé) ; l'ambassadeur ainsi que son épouse manifestent le désir de rentrer. Dans un élan d'altruisme, mon presque frère leur a promis de mettre son propre chauffeur à leur disposition, mais il vient de découvrir celui-ci, raide saoul également. Alors que je viens de garantir à l'ambassadeur qu'il ne buvait jamais d'alcool, tu imagines ? C'est l'honneur de l'Afrique qui est en jeu ! J'ai même juré sur la tête de mes enfants... Et puis, il a une Rolls de toute beauté, tu vas voir, c'est une vraie merveille à conduire. Ton petit protégé ? Ne t'en fais pas, je l'ai à l'œil !

Difficile de lui expliquer que le plaisir de voir Betty se frotter à mon petit maître vaut cent fois, pour moi, celui de conduire une voiture quelle qu'elle soit. Bonaventure mérite bien un petit sacrifice. D'autant qu'il s'agit de sauver d'un même coup l'honneur de l'Afrique et la tête de ses enfants.

17

Le 15 décembre 1984

Je ne voulais pas en parler, mais il m'est trop pénible de ne rien pouvoir avouer à personne.

Cela s'est produit pendant cette fameuse soirée, pour l'anniversaire de l'Institut.

J'étais trop content de moi. Mon discours avait bien plu, malgré le trac qui me dévorait. Betty m'avait sauvé la vie en me prêtant de petites épingles à nourrice pour remplacer le bouton et la fermeture Éclair de mon pantalon qui avaient tous deux cédé juste après mon intervention (je n'ose penser à ce qui serait arrivé si cela s'était produit quelques minutes plus tôt...). Plusieurs personnes, dont Bonaventure et l'ambassadeur de France, m'avaient félicité. Je m'apprêtais à inviter Betty pour un slow, pour la remercier, quand...

Sur le moment je n'ai même pas remarqué à quel point elle était belle. La seule chose que j'ai vue est qu'elle était africaine, et que j'avais là une occasion rêvée de prouver aux étudiants que ce qu'ils avaient entendu sur mon compte était pure calomnie. Sans me méfier, j'ai accepté son invitation.

Mon Dieu, comment trouver les mots pour exprimer ce qui s'est produit alors ? C'était comme si l'Afrique entière était venue me chercher, comme si l'Afrique elle-même m'avait susurré des douceurs, m'enivrant de parfum, m'ensorcelant dans sa moiteur, l'Afrique m'entraînant peu à peu dans son rythme animal, se frottant souplement à mon corps frémissant, l'Afrique se lovant entre mes bras, mêlant son souffle au mien, s'offrant à mes caresses.

Généreuse. Elle s'appelle Généreuse. On ne peut imaginer prénom mieux porté. En quelques minutes, je n'étais plus moimême. Je crois bien n'avoir jamais senti une telle pulsion de toute mon existence. Même pendant ma première nuit avec Juliette, ou plutôt les deux nuits qui ont suivi, puisque la première était plutôt catastrophique, même à ce moment-là, je n'avais pas éprouvé une telle intensité dans le désir, une telle volonté de ne plus attendre, de m'enfoncer dans ce corps tiède et désirable, là, tout de suite, dans l'instant, de lui arracher cette petite chemise blanche, cette jupe noire, de la prendre, puissamment, comme une bête, au milieu de la piste, de ne plus rien voir, ni les professeurs, ni la femme du président, ni l'ambassadeur de France, ni tous ceux dont j'ai fait connaissance à l'occasion de cette soirée, y compris ce prêtre au franc-parler, tout oublier, ne plus faire attention à rien qu'à cet instant, cette femme contre moi, cette Femme majuscule en qui je voulais m'engouffrer, m'abandonner, me perdre.

Je me demande comment les deux épingles à nourrice ont tenu. D'ailleurs, pour être honnête, j'étais tellement ensorcelé par ma belle Africaine que c'est la seule raison qui m'a empêché de céder à la tentation, ou du moins de tenter d'y céder. Aussi honteux que cela puisse paraître, ma fidélité, ce soir-là, tenait aux branches de deux épingles à nourrice. Braves épingles. Elle m'ont évité d'essuyer un refus humiliant.

Mais non. Non ! Tout mon corps, qui se souvient de ces frôlements délicieux, me hurle qu'elle n'aurait pas dit non, que cela est biologiquement impossible, cette fille avait ça dans la peau, ça dans le sang, tout son être dégageait une sensualité fauve, son corps était à l'unisson du mien, sa bouche appelait les baisers, ses yeux ne demandaient qu'à chavirer.

Rien que d'y repenser, je frémis tout entier, mes mains

deviennent moites, mon être est parcouru d'un élan irrésis-
tible, mon Dieu, comment vais-je faire pour l'oublier ? Je tente
de penser à autre chose, me plonge dans un livre d'économie,
mais rien à faire, impossible, irrésistiblement, comme aiman-
tées, mes pensées me ramènent à cette jeune femme innocente,
à cette Reine de la nuit, à cette Vénus africaine qui, l'ombre
d'un instant, a posé les yeux sur moi.

J'ai beau savoir que c'est stupide, je passe de longs
moments à rêver éveillé, comme au temps de mon adolescence.
Je rêve que je suis célibataire ; qu'au lieu de me taire en la ser-
rant dans mes bras je l'ai fait parler d'elle, que j'ai appris où
elle habite, obtenu le droit de la revoir...

Mais bien sûr c'est complètement impossible. J'aime Juliette.
J'ai juré de lui être fidèle.

18

[17 décembre]

C'est dans ces moments-là que j'aime la vie. La mienne, et ce que j'ai choisi d'en faire. S'il y avait un dieu, ce serait un génie.

Hier, mon petit maître était en mal de confidence. Il avait passé l'après-midi à la piscine — malgré le camouflet qu'elle a reçu lors de la fête, Betty se cramponne, touchante détermination —, et, au retour, Ramou avait besoin de s'épancher.

Moi, dans la cuisine, je préparais mon fameux gâteau au chocolat, celui qui vous console d'avoir laissé passer toutes les occasions du monde, l'antidote universel contre les regrets, la lâcheté et les pieux mensonges.

Et voilà mon patron chéri qui rôde, qui vient se servir un verre d'eau, qui se racle la gorge, qui repart au salon, puis qui revient. Au lieu de l'aider à parler, comme un bon boy, j'ai attendu. Il n'a pas tenu cinq minutes.

Le voilà assis à la table de la cuisine où je m'escrime à lui confectionner un bon dessert, ça ne t'ennuie pas trop, Joseph, si je reste là pour te tenir compagnie, je me sens tellement seul en ce moment, est-ce qu'il t'arrive, à toi, de te sentir seul quelquefois ?

Le débutant le plus naïf aura compris qu'il n'était pas le moins du monde question de moi ou de mes éventuels états d'âme. (Au passage, puisque personne d'autre que ce cahier n'est témoin de mes épanchements, je peux bien me permettre de l'écrire ici : des solitudes telles que celle où je vis depuis dix ans, je défie tous les petits patrons qui se sont succédé dans ma vie d'y résister plus de cinq minutes. D'ailleurs, ils n'y ont jamais survécu.)

Tu n'es pas seul, patron, dis-je en baissant les yeux, tu as beaucoup d'amis, et puis tu as une femme qui t'attend chez toi.

Ah mon pauvre Joseph, s'épanche mon maître, tout ça est bien compliqué. Je ne sais pas si elle m'attend, pour deux raisons. D'abord parce que cela va faire bientôt deux mois que je ne l'ai pas vue, or tu sais qu'avec les femmes on ne sait jamais (là il rit maigrement, il a encore quelques progrès à faire pour être crédible en misogyne de base), ensuite parce que je ne sais même pas si j'ai vraiment envie qu'elle m'attende.

Mes paupières se relèvent pendant une fraction de seconde, et j'ébauche un sourire complice. Les femmes, patron, on n'en a jamais trop, dis-je en incorporant soigneusement le chocolat fondu aux blancs que je viens de battre à la force de mon poignet. Sauf si tu dois les épouser, et que tu n'as pas tout l'argent. Mais tant que tu ne les maries pas, tu n'en as jamais trop, des femmes.

Mais comment faire, quand on ne sait pas qui on aime ? s'enquiert Ramou ingénument. Ou par exemple, s'il y en a une qu'on croit aimer, une autre dont on a envie ? Comment fais-tu ?

Je vais chercher tranquillement un moule, le beurre consciencieusement, et tout en y versant délicatement la pâte mousseuse, après un long silence intelligent, j'explique, comme on le ferait pour un jeune enfant : rien de plus simple. Il suffit d'emmener la femme dans ton lit. Tu vois bien comment ça se passe. Si la femme est contente, c'est que tu as bien fait. Peu importe ce que toi tu as senti. Si la femme est contente, tu as bien fait de l'emmener au lit. Mon père disait toujours, le seul problème avec les femmes, c'est un problème dans la tête de l'homme. Si on réfléchit trop, on oublie ce qu'il faut leur faire. Si on ne réfléchit pas, qu'on l'emmène dans le lit, les choses sont simples. La pire chose à faire, patron, c'est de laisser une femme qui voudrait aller dans ton lit repartir toute seule. On ne doit jamais laisser repartir sans rien une femme qui voudrait. C'est comme ça que mon père m'a dit, c'est comme ça que j'ai toujours fait. Et toi aussi patron, sans vouloir me mettre dans tes affaires, tu devrais faire pareil. S'il y a plusieurs femmes qui veulent que tu les emmènes dans ton lit, emmène-les ! Tu n'auras plus tous ces problèmes qui te gâtent la cervelle.

Et sur ces mots, j'enfourne délicatement mon gâteau.

19

[20 décembre]

Hier soir, ce cher Ramou a invité à dîner Xavier et Yvonne, le jeune couple d'instituteurs spécialisé dans la danse africaine. On ne laisse pas passer une pareille occasion : j'ai signifié à Justinien — lequel est beaucoup plus agréable, depuis ma visite à son grand-oncle, preuve que les traditions ont du bon — que c'était moi qui garderais la maison cette nuit, et je me suis installé confortablement sur sa paillasse, les yeux fermés pour mieux en profiter. Ils parlaient bien assez fort pour mon oreille de gazelle.

C'est la pédagogie qui est à l'honneur, pour ce début de soirée. Il faut dire que nos convives enseignent tous trois avec autant de talent que de foi.

Je suis persuadée qu'il y a, en Afrique, et tout particulièrement dans ce pays, un immense gisement de créativité artistique, explique Yvonne en touillant délicatement le cocktail dont elle vient de remplir son verre. Il s'agit simplement de trouver le moyen de le mettre au jour. Pour ça, il faut sortir des sentiers battus, se libérer tout en libérant les élèves.

Absolument, renchérit Xavier, la bouche pleine d'amuse-gueules ; c'est exactement ça. Sortir l'Afrique des carcans où les Blancs l'ont cantonnée depuis des siècles, retrouver le vieux fond de liberté, la spontanéité, ça, c'est géant.

C'est précisément ce que je cherche à faire avec mes étudiants, se réjouit Ramou, la voix glougloutante. Pour moi, ce serait l'aboutissement de mon séjour : y parvenir, ne serait-ce qu'avec un seul étudiant. D'ailleurs, j'ai bon espoir.

Et mon petit patron de narrer par le menu les vertus pédagogiques du bilan critique, les tables en rond pour sortir de la perspective oppressive maître-élève, les points supplémentaires pour stimuler l'imaginaire, la démarche d'élaboration commune, voire synergétique, du substrat éducatif pendant que les deux autres, schkrotch, schkrotch, pillent le plateau de canapés croustillants confectionné par votre serviteur et rrglou, rrglou, vident les bouteilles achetées le matin même à la Case d'Ali-Baba.

Génial, s'exclame Yvonne, emballée. Je vais faire la même chose avec mes élèves. Tu vas voir, Philippe, en nous regroupant, nous ferons changer la face du monde.

Le piquant de l'affaire est qu'Yvonne enseigne en maternelle.

C'est sûr, on va y arriver, si nous passions à table ? propose Ramou qui n'a pas pu s'empiffrer à sa guise, tout occupé qu'il était à faire partager son expérience ; je vais voir ce que Joseph nous a préparé.

Mon rêve, explique Xavier, en haussant la voix pour que Ramou l'entende, mon rêve serait d'arriver à stimuler si bien l'imaginaire africain que les élèves parviennent à réinventer leur propre culture. S'approprier tellement leur propre créativité qu'ils imagineraient leur propre histoire. Ce qui est géant, c'est qu'on ne pourrait pas trouver d'histoire plus authentique que celle qu'ils inventeraient, tu me suis ?

Oui, tout à fait, répond ce brave Ramou en s'escrimant à allumer le gaz, alors que la quiche que j'ai préparée doit se réchauffer au four. Est-ce que quelqu'un peut m'aider à allumer le gaz ? Il y a une quiche à réchauffer.

Tu n'as qu'à la mettre au four, suggère Xavier, dont je loue le bon sens. C'est une approche psycho-cognitive que j'ai là.

Je crois que c'est fondamental. Par exemple, je les ai fait travailler sur le tag, la semaine dernière. C'était géant. Ça leur a beaucoup plu. Bien plus que si je leur avais parlé de Manet ou de Van Gogh.

Tout de même, Van Gogh était un génie, proteste Ramou, dont je ne connaissais pas la sensibilité artistique. C'est une quiche au thon, la spécialité de Joseph. Combien de temps ça se réchauffe, à votre avis ? Et Van Gogh n'a été récupéré par le système que récemment. N'oublions pas qu'il est mort dans la misère.

Cinq minutes à four moyen, conseille Yvonne, bien inspirée. Xavier est toujours excessif dans ses jugements. Pour lui, il n'y a que l'art underground qui mérite d'être sauvé. Alors qu'il y a quand même d'autres choses qui sont géniales.

Ma copine est un peu comme ça, confie Ramou, nostalgique. J'ai hâte que vous fassiez sa connaissance, je suis certain qu'elle vous plaira. Attention, c'est très chaud, je n'aurais peut-être pas dû allumer le gril.

Un silence suit, pendant lequel les mâchoires de chacun des convives s'emploient à déchiqueter le produit de ma créativité délicatement carbonisé.

C'est délicieux, constate Yvonne, un soupçon de jalousie dans la voix. Tu as été bien inspiré le jour où tu as choisi ton boy.

C'est que je ne l'ai pas choisi, fanfaronne Ramou. C'est le directeur de l'Institut qui me l'a prêté, le temps de mon séjour ici. Il attache beaucoup d'importance à la sécurité des professeurs. D'ailleurs, nous sommes devenus amis. Quelqu'un veut du vin de manioc ?

Ah, tu as acheté ce tord-boyaux ? Je n'en ai bu qu'une fois, après j'ai eu la chiasse toute la nuit, confie Xavier, appétissant. Nous, on n'a eu que des déboires avec les boys. Le premier était incapable de faire la vaisselle, le deuxième faisait brûler tous ses plats, et le troisième a passé son temps à être malade. On en est au quatrième, et je me demande s'il va rester encore longtemps.

Jean-Marie est très bien, fait Yvonne, légèrement agressive. Est-ce que je peux reprendre de la quiche ? Oh non, juste une moitié, c'est de la gourmandise, j'ai déjà mangé tous les petits fours. Jean-Marie est très bien, c'est Xavier qui ne l'apprécie pas, il trouve qu'il me regarde d'un peu trop près. En fait il est jaloux.

Je ne suis pas du tout jaloux, tu es toujours à projeter des raisonnements petit-bourgeois, se défend Xavier, vexé, avant d'avaler bruyamment. Je constate simplement que ça fait la troisième avance qu'il demande, en trois semaines, et qu'à ce rythme-là, dans neuf semaines, on lui aura payé son année.

Tu es jaloux, c'est tout, rétorque Yvonne, péremptoire. Je crois que je vais encore reprendre un peu de quiche, elle est vraiment trop bonne. Dans ce sens-là, tu trouves toujours des arguments. Tu me traites de petite-bourgeoise, n'empêche que Pélagie, l'année dernière, je l'ai bien supportée pendant trois mois.

Il y a des femmes boy ? s'enquiert Ramou.

Il y en a quelques-unes, explique Yvonne, radoucie. Mais Pélagie, c'était autre chose. C'était le deuxième bureau de Xavier.

Ah, Pélagie, Pélagie, chantonne Xavier. Un sacré petit bout de femme...

Le deuxième bureau ? Mais qu'est-ce que ça veut dire ? s'inquiète Ramou, dépassé.

Vautré sur la paillasse de Justinien, j'ai fort à faire pour réprimer le rire incoercible qui me gagne.

Il n'y a vraiment rien d'autre à boire ? s'inquiète Xavier avant d'expliquer doctement : le deuxième bureau, c'est comme qui dirait la deuxième épouse. Les gens d'ici ne sont pas polygames officiellement, mais ils ont souvent un deuxième, voire un troisième bureau. Pour ça, la société d'ici est beaucoup plus évoluée.

Je suis désolé, je n'ai que ça, s'excuse Ramou, troublé. Bon, je vais chercher le dessert. C'est une tarte à la banane.

À la banane ? Oh non ! s'écrie Xavier, catastrophé. Je suis allergique à la banane.

Allergique à la banane ! elle est bien bonne ! s'esclaffe Ramou, heureux de pouvoir enfin montrer qu'il a de l'humour, même s'il ne maîtrise pas bien le jargon africain.

Mais non, Philippe, intervient Yvonne, soudain sérieuse, c'est tout à fait exact. Il est réellement allergique. La dernière fois qu'il en a mangé, il a frisé le syndrome de je ne sais plus qui : tu enfles de partout, tu peux mourir étouffé.

Je crois qu'il reste du gâteau au chocolat, se résigne Ramou.

Génial ! Moi aussi j'adore ça. Et toi, c'est qui, ton deuxième bureau ? s'enquiert Yvonne. Attends, je crois que je devine : l'Américaine !

Je sens mon petit maître rougir jusqu'aux branches de ses lunettes. Betty ? Oh non, non non, pas du tout ! balbutie-t-il. On va simplement à la piscine ensemble de temps en temps, c'est tout. Non. Avec Juliette, on est pour la fidélité, confie-t-il en posant sur la table l'énorme gâteau au chocolat qu'il se gardait pour lui tout seul.

Un silence suit cette révélation sidérante.

Il a l'air génial, ce gâteau, meuble Yvonne. Tiens, Xavier, passe-moi ton assiette, je vais te mettre un gros morceau. Elle te rejoint quand, ta copine ?

Eh bien, euh, l'année prochaine, je veux dire cet été, enfin on va se revoir quand je rentrerai, bafouille Ramou, inquiet. Tout compte fait moi aussi je vais prendre du gâteau.

Dis donc, il est encore meilleur que la quiche, constate Yvonne, émerveillée. Moi je te le prédis, tu ne tiendras jamais. Rester tout seul pendant plus de six mois, c'est bien trop dur. Surtout ici.

Il est géant ce gâteau, renchérit Xavier, sournois ; presque aussi savoureux que Pélagie.

Moi c'est plutôt à Jean-Marie qu'il me ferait penser, finasse Yvonne. Je peux en reprendre un peu ? Il est vraiment génial. Tu ne voudrais pas nous prêter ton boy de temps en temps ?

C'est que... s'empêtre mon maître, Joseph travaille déjà beaucoup, pour ce que je le paye. J'ai vraiment l'impression de l'exploiter.

Penses-tu, rétorque Yvonne, goguenarde. En travaillant chez toi, il est payé trois fois plus que s'il était resté chez ton copain le directeur. Les Noirs entre eux, ils sont féroces. Ça se laisse boire, la bière de manioc ; on avait dû tomber sur une mauvaise bouteille. Je me sens bien. Il reste du dessert, Xavier ?

Du dessert ? Mais on a presque fini le gâteau, s'inquiète mon petit maître, redoutant un nouveau sacrifice.

On parle d'un truc spécial, explique Xavier doctement. Typiquement africain. Goûte-moi ça, tu vas m'en dire des nouvelles.

Mais qu'est-ce que c'est ? s'enquiert Ramou, méfiant.

De la waka, confie Yvonne, soudain sérieuse ; une herbe qui pousse sur les plus hautes collines ; une variété de chanvre meilleure que tout ce qu'on peut trouver en France. Depuis qu'on a découvert ça, on ne peut plus s'en passer. Vas-y, prends-en une taffe, tu ne vas pas en revenir : un trip géant.

C'est que je ne fume pas, s'excuse Ramou. Ça me rend malade, j'ai un peu d'asthme. Et puis pour dire la vérité, la drogue, c'est pas mon truc.

Je n'en attendais pas moins de mon petit patron.

Tu ne sais pas ce que tu loupes, décrète Yvonne, à nouveau gaie, en aspirant une grande bouffée. La waka, c'est vraiment génial. Enfin, ça aussi, tu finiras par y venir... Dis donc, il est encore meilleur que celui qu'on a récolté dehors.

On a fait une plantation, explique Xavier. C'est interdit, mais on a planqué ça dans le jardin potager. Sinon, il faut aller le cueillir sur les volcans, c'est un peu loin. Putain ce que c'est bon ! C'est fou comme je suis bien.

J'ai envie de danser l'awulé, roucoule Yvonne, sensuelle. Mais alors très envie. Tu peux nous mettre de la musique qui déménage ?

C'est que, avoue mon pauvre maître, je ne sais pas si j'ai ça. Je voulais m'initier à la musique africaine, mais je n'ai encore rien trouvé, comme enregistrement. Il n'y a que des trucs américains.

Pas grave, mets-moi-z-en un, du moment que ça déménage, on peut facilement danser l'awulé dessus, décrète Yvonne, pressée. Tiens, je vais te donner ta première leçon.

C'est comme si je voyais la honte envahir le front de mon pauvre Ramou, tant la détresse dans sa voix est grande. C'est que... je n'ai pas grand-chose qui déménage, en fait. Je n'ai apporté que Brel et Brassens.

Ah bon... Tant pis, mets le premier truc qui te passe sous la main, je vais me débrouiller comme ça.

La suite mérite que je me déplace. Avec la discrétion du félin qui traque sa proie, je me glisse hors de la maison, et vais coller mon nez à la fenêtre du salon.

Au son de *Ne me quitte pas*, Yvonne tortille du croupion en tournant autour de mon petit maître, dont les lèvres tremblent dans un sourire crispé, tandis qu'il tente de suivre un semblant de rythme sur ses jambes maigres et fléchies. Affalé sur le canapé, un joint de waka à la main, Xavier dodeline de la tête, visiblement parti dans un trip géant.

Un bien beau tableau pour un connaisseur.

20

[23 décembre]

Depuis qu'il a commencé de fréquenter la communauté tiers-mondiste et bien-pensante, ce brave Ramou n'arrête pas. D'invitation en invitation, de goutte de whisky en tasse de thé, en passant par les déjeuners et les dîners, il est devenu rare que mon patron chéri se retrouve seul à table.

Ce que je préfère, c'est les tête à tête. Ils rendent d'emblée la relation intime, favorisent les confidences ; quand ils sont menés par un professionnel, comme le père Francis, ils ont un charme irrésistible. Il faut dire que le saint homme a ça dans la peau — peut-être l'habitude des confessions : lui cacher quelque chose, quand il a décidé de vous faire parler, cela tient du miracle.

Sa technique est simple, mais efficace. Les psychologues appellent ça la méthode du miroir.

On commence par mettre la proie à l'aise, en la singeant le mieux possible. Il s'agit de lui insuffler la conviction qu'on lui ressemble, que l'on partage intimement ses goûts, ses dégoûts, ses forces et ses faiblesses. Surtout ses faiblesses.

Ainsi ai-je vu le père Francis, deux jours avant Noël, à l'heure du thé, triturer la branche de ses lunettes, éponger un front où ne perlait pourtant pas une goutte de sueur, enfourner goulûment plusieurs tranches de cake tout en décrivant à mon petit maître sa lutte quotidienne contre ses tendances boulimiques.

C'est plus fort que moi, explique-t-il à mon patron, qui s'emploie activement à faire disparaître les trois tranches qu'il a déposées, au cas où, dans sa propre assiette ; si je sais qu'il y a des gâteaux dans la petite boîte en fer-blanc sur le réfrigérateur, et que j'ai le malheur d'y penser au moment où je viens de me mettre au lit, il faut que je me relève et que j'aille en manger un. Un seul, me dis-je, le temps de faire le trajet. Un ou deux, c'est pareil, me dis-je une fois le premier avalé. Et là, debout dans la cuisine à minuit passé, j'engouffre successivement tous les gâteaux de la boîte. Comme ça il n'y en aura plus, je ne serai plus tenté, demain j'entame un régime, me dis-je dans un dernier sursaut. Mais le lendemain matin, Jules en refait une fournée. Et tout recommence.

Ça alors, s'étonne Ramou, ravi, en coupant quelques tranches supplémentaires, je suis exactement pareil ! Moi qui pensais être le seul, qui me sentais coupable...

Preuve que tu as un sens moral, Philippe, décrète le père Francis, continuant tranquillement de ferrer mon petit patron. Le sens moral, c'est ce qui fait de nous des hommes. Une grande et belle chose. J'y ai beaucoup réfléchi, en travaillant avec mes prisonniers. Qu'est-ce au juste que la conscience de la faute ? Qu'est-ce que la faute elle-même, sinon une manifestation de notre sens moral ? Mais il faut raison garder, et bien dissocier le sens moral, qui est une noble chose, de la culpabilité abusive, qui n'est qu'une preuve d'aliénation. Ainsi par exemple : qu'est-ce qui m'empêche de reprendre de ce délicieux gâteau ? Le sens moral ? Certainement pas. Le sens moral n'a rien à faire là-dedans. Non, ce qui m'en empêche, c'est la culpabilité. Abusive, puisque ce gâteau est excellent, et qu'il a été fait pour être mangé. Donc, j'en reprends, sans me sentir coupable.

S'ensuit un grand éclat de rire, timidement partagé par

mon maître. D'accord, fait-il en souriant, mais comment peut-on faire la différence ? Je veux dire, comment sait-on s'il faut céder ou résister à certaines envies ?

C'est un long travail, explique le saint homme, redevenu sérieux. Je dirais même, c'est le travail de toute une vie. L'essentiel, c'est de parvenir à bien se connaître. Apprendre à ne pas se mentir à soi-même, savoir ne céder ni à la complaisance ni à l'autocastration. C'est particulièrement difficile en ce qui concerne la sexualité, ajoute le dominicain en scrutant Ramou qui rougit instantanément.

Tout de même, quand on est avec quelqu'un, les choses sont assez simples, dit-il tout en renversant la moitié de sa tasse sur son pantalon blanc.

La fidélité, tu veux dire ? Un éclair passe derrière les verres de presbyte du dominicain. Eh bien, vois-tu, il me semble que les choses ne sont pas toujours si simples.

Vous êtes contre la fidélité ? interroge Ramou, stupéfait, en tentant de son mieux d'éponger son pantalon avec une serviette en papier qui s'y désagrège en boulochant.

Bien sûr que non, admet le saint homme, un léger sourire aux lèvres. Bien au contraire. Je suis un partisan farouche de la fidélité. Mais attention, pas de n'importe laquelle. Pas d'une vertu de pacotille, préemballée, prédigérée, qui n'aurait aucun sens. Non. De la fidélité authentique, celle de l'esprit. C'est-à-dire de la fidélité à soi-même.

Bien sûr, approuve Ramou en renonçant à sauver la blancheur de son pantalon. Mais être fidèle aux engagements qu'on a pu prendre, c'est un bon moyen de rester fidèle à soi-même, je pense.

Dans certains cas, c'est le meilleur moyen, confirme le père Francis. Heureux ceux pour qui les deux coïncident. Mais il arrive que la vie en décide autrement. Moi qui te parle, je dois bien avouer que j'ai déjà été tenté de renoncer, au moins provisoirement, à l'engagement de chasteté que j'ai pourtant pris en toute sincérité, il y a maintenant quarante

ans. Mais pour toi les choses sont beaucoup plus simples ;
tu as de la chance, et je te souhaite sincèrement que cela
continue.

Oh non, rougit Ramou, les yeux fixés sur la tache de son
pantalon ; détrompez-vous. Moi aussi il m'arrive d'être tenté.
Avant qu'il baisse les paupières, j'ai le temps de saisir un
éclair de ravissement dans l'œil du saint homme. Vraiment,
fait-il d'un ton neutre, avant de s'abîmer dans la contempla-
tion de sa tasse de thé, laissant le silence s'installer.

Impossible de résister. En bafouillant, la sueur au cou, le
rouge aux joues, comme en apnée, Ramou se met à parler de
ces pensées impures qui l'ont traversé, à la piscine du Méridien, au détour d'un massage ou d'un déshabillage. Un coup
d'œil au père Francis, il se sent tellement bien compris qu'il
poursuit. Ce n'est pas tout, explique-t-il, avant de décrire ce
désir fou, incontrôlable, qui s'est emparé de lui au contact de
cette jeune Africaine, au moment où il s'y attendait le moins.
Pourtant, ajoute-t-il en recommençant de frotter sa tache,
pour rien au monde je n'abandonnerais Juliette. Je l'aime,
c'est la femme de ma vie, j'en suis certain. Jamais je ne la
laisserai tomber.

Cela n'est pas contradictoire, rassure le dominicain. Certaines rencontres sont éphémères, d'autres sont faites pour
durer. J'en ai moi-même fait l'expérience. Puisque nous en
sommes à ce degré de confidences, je peux bien t'avouer une
chose. Un secret, dont je n'ai parlé à personne.

Bouche bée, le brave Ramou attend, suspendu.

J'ai cédé à la tentation, une fois, confesse le saint homme
en frottant une tache imaginaire sur son pantalon gris. Une
seule fois, il y a de cela bien longtemps. Une fille d'ici. Splendide, douce, ensorcelante. Un vrai mirage. J'ai failli tout laisser pour elle. Mais elle ne voulait pas travailler avec les prisonniers. Cela lui paraissait indigne ; il faut comprendre, elle
était d'une famille princière ; mais moi, je ne pouvais pas
renoncer à ma mission. Ç'aurait été cela, la trahison. Donc ça

s'est terminé. Mais j'ai vécu quelque chose d'extraordinaire, avec cette jeune femme. Une expérience unique ; authentique.

Je comprends, fait Ramou, ému.

Vois-tu, Philippe, poursuit le père Francis, j'y ai beaucoup réfléchi, depuis. Je suis arrivé à la conclusion que je n'avais pas fait d'erreur. Cette histoire que j'ai vécue, c'est un cadeau que j'ai reçu en partage. Un don de Dieu. Aussi étrange que cela puisse paraître, cela a renforcé ma foi et mon amour pour Lui ; cela m'a rendu plus proche de ceux que je côtoie. Tu vois, rien n'est jamais simple ; peut-être ces tentations dont tu me parles sont-elles de vrais pièges, qu'il te faut éviter ; mais peut-être aussi s'agit-il d'un cadeau que te fait Dieu — appelle cela la Vie, puisque tu n'es pas croyant ; tu es le seul à pouvoir en décider. Personne ne détient la réponse à ta place.

Je comprends, répète mon petit maître, songeur. Ça donne à réfléchir. En tout cas, ça fait du bien d'en parler.

C'est que nous sommes du même tonneau, toi et moi, conclut le saint homme. Je l'ai senti dès notre première rencontre. Joignant le geste à la parole, le saint homme s'empare du reste du cake, ouvre grand la bouche et l'enfourne d'un coup.

Un curé, c'est tout de même irremplaçable.

21

[1er janvier]

Pour l'occasion, il s'est fait faire sur mesure un costume en basin blanc : le summum de l'élégance, lui a garanti le petit tailleur recommandé par Bénédicte, pendant qu'il prenait ses mensurations en le complimentant sur son embonpoint. Avec un nœud papillon blanc et une chemise bleu ciel, il a belle allure, mon patron, devant sa glace, en attendant l'heure de partir. Seul un gros bouton, poussé sournoisement pendant la nuit et trônant au mitan de son nez, jette une ombre légère au tableau. Mais, globalement, il est tout à fait présentable.

C'est bien l'avis de Betty, qui, lors du dernier repas organisé par mon cher patron, a mis tant de bonne volonté à manger du fromage, manifesté tant d'enthousiasme pour les cours d'awulé, écouté avec une telle attention les descriptions des différents restaurants, qu'elle a su trouver grâce aux yeux des Durouchoux — pourtant connus pour leur antiaméricanisme primaire — et réussi à se faire inviter pour le réveillon. Une aubaine qu'elle a l'intention d'exploiter, si l'on en croit la tenue qu'elle arbore — minibustier, minijupe, talons aiguilles et bas de soie, le tout *made in France* comme il se doit.

Il y a du beau monde, à notre arrivée chez les nouveaux

amis de mon maître. Massés autour du buffet, on peut reconnaître quelques notables, en particulier l'attaché culturel de l'ambassade de France — un vieux beau moulé dans un smoking —, le patron de la Procure — une sorte de dandy entre deux âges —, la directrice de l'école française — une vieille fille sèche et revêche, revêtue pour la circonstance d'une robe du soir épouvantablement transparente ; Xavier et Yvonne, fidèles au poste, parlent haut et fort Pédagogie de la Révolution et Révolution de la Pédagogie avec Auguste, revenu de voyage à point nommé.

Auguste. L'incontournable Auguste. Il manquait au tableau. Sa principale qualité est d'être un enfant de ce pays, comme dirait ce brave Ramou. En tant que tel, Auguste est le garant de l'ouverture du cercle des Européens bien-pensants. Il parle doctement au nom des Africains ; on l'écoute religieusement. Il raconte des anecdotes, cite des proverbes, propose de bonnes affaires : Auguste est une passerelle jetée entre le Monde et ceux qui sont là pour l'aimer. À l'usage, Auguste est moins drôle qu'il n'y paraît : il touche une pension confortable de la Sûreté.

Le champagne coule à flots ; disposés sur de grands plateaux en feuilles de bananier, tressés spécialement pour la circonstance, on trouve des myriades de petits toasts agrémentés de lichettes de foie gras, de lamelles de saumon fumé et de soupçons de caviar.

Pendant que je gagne l'office pour y revêtir la livrée rose, assortie aux nappes et aux rideaux, que Mme Durouchoux a fait confectionner spécialement pour l'occasion et que, grâce à sa magnanimité, je pourrai emporter en souvenir, mon maître, flanqué de Betty — qui ne passe pas inaperçue —, rejoint ses amis près du buffet ; il serre longuement la main d'Auguste, tout heureux de réveillonner avec un Africain.

Il a intérêt à défendre chèrement sa place, mon gentil patron. Car mis à part les serviteurs, tous plutôt basanés, et quelques beautés noires qui égayent çà et là l'assemblée de leur charme félin, Auguste est le seul représentant de l'élite locale. Il faut dire qu'il est rare que mes compatriotes se réunissent pour la nouvelle année. D'après une vieille tradition, se retrouver nombreux à table à cette occasion porte malheur. Une chance qu'Auguste ne soit pas superstitieux.

Mme Durouchoux me nomme portier ; j'aurais préféré m'occuper intégralement de mon patron chéri, mais au bout de cinq minutes ma peine est récompensée : sur le seuil de la porte, arborant un smoking rouge très élégant, le bras enveloppant tendrement sa femme, moulée dans une superbe robe-fourreau en lamé rouge et or, il y a Robert.

L'énorme Belge fond droit sur mon patron, la main tendue. Mais Ramou, le premier moment de stupéfaction passé, lui refuse courageusement sa menotte. Robert insiste, un peu plus fort : oublions les vieilles querelles, faisons la paix, Philippe, nous n'allons tout de même pas terminer l'année fâchés ! Mal à l'aise, suant et bafouillant, mon pauvre maître campe bravement sur ses positions. Je me réconcilierai quand il retirera ce qu'il a dit sur les Africains, explique-t-il à Mme Durouchoux, attirée par le bruit.

Allons, allons, tente-t-elle de concilier. Je t'en prie, pas de querelle sous mon toit. Les paroles de Robert ont sûrement dépassé sa pensée. Nous sommes le 31 décembre, il faut faire un effort.

C'est l'honneur de l'Afrique qui est en jeu, proteste Ramou, très digne. On ne peut pas plaisanter avec ça. Je passe sur les calomnies qu'il a colportées à mon égard. Mais je ne serrerai pas la main de quelqu'un qui tient des propos racistes, quelle que soit la date et l'endroit.

Vous voyez bien, lance Robert à la cantonade, il m'en veut personnellement. Ma propre femme est africaine. Mais il a décidé que j'étais un raciste, il n'en démordra pas.

Voyons, Philippe, s'en mêle M. Durouchoux. Fais un petit effort. Robert et toi avez été invités au même titre à cette soirée. Si vous vous disputez, toute l'ambiance va en être gâchée. Il n'y a qu'un réveillon par an, allez, sois sympa.

Désolé, s'entête Ramou, cramoisi. Il y a des choses que je ne peux pas faire. Je ne pourrais plus me regarder en face.

Je sais, s'illumine Mme Durouchoux. Puisqu'il s'agit de l'honneur de l'Afrique, on va demander à Auguste de trancher. Après tout il est africain. Alors, Auguste, qu'est-ce que tu en penses ? Est-ce que Robert et Philippe ne doivent pas se réconcilier ?

Il y a un proverbe africain qui dit, aussi vrai que la gazelle ne doit jamais courir auprès du lion, la main tendue ne doit jamais se refuser, invente Auguste doctement. Quels que soient les torts de Robert, je pense que notre ami Philippe doit accepter la réconciliation.

La mort dans l'âme, mon cher patron enfourne donc sa mimine dans l'énorme paluche de Robert, qui éclate d'un rire gras en déclarant que pour la peine il veut bien lui prêter sa femme pour la soirée. Cela met tout le monde en joie, en particulier Mme Durouchoux. Sous peine de passer pour un affreux rabat-joie, ce pauvre Ramou lui-même se voit contraint d'esquisser un sourire.

Tu as bien fait d'accepter, le console Betty, que le champagne rend optimiste ; grâce à ça, tu as évité le mauvais onde de venir dans ce pièce. C'est quelque chose de très important, d'éviter le mauvais onde.

Elle a raison, approuve Auguste, que l'anatomie de Betty intéresse. Ici nous appelons cela le kawuke, une sorte de mauvais génie ; il est très important de lui fermer la porte au moment du passage à la nouvelle année.

Constatant que la majorité des invités est arrivée, Mme Durouchoux m'affecte au remplissage des coupes de champagne et à leur distribution. Je suis de retour à temps pour entendre Auguste faire gentiment la morale à mon petit patron : il y a un proverbe africain, fait-il d'un ton docte, qui dit : regarde d'abord si les cornes de ta vache sont pointues, avant de te soucier de leur longueur ; autrement dit : ce qui compte, c'est ce que font les gens, pas ce qu'ils disent. Regarde si Robert se comporte mal avec les Africains. Si c'est le cas, ne te fâche pas avec lui mais essaye de réparer ses méchancetés. Si ce n'est pas le cas, laisse-le dire ce qu'il veut et moque-t-en.

À n'importe qui d'autre, Ramou aurait rétorqué que certaines paroles sont aussi blessantes que des actes, que toutes les dictatures commencent par museler la presse, que l'on peut faire beaucoup de mal en colportant des idées fausses et des clichés, que les intellectuels progressistes sont les premiers que l'on emprisonne. Mais par la bouche d'Auguste, c'est l'Afrique elle-même qui a pris la parole. À elle, il se contente de sourire niaisement, en dodelinant du crâne.

Écoute Auguste, en rajoute Yvonne, déjà un peu saoule. C'est toute la sagesse d'un continent qui s'exprime à travers lui.

C'est vrai, je crois qu'il a raison, renchérit Betty, dont Auguste reluque le décolleté. Est-ce que tu veux encore un peu de champagne ?

L'arrivée du père Francis finit de convaincre mon petit maître. Les choses ne sont jamais si simples, Philippe, rappelle-t-il. Aussi grande que soit la faute, on a toujours raison de pardonner.

À ce moment, une salve d'applaudissements retentit à l'autre bout du salon. Deux domestiques, revêtus de la seyante livrée rose, viennent d'entrer en portant à bout de bras un plat immense, sur lequel trône un mouton farci décoré de légumes — une œuvre collective des époux Durouchoux.

Nous sommes ici pour fêter la nouvelle année, annonce pertinemment M. Durouchoux. Nous sommes ici pour partager ces instants rares, tous ensemble, tous unis. Peu d'entre nous sont croyants (il coule un regard entendu vers le père Francis qui sourit modestement) ; de toute façon, ce n'est pas Pâques ; alors, pourquoi avoir choisi de manger un agneau ?

Tout simplement parce qu'il y en avait sur le marché ? *(quelques rires timides)* Non ! Parce qu'il y en avait dans le jardin ? *(les rieurs s'enhardissent)* Non plus ! Parce qu'il y avait des moutons sous le lit ? *(les rieurs triomphent)* Toujours non ! Nous avons choisi un agneau, animal symbolique, que l'on sacrifie dans de nombreuses cultures, parce que, comme notre ami Auguste nous l'a appris, il y a un proverbe, dans ce pays, qui dit : « Si tu bois avec moi le sang de trois agneaux, alors la vie ne pourra plus nous séparer. » Nous ne sommes pas croyants, mais nous croyons en l'Homme. C'est la raison pour laquelle, tous autant que nous sommes, sommes venus vivre dans ce pays. Ceux qui étaient ici même les deux dernières années sont tous des amis. Pour les autres, s'ils veulent que notre amitié devienne interminable, dans le bon sens du terme, il leur faut rester avec nous encore deux ans. C'est tout le malheur que je nous souhaite.

Un tonnerre d'applaudissements couronne ce brillant discours. Pendant que les convives se ruent sur le buffet, un petit groupe de fans, au rang desquels Ramou n'est pas le moins enthousiaste, vient féliciter M. Durouchoux. Vraiment, ça vous a plu ? demande-t-il flatté. Fantastique, assure Ramou. Super, minaude Betty. Génial, confirme Yvonne. Géant, ajoute Xavier. Merveilleux, renchérit Auguste. Très beau, complète le père Francis. J'ai beaucoup hésité pour ce discours, confie le brave homme, content de lui. Hier encore je ne savais pas de quoi j'allais parler. Heureusement, Auguste m'a tiré d'affaire en m'indiquant ce proverbe que je ne connaissais pas. Sacré Auguste, heureusement que tu es rentré à temps de voyage ! fait-il en manifestant son amitié virile par une grande claque sur l'épaule d'Auguste, qui sourit finement.

Mon chéri, viens voir par ici, appelle Félicité en agitant une main chargée de bagues aussi dorées que son fourreau en direction de l'hôte-orateur.

Auguste ! Depuis le temps que je ne t'ai pas vu ! s'exclame l'attaché culturel, une assiette d'agneau farci à la main. Tu

sais que tout le monde me fait des compliments sur ces sculp-
tures naïves que tu m'as dénichées ? Y aurait-il moyen d'en
obtenir quelques autres ?

Quand est-ce qu'on danse ? s'impatiente Betty, peu intéressée par l'art africain, en se dandinant d'un pied sur l'autre,
au rythme d'une musique imaginaire

Tu as raison, s'emballe Yvonne, on va danser l'awulé tous
ensemble, ça va être génial ! Viens, Xavier, on va leur montrer, allez, toi aussi Philippe, viens, Betty, Auguste, ne reste
pas comme ça, et vous aussi, mon père, venez tous, ce n'est
pas tous les soirs qu'on change d'année.

Mais le dominicain et le métis, qui ont sans doute une
plus grande conscience du ridicule que les autres membres
de la bande, font la sourde oreille, et seuls Xavier, Ramou et
Betty répondent à ce vibrant appel.

Le spectacle qui suit vaut le coup d'œil.

Au milieu de la piste, Yvonne virevolte, se déhanche, frotte
les fesses contre diverses parties de l'anatomie de Xavier,
lequel sautille placidement sur ses jambes, imité gracieusement par mon petit maître, autour duquel Betty, la bouche
grande ouverte dans un sourire extatique, se trémousse,
tourne sur ses talons aiguilles, roule des hanches comme une
vraie professionnelle. Au bout de quelques minutes de cette
superbe démonstration, Yvonne lance un sonore « awuuuu-
lééééééééééééé ! », ce qui attire l'attention de mes compatriotes, qui jusque-là vaquaient tranquillement à leurs occupa-
tions. La nouvelle se répand rapidement, et ils forment bientôt
un cercle respectueux de livrées roses autour de la piste,
tapant dans leurs mains pour encourager les danseurs ; au
premier rang d'entre eux, Jean-Marie, le concepteur de
l'attraction, n'est pas peu fier de lui. C'est moi qui leur ai appris
à danser l'awulé, clame-t-il à qui veut l'entendre, en ajoutant,
en dialecte local, avouez que je n'ai pas perdu mon temps.

Bientôt minuit, annonce Papa N'diaye au micro. Attention, attention, que chacun se munisse d'une coupe de cham-

pagne bien frais, d'un partenaire bien chaud, et vienne sur la piste ! Je vais vous mettre un slow d'une langueur extraordinaire, pour commencer l'année en beauté ! Attention, attention, nous allons nous mettre en route pour l'année nouvelle !

Un important remue-ménage suit cette déclaration. Mon plateau de coupes de champagne pris d'assaut, je perds de vue mon bon maître. Quand je le retrouve, Betty est lovée dans ses bras, l'air heureux ; quant à Auguste, il s'est rabattu sur la directrice de l'école française, qui semble décidée à en profiter. Un peu plus loin, Robert, Félicité et les époux Durouchoux procèdent joyeusement à un échange de conjoints, avant que la musique choisie par Papa N'diaye ne retentisse, en même temps que les stroboscopes se mettent en marche.

Bonaventure est loin, l'honneur de l'Afrique et de ses enfants ne semble pas en péril ; je peux enfin me rincer l'œil tranquillement, et admirer tout mon saoul mon petit patron, dont les mains tremblotantes ne savent pas où se poser pour ne pas toucher de la chair nue, tournant avec raideur, les yeux grands ouverts, tandis que Betty se blottit dans ses bras avec un sourire d'abandon qui serait charmant si la lumière noire ne rendait pas le jaune de ses dents encore plus frappant.

Attention, attention, braille le disc-jockey dans son micro, il ne vous reste plus beaucoup de temps à vivre en 1984, attention attention, à minuit j'éteins les lumières, embrassez votre partenaire ! Attention, attention ! C'est un moment historiiiiiiique ! Cinq ! Quatre ! Trois ! Deux ! Un ! Bonne annéééééééééééééeeeeeee !! !! !

Joseph, Joseph, où es-tu ? cherche mon petit maître, dont je ne pourrai me plaindre qu'il m'ait oublié, puisque, à peine les lumières rallumées, c'est à moi qu'il pense en s'extirpant des bras de Betty, toute chamboulée par ce baiser bien mérité, et que c'est moi qu'il embrasse après avoir déclaré d'une voix tremblante, tu sais, je suis vraiment heureux que nos chemins se soient croisés.

Moi aussi, je suis content, patron, articulé-je avec déférence en triturant ma livrée rose, les yeux fixés sur mes chaussures vernies ; tu es un bon patron, c'est agréable de te servir.

L'accolade qui s'ensuit est un bel exemple de spontanéité, d'attachement vrai mêlé de pudeur, bref, un grand moment de fraternité entre deux peuples. La scène est si touchante qu'elle suscite des imitations : un peu partout, on cherche, dans la forêt des livrées roses, celle qui abrite son propre domestique, pour lui souhaiter la bonne année — ce qui permet à Yvonne d'embrasser goulûment Jean-Marie.

Mais les bonnes choses ont une fin, et Papa N'diaye repart pour une série de slows.

Ça va, les tourtereaux ? nargue le gros Robert, tendrement enlacé à Mme Durouchoux — ce qui laisse mon bon maître pantois. Je vous souhaite de passer une aussi bonne année que moi.

Mon cher patron n'est pas au bout de ses surprises, puisque dans un coin sombre, à moitié allongés sur le velours d'un canapé, on peut admirer Félicité bécotant doucement M. Durouchoux.

Il faut t'abstenir de juger, prêche le père Francis, à qui mon petit patron est venu faire part de son indignation. Les apparences sont parfois trompeuses, et le Christ nous apprend la tolérance.

Mais tout de même, s'insurge Ramou. Faire ça comme ça, devant tout le monde, le soir de la nouvelle année !

Qu'il soit commis devant de nombreuses personnes ou dans le secret d'une alcôve ne change rien à l'acte, explique patiemment le père Francis. Dieu est seul juge en la matière. Dieu et notre conscience.

Philippe, tu viens danser, susurre Betty en lui passant les bras autour du cou.

Une belle parabole que celle de la paille et de la poutre, sourit le très saint homme. À méditer, si tu veux mon avis.

22

Le 3 janvier 1985

Une année nouvelle s'ouvre à moi, dont je pense qu'elle comptera parmi les plus marquantes de ma vie.

Vivre ici me fait me remettre en cause profondément. Beaucoup de mes conceptions se trouvent ébranlées, confrontées qu'elles sont à un mode de vie différent, à une manière de faire qui m'est étrangère.

Je pensais que ce choc énorme me viendrait de la rencontre avec l'Afrique. Les choses sont encore plus surprenantes : c'est du milieu des Européens, ceux dont je me sens le plus proche, que me viennent les remises en question les plus importantes.

En effet, ce ne sont ni Joseph ni Justinien qui peuvent me faire profondément douter de moi. Mon but est bien sûr de parvenir à les comprendre, à me faire accepter par eux, qui sait, à devenir leur ami, mais, si nous pensons différemment, je peux toujours attribuer nos différences à des questions culturelles, d'éducation, etc. Quoi que je fasse, et quand bien même j'en mourrais d'envie, je ne pourrais pas me transformer suffisamment pour ressentir les choses comme ils le font.

De la même manière (même si le fossé est moins vaste, étant donné son niveau d'instruction, tout à fait comparable au mien), Bonaventure ne peut pas ébranler complètement le petit édifice bien douillet que je me suis construit, que nous

nous sommes construit, Juliette et moi, avant que je parte en Afrique. Ce petit nid douillet auquel je me suis si bien attaché que quand passe la Vie, sous les traits de Betty, ou l'Aventure, sous ceux de Généreuse, je préfère m'enfuir en courant, pour ne pas mettre en péril ce cocon bien chaud que j'ai laissé en France.

Non, c'est la manière dont vivent ceux qui sont le plus semblables à moi, expatriés comme moi, issus du même milieu social, ayant fait des études comparables, c'est ce que j'ai pu observer, en quelques mois passés ici, qui me ferait presque douter de mes valeurs, qui me ferait me demander si ce choix que j'ai fait de vivre comme je vis est le meilleur.

Quand je dis le meilleur, je ne parle bien sûr pas de facilité. D'une certaine manière, choisir de s'engager pour la vie avec quelqu'un et de lui être fidèle est peut-être ce qu'il y a de plus facile. Cela évite de se poser des questions, cela permet de ronronner tranquillement, sûr que l'autre ne regardera pas ailleurs, ne cherchera pas à comparer. Bien au chaud, on est tranquille, on peut vivre une petite vie sans histoire, même si l'on se consacre au tiersmonde.

Ce n'est pas cette voie — si peu étroite, quand on y songe — qu'ont choisie les gens que je fréquente et que j'admire dans ce pays. Ici, tout le monde semble pratiquer une forme de liberté sexuelle, et personne n'a l'air de mal s'en porter. Même Robert est plus libre que moi puisque Félicité et lui, tout en vivant ensemble, s'autorisent mutuellement de fréquentes incartades, sans que cela ne remette en question leur couple.

Il me semble que je suis le seul à vivre une frustration intense, mal dans ma peau, fou de désir à la moindre occasion, sans jamais oser me jeter à l'eau. Lors du réveillon chez les Durouchoux, j'ai dû me faire violence pour ne pas embrasser à nouveau Betty, une fois le baiser de nouvel an passé, pour ne pas caresser ces fesses qu'elle tortillait sous mes doigts, bref, pour ne pas lui donner ce qu'elle voulait et dont, pour être honnête, j'avais un peu envie. J'attends les séances de piscine comme un condamné à mort sa dernière cigarette (hier, j'ai été épouvantablement déçu qu'elle annule), dans la cabine où nous nous déshabillons, je guette le moindre bout de chair sous la dentelle, et j'utiliserais bien un tube de crème par séance, tant j'aime lui masser le dos, les cuisses et les seins.

Je me demande si je ne suis pas en train de commettre l'erreur contre laquelle le père Francis me mettait en garde : sous prétexte d'être fidèle à l'autre et à un engagement mécanique, qui ne tient pas compte de la Vie, se perdre à soi-même, ne plus s'être fidèle, et devenir extrêmement malheureux pour cette raison.

Pourtant, j'aime Juliette, et je ne veux pas la quitter.

Je l'aime, envers et contre tout.

En même temps que j'écris ces lignes, le doute me saisit. Ne suis-je pas en train de me sacrifier au bonheur de Juliette ? Je veux dire, pour quelle raison est-ce que je rejette avec une telle virulence la simple idée de quitter Juliette ? Est-ce parce que je ne peux me passer d'elle, ou parce que je sens que je lui suis, moi, indispensable ? Peut-on bâtir son bonheur sur un sacrifice ?

Je ne sais pas.

En même temps que j'écris : « Je ne sais pas », je me demande si le simple fait de ne pas savoir n'est pas une indication ?

Je n'en sais rien. En fait, je ne sais pas grand-chose.

Rétrospectivement, la séparation d'avec Juliette est une bonne chose. Nul ne peut faire un parcours initiatique en couple. C'est ce qu'Yvonne m'expliquait : dans les monastères hindous, lorsque deux personnes arrivent ensemble, la première chose qu'on leur demande est de se séparer : si elles n'en sont pas capables, c'est qu'elles ne sont pas mûres pour recevoir l'initiation.

Je suis en train de mûrir.

23

[10 janvier]

Hier, alors que je me promenais en ville pour mettre un peu d'ordre dans mes affaires, j'ai rencontré Donatien, le frère aîné de feu ma grand-mère, celui qui tient lieu de sage à ma famille, et qui commence — malgré tout le respect que je lui dois — à être un peu gâteux. Il m'a invité à boire une bière de banane. Évidemment, il en a profité, à mots couverts, pour me faire la morale. Après cinq bonnes minutes de silence, pendant lesquelles il devait méditer ce que je venais de lui expliquer — un travail à faire pour la Sûreté, beaucoup trop dangereux pour me permettre de me marier —, il s'est mis à parler de branches mortes. De ce côté de l'arbre, petit, il y en a assez eu, a-t-il dit sentencieusement. Il y a eu cette branche sur laquelle on a voulu greffer un fruit impossible, d'une couleur impensable ; comme je l'avais prédit, le fruit a entraîné sous lui la branche. Avec la branche, le fruit a tué la promesse d'autres fleurs, d'autres couleurs pensables. Mais pas pour toutes les branches. La sève coule en toi que tu le veuilles ou non. Elle charrie aussi ta mémoire.

Je connais ses images. Donatien les a toujours maniées avec habileté. Cela ne rend pas ce qu'il dit plus juste pour autant. Quoi qu'il se soit passé. Ce n'est pas le fruit, mais l'arbre qui a tué la branche.

C'est ce que j'ai dit au vieil homme. Il m'a regardé lentement, a pris une gorgée de bière, craché par terre, puis il m'a dit, petit, je serai peut-être déjà mort quand cela se produira, mais je sais qu'un jour une nouvelle fleur refleurira sur cette branche que tu crois morte ; cette fleur-là sera différente, et tu ne pourras rien y faire, ce sera comme une chanson qu'on veut tuer, mais qu'on ne peut plus jamais oublier, une fois qu'on l'a entendue.

Je me suis levé en souriant, ce pauvre Donatien, je crois bien, décidément, qu'il est devenu tout à fait gâteux.

Vers minuit, comme je ne pouvais pas dormir, j'ai sorti ma moto et je suis parti droit devant moi. J'ai échoué au bord du lac, évidemment. Plutôt que de me laisser troubler par des fantômes, j'ai ramassé une grosse pierre, sur la berge, et je l'ai lancée. Loin.

Donatien est gâteux. La seule chose qui m'intéresse, c'est la vie de mon maître, le seul qui me fasse encore rire.

24

Le 12 janvier 1985

Ma Juju,

Je reçois à l'instant ta lettre qui date de l'année dernière.

Bien sûr que tu avais raison, bien sûr que j'ai pensé à toi, quand minuit a sonné ! J'aurais voulu te téléphoner, mais on m'a expliqué que ça ne servait à rien d'essayer : ici, il n'y a pas de téléphone automatique, et le 31 au soir, très peu d'opératrices sont « de garde ». Or, tous les expatriés ont la même idée, et cherchent à joindre leur famille à minuit pile, si bien que le standard explose. Du coup, les opératrices présentes ne cherchent même plus à répondre aux demandes, elles ne font leur travail que pour les membres des ambassades, et encore, à condition qu'ils soient haut placés.

Ma Juliette, il faut que je te gronde : tu aurais mieux fait d'aller t'amuser un peu, plutôt que de rester toute seule à la maison à relire mes lettres ! Pourquoi n'es-tu pas allée avec Éric chez Laurent, comme il te le proposait ? Ça m'aurait fait plaisir, tu sais, de savoir que tu étais bien entourée, pour commencer l'année...

De mon côté, comme prévu, je suis allé passer la soirée du réveillon chez les Durouchoux. C'était une bien belle fête, il y avait énormément de monde, un peu plus d'Occidentaux que d'Africains, mais j'ai eu le plaisir de retrouver Auguste, tu *sais, celui qui était venu me voir, lors de la fête de l'Institut, pour me dire qu'il avait apprécié mon discours. Nous avons passé une bonne partie de la soirée à discuter ensemble, c'est quelqu'un de très intelligent, très sensible, et il me semble qu'il puise dans les traditions de son pays (qu'il connaît remarquablement) une sagesse exemplaire.*

Il y a eu un moment très émouvant, à cette soirée de réveillon. C'était peu de temps avant minuit. Poussés par Yvonne, nous nous sommes mis, à quelques-uns, à danser l'« awulé », tu sais, cette danse traditionnelle que Xavier et Yvonne ont réussi à apprendre avant qu'elle ne sombre dans l'oubli. Eh bien, au bout de quelques minutes, tous les Africains présents formaient un cercle autour de nous et nous encourageaient en tapant dans leurs mains. J'ai trouvé cela merveilleux : nous, les Blancs, les étrangers, nous dansions pour eux, en ce soir de fête, cette danse traditionnelle, et eux nous applaudissaient (une tradition de chez nous !) en guise de remerciement. C'était vraiment très beau, même si ce n'était pas grand-chose.

Mais je sais bien, ma Juju, tu vas me dire que ça ne suffit pas. Seulement, pour faire mieux, je suis un peu désemparé.

Hier, suivant tes conseils et désireux de ne pas rester dans mon coin, à ne fréquenter que des Blancs ou des Africains riches, je suis allé proposer mes services à Vie et Développement, une organisation non gouvernementale dont le père Francis m'avait dit le plus grand bien.

Si tu avais vu comme j'ai été reçu ! Oh, bien sûr, le jeune homme qui m'a répondu a été tout à fait correct ; mais il m'a expliqué que la meilleurs chose que je pouvais faire pour les aider était justement de ne pas les aider. « Je n'ai rien contre vous en particulier, » m'a-t-il dit gentiment, « au contraire, je trouve votre démarche tout à fait sympathique, et soyez sûr que si j'en avais la possibilité,, je vous accueillerais bien volontiers au sein de notre organisation. Mais voilà plusieurs siècles que de jeunes idéalistes allemands, français, belges, italiens, russes, chinois ou américains viennent dans ce pays pour nous aider à nous en sortir. Vous avez vu le résultat. Alors ici, on essaye une autre méthode. On s'aide nous-mêmes. Tout ce qu'on vous demande, à vous les expatriés, c'est de vous tenir à l'écart, de ne pas nous aider, de ne nous donner aucun argent, aucun conseil, absolument rien. C'est ce que vous pouvez faire de mieux pour nous, si vous voulez vraiment que nous réussissions. »

Ça m'a fait un choc. Le pire, c'est qu'à bien y réfléchir, je me demande s'ils n'ont pas fondamentalement raison, si ce n'est pas ce que toute l'Afrique devrait faire, une fois pour toutes. En tous cas, ce n'est pas comme ça que je pourrai fréquenter un peu plus de « vrais » Africains, comme tu dis.

Par contre, toujours hier, et justement en sortant du local de Vie et Développement, figure-toi que, tout à fait par hasard, j'ai rencontré Généreuse, tu sais, cette fille qui était venue me voir, lors de la fête de l'Institut, pour me dire, comme Auguste, qu'elle avait aimé mon discours. Nous sommes allés boire un jus de fruit dans un salon de thé, et avons pu causer un peu. Elle est secrétaire à la Mission de coopération, ce qui est un travail assez qualifié pour quelqu'un de son ethnie : il y a des quotas ethniques, et on se trouve empêché de faire des études de haut niveau si on a le malheur d'appartenir à l'ethnie qui n'a pas le pouvoir, ce qui est malheureusement le cas de Généreuse. Elle m'a un peu parlé de sa vie, de l'obscurantisme qui règne encore dans ce pays, de la difficulté qu'a une femme à se faire accepter comme un être humain à part entière. Ainsi, par exemple, pour beaucoup d'hommes âgés, une fille qui se maquille ou qui se fait décrêper les cheveux est nécessairement une prostituée.

Je suis heureux d'avoir fait cette rencontre ; j'aimerais pouvoir devenir ami avec elle, même si je me rends bien compte que ce n'est pas facile, étant donné nos situations respectives. Tu avais bien raison de me pousser à fréquenter des gens d'ici. Je lui ai parlé de toi, et elle a hâte de te connaître. En attendant, elle a accepté de me revoir, la semaine prochaine, je vais l'inviter au restaurant (ça ne serait pas correct de l'inviter seule chez moi, m'a-t-elle expliqué).

Voilà, ma Juliette chérie, je crois que j'ai fait le tour de tout ce qui a bien pu se passer ici depuis le début de l'année. Les étudiants sont en vacances, jusqu'à la semaine prochaine, en attendant je m'avance pour pouvoir préparer les prochains cours à fond.

Joseph doit aller faire des courses en ville, je vais lui donner cette lettre pour qu'il la poste tout de suite.

Je t'embrasse, ma Julinette chérie, et je t'aime de toute mon âme,

Ton Fifou

25

[30 janvier]

Il est sympa, Ramou, me dit Fortunata tout en grimpant sur un tabouret pour dénicher un dossier en hauteur. Un peu coincé, mais sympa. Tu as eu de la chance, que la Sûreté te l'ait confié. Tu ne dois pas trop t'ennuyer, non ?

Tout en admirant le galbe de ses jambes, je me demande comment j'ai fait pour mettre aussi longtemps à faire le rapprochement ; une Vénus africaine, même si c'est un grand dadais comme mon petit patron qui l'a ainsi baptisée, il n'y en a qu'une, c'est Fortunata.

C'est très variable, en fait, cela dépend des jours, dis-je avec un sourire. Mais dis-moi, depuis quand te fais-tu appeler d'un autre nom que celui que ton père t'a donné ?

Oh, Généreuse est mon deuxième prénom, glousse malicieusement la donzelle. Ma grand-mère s'appelait comme ça. Je voulais voir combien de temps Monsieur l'Espion mettrait pour retrouver ma trace. Amusant, non ?

Très drôle, Fortunata ; et je sens que je vais rire un peu plus avec ce que tu vas me raconter.

Un fin sourire aux lèvres, la belle ouvre de grands yeux innocents.

C'est une bonne idée que tu as eue là, poursuis-je : on va collaborer. Travailler en tandem. Ça nous rappellera nos sorties, quand on avait vingt ans. Tiens, rien que d'y penser, ça me chauffe le corps. J'en suis tout chose. Tu sais que tu me rends tout chose, Fortunata ? Par le simple pouvoir de la pensée ? Du souvenir ?

Elle s'échappe de mes bras en frémissant : je ne sais pas pourquoi je ne te gifle pas, Joseph, tu me donnes la chair de poule, espèce de voyou.

Ne me fais pas languir plus longtemps, Fortunata, raconte-moi plus en détail cette rencontre.

C'est que, s'amuse la Vénus africaine, dans ce bureau, là, je n'arrive plus très bien à me remémorer les faits. Hier soir... c'est trop lointain. Il faudrait trouver un moyen de me rafraîchir la mémoire.

Elle aurait tort de s'en priver ; d'autant que pour déguster des brochettes d'antilope on est tout de même en meilleure compagnie avec ce voyou de Joseph qu'avec son petit maître.

Il était très intimidé, m'explique-t-elle, quelques heures plus tard, confortablement installée à la Gazelle, une coupe de champagne à la main. Il voulait me faire bonne impression, mais il ne savait pas comment s'y prendre. Un peu comme s'il avait été puceau, tu vois ce que je veux dire ? Moi, dans ces cas-là, je ne peux pas m'empêcher d'en rajouter un peu ; je lui lançais des regards langoureux, je poussais des petits soupirs contents, tiens, comme celui-là, en sirotant mon champagne.

Et la donzelle d'exhaler derechef d'entre ses lèvres charnues un son charmant, qui tient du râle de plaisir, du soupir d'aise et du souffle de vent.

Évidemment, ça l'a mis encore plus dans tous ses états, poursuit la Vénus africaine. Il buvait du champagne, pour se donner une contenance, la tête lui tournait, il avait chaud, il suait beaucoup, mais il ne trouvait pas du tout quoi dire. Je l'ai laissé s'enferrer un peu, je ne sais pas si tu as remarqué, quand il est gêné, il triture la branche de ses lunettes, c'est amusant. Remarque, on a tous des tics, toi, par exemple, tu regardes tes pieds sans arrêt. Bref, ton petit maître buvait, buvait, et j'ai eu peur qu'il roule sous la table avant d'avoir pu payer l'addition. Alors j'ai eu pitié. À peu près au moment où on a apporté les brochettes d'antilope — tiens, les voilà justement, le service est plus rapide ce soir —, j'ai lancé un sujet sérieux. La condition des femmes.

Connaissant mon petit maître, ça a dû lui faire très plaisir, dis-je en répartissant les brochettes dans nos deux assiettes.

Il s'est jeté sur ce sujet comme s'il n'avait pas parlé depuis plusieurs mois, confirme la belle. Il approuvait, s'extasiait, s'indignait avec virulence. C'était mignon.

Ma jolie invitée se lèche les babines d'un air suggestif, et poursuit tranquillement. Comme il me parlait d'une amie à lui, qui a des idées féministes, je lui ai demandé si c'était sa fiancée. Il a si bien nié que j'en ai déduit que c'était bien le cas.

Fortunata, le macho que je suis doit reconnaître que tu es une fille intelligente, dis-je sans me forcer.

Ensuite, poursuit la belle, imperturbable, je lui ai proposé d'aller prendre le dessert au Tam-Tam noir.

Et c'est devant deux «Boulets de la jungle», — la spécialité du chef : de sublimes fondants au chocolat sphériques, sur lesquels de la poudre de noix de coco est artistiquement disposée, à la manière des taches sur la peau du léopard —, confortablement installés dans des fauteuils d'osier garnis de coussins de soie, nichés dans une alcôve tressée en feuilles de bananier, que nous poursuivons notre intéressante conversation.

Quand nous sommes arrivés ici, m'explique Fortunata en croisant lascivement ses jambes, il n'en croyait pas ses yeux : tout lui semblait féerique, magique. C'est merveilleux, c'est merveilleux, répétait-il en triturant la branche de ses lunettes. On aurait dit qu'il n'était jamais sorti de chez lui ; ça fait pourtant un bail que tu es venu me demander sa fiche.

La belle marque une petite pause, savourant son Boulet.

Je crois qu'il est encore meilleur que celui que j'ai mangé hier, décide-t-elle en me coulant un regard éloquent. Donc, une fois arrivés ici, je lui ai demandé de me parler de son travail, en recommençant les regards et les petits soupirs. Cette fois c'était bien parti : il s'est mis à parler fraternité entre les peuples, je lui ai répondu synergie entre éducation et développement, comme à la fête de l'Institut ; il a cherché ma main. Je l'ai laissé faire, avant de me rapprocher un peu, comme ça.

Et ma Vénus africaine de venir frotter sa cuisse nue contre ma jambe, en se tortillant comme un dragon qui aurait avalé un hérisson.

Ensuite il m'a regardée, conclut-elle en plantant ses yeux de velours dans les miens.

Sacrée Fortunata ; on lui pardonne tout.

Tu ne l'as pas violé, quand même, Fortunata ? lui demandé-je entre deux longs baisers.

Oh non, je ne suis pas comme ça, me rassure la belle. Au bout d'un tout petit quart d'heure, j'ai regardé ma montre. Il m'a raccompagnée sur les chapeaux de roue ; dans sa fougue pour repartir, il a laissé tomber ses lunettes. Je me demande comment il n'a pas eu d'accident.

Et moi, je vais en avoir un si tu n'acceptes pas de danser avec moi, dis-je en l'entraînant vers la piste, bien décidé à lui faire oublier mon petit maître.

26

Le 28 février 1985

Je suis perdu, je ne sais plus où j'en suis, les idées se bousculent dans ma tête sans que je parvienne à les ordonner, je ne dors plus depuis trois nuits, j'ai épouvantablement mal à la tête — peut-être à cause de mes nouvelles lunettes —, je ne sais plus quoi faire.

Mais il ne sert à rien d'égrener ainsi des chapelets de mots qui, tous, procèdent de la même triste constatation : je ne sais plus comment mener ma vie.

J'ai tenté, du mieux que j'ai pu, de demander conseil aux amis que j'ai ici, en qui j'ai une confiance absolue (bien sûr, sans leur avouer qu'il s'agissait de moi). Mais aucune des réponses qui m'ont été données n'a su me satisfaire. Il me semble que personne n'envisage sérieusement ce que peut être, réellement, une passion authentique. Tous ont l'air de réduire une telle histoire à l'aspect sexuel, et donnent des conseils du genre : « Couche d'abord avec elle, tu verras bien si tu l'aimes après. »

Comme s'il était besoin pour moi de tester la force de mes sentiments pour Généreuse.

Généreuse... Je n'arrive pas à écarter mes pensées de la courbe de ses lèvres, ces lèvres au fond desquelles j'aurais voulu me noyer, ces lèvres qu'elle m'a si doucement, si naïve-

ment offertes, avec une telle générosité, un tel élan de toute son âme, une telle pureté de tout son être que je ne lui serai jamais suffisamment reconnaissant.

Généreuse... Elle ne se contente pas d'être belle. Elle est superbement intelligente ; compte tenu de l'éducation qu'elle a reçue, du carcan mental dans lequel elle a été emprisonnée pendant de longues années, l'ouverture d'esprit, la vivacité dont elle témoigne tiennent véritablement du miracle.

Penser qu'un pareil esprit est cantonné à des tâches administratives subalternes, simplement parce qu'elle n'est pas née dans la « bonne » ethnie, avec le « bon » sexe, m'est insupportable.

Soyons honnête. Jusqu'à présent, la principale raison pour laquelle je suis resté fidèle à Juliette (outre mon amour, bien sûr) est que je ne voulais à aucun prix la faire souffrir ; je sais qu'elle a besoin de moi, que je joue un rôle important dans son équilibre, et, considérant la vie, assez difficile, qu'elle a eue, je ne me sentais pas le courage de lui faire du mal.

Mais la vie de Généreuse a-t-elle été facile ? Juliette vit dans un pays où les femmes ont des droits, elle ne sera jamais bafouée, spoliée, empêchée d'avancer pour des raisons injustes. Bien sûr, elle a souffert du divorce de ses parents, mais est-ce comparable avec la souffrance de se voir reléguée à l'arrière-plan, simplement parce que l'on est née femme ? Généreuse a eu un courage extraordinaire, une volonté de fer pour parvenir là où elle est arrivée. Juliette, en faisant moins d'efforts, aura un statut cent mille fois plus enviable.

Et puis, soyons honnête. Jusqu'à quel point suis-je indispensable à Juliette ? Mis à part mes lettres, qui arrivent somme toute rarement, elle n'a plus aucun contact avec moi ; or, elle s'en est très bien sortie jusqu'à présent. Bien sûr, dans sa dernière lettre, elle semble perturbée que je ne lui aie pas donné de nouvelles. Mais c'est parce que mon absence l'enferme dans une attente de chaque instant, où elle s'épuise. Juliette a plus besoin d'une présence en général que de moi en

particulier. Or, si elle ne m'attendait pas, elle trouverait facile-
ment un partenaire digne d'elle.

Tandis que Généreuse... Que peut-elle espérer ? Épouser un
homme d'ici, qui lui ferait une dizaine d'enfants, ce qui lui
ferait perdre son travail ? Cantonnée aux tâches ménagères,
elle n'aurait même plus les quelques rapports humains qui
lui permettent de ne pas étouffer, pour le moment ; son mari
boirait, probablement (comme la majorité des hommes, m'a-t-
elle confié) ; dans quelques années, il la tromperait peut-être ;
et si elle le quittait, elle se retrouverait au ban de la société...
À moins que, refusant cet engrenage, elle ne reste vieille fille,
pour garder son travail à la Mission de coopération ? Qu'elle
se dessèche, comme une fleur hors du terreau, sans connaître
jamais la joie de faire sauter des petits enfants sur ses
genoux, qu'elle reste seule, effroyablement seule... Avec sa can-
deur, elle se jetterait peut-être au cou du premier muzumgu
qui passe, il lui promettrait de l'épouser, mais l'abandonne-
rait une fois sa mission terminée, la laissant ici, marquée par
l'opprobre, ravalée au niveau d'une prostituée...

Suis-je en train de m'égarer ? Si j'en crois Bénédicte, avec
qui j'ai parlé à cœur ouvert (peut-être même a-t-elle compris
que celui dont je parlais n'était autre que moi), le pire piège à
éviter est de se laisser guider par la pitié.

Mais est-ce de la pitié que je ressens ? Éprouve-t-on de la
pitié pour une femme à laquelle on ne peut s'empêcher de pen-
ser, dont on rêve toutes les nuits, dont on guette en tremblant
le moindre sourire, dont on espère en frémissant le moindre
soupir ?

La pitié n'est-elle pas à chercher ailleurs ? N'est-ce pas une
sensation comparable qui m'a envahi, une fois ouverte la der-
nière lettre de Juliette ? Pis, n'est-ce pas un sentiment de cet
ordre que j'éprouve depuis plus longtemps encore ? Dans quel
état d'esprit étais-je, chez Laurent, lors de ce réveillon mémo-
rable ? Pourquoi ai-je invité Juliette à danser cette série de
slows ?

Vais-je trop loin ?

Qu'importe. C'est bien à cela que sert un journal. Et peut-être la douleur que je ressens, en écrivant les lignes qui précèdent, n'est-elle que la douleur que l'on éprouve à découvrir, soudain, une vérité que l'on cherchait de toutes ses forces à cacher, à se cacher, une vérité qui montrerait que, malgré tous mes efforts, tout mon courage, je n'ai pas su, jusqu'à présent, me rester fidèle à moi-même, en cherchant, avec une trop grande application, à rester fidèle à une femme qui ne me convient pas vraiment ?

Pourquoi, sinon, aurais-je ressenti une émotion dix mille fois plus intense lorsque Généreuse m'a offert ses lèvres que lorsque Juliette s'est donnée tout entière ?

27

[10 mars]

Dis-moi, Fortunata, tu vas me le ruiner, mon maître, à ce train-là ! Comment crois-tu qu'il va pouvoir payer mes gages ?

Installé confortablement sur les banquettes du Tam-Tam noir, où j'ai pris l'habitude de convier la belle le lendemain de ses rendez-vous avec mon cher patron, je glisse mes doigts sur sa peau d'ébène et viens jouer avec une jolie chaîne en or massif qui n'était pas là la semaine dernière.

Ce n'est pas de ma faute, se défend la Vénus africaine en frémissant sous mes caresses. Tu sais comment il est, têtu et tout. Il a tellement insisté que j'ai eu pitié de lui. Je veux que tu aies quelque chose de moi, Généreuse, me disait-il, quelque chose que tu aies sur toi toute la journée et qui te fasse penser à moi à chaque fois que tu le regardes, un symbole qui nous réunira. Si tu n'acceptes pas de m'accompagner dans la boutique, j'y vais tout seul et je t'achète n'importe quoi, je prendrai simplement ce qu'il y a de plus cher. Alors, j'ai bien été obligée de choisir. Mais j'ai été très raisonnable, je n'ai pris que la chaîne. Pourtant, il y avait de superbes boucles d'oreilles assorties.

Et la belle de me couler un regard suggestif.

N'y songe pas, Fortunata, dis-je en faisant courir mes

doigts de son bras à son cou. Un pauvre boy aurait du mal à te payer ce genre de chose ; surtout le pauvre boy d'un maître que tu as ruiné, tu imagines ?

Ne me fais pas rire, glousse Fortunata en se dégageant doucement de mon étreinte pour prendre son verre. Tu vois, j'ai pris un Cannibale Blues : champagne, curaçao et Drambuïe, avec une larme de grenadine en suspension. Goûte-moi ça.

Et, délicatement, la Vénus africaine lape une gorgée de Cannibale Blues qu'elle reverse soigneusement entre mes lèvres.

Pas mal, dis-je avec un air de connaisseur.

Il ne sait pas quoi inventer pour que je ne croie surtout pas qu'il ne pense qu'à mes fesses, confie la belle en s'asseyant sur mes genoux. Je ne sais pas pourquoi, il préfère que nous discutions. Il appelle cela : nous connaître tout au fond de l'âme. Il parle bien. Presque aussi bien que toi, Joseph.

C'est qu'il est professeur, Fortunata. Les professeurs, ça sait parler. Mais moi, je n'ai rien contre tes fesses, comme tu peux le constater. Ou plutôt si : tout contre, comme dirait Sacha Guitry.

Bon public, la belle rit en se trémoussant.

Ah, signale-t-elle innocemment, il y a eu autre chose. Il m'a demandée en mariage.

C'est à peine une information, réponds-je, vaguement contrarié. Mais toi, qu'as-tu répondu ? Attends, laisse-moi deviner. Tu as demandé un délai.

Tout juste, Monsieur l'Espion. J'ai demandé à réfléchir, je voudrais avoir tes conseils, minaude Fortunata en passant ses bras à mon cou.

Ça ne serait pas une mauvaise idée, dis-je hypocritement. Tu imagines ? Ta vie serait changée. Dans quelques années, tu partirais en France. Là-bas, tu n'aurais plus jamais aucun problème, plus rien à faire que te promener dans les boutiques, acheter des bijoux, choisir les plus beaux habits...

Si c'est tellement bien là-bas, pourquoi n'y es-tu pas resté ? s'étonne Fortunata, que je ne devrais pas sous-estimer.

Oh moi, c'est autre chose, fais-je d'un air évasif. Je suis rentré à cause des événements. Il fallait bien que j'enterre ma famille. Mais toi, tu as encore toute ta tête, tu pourrais vraiment prendre un nouveau départ, Fortunata. Réellement.

Joseph, me dit Fortunata, soudain sérieuse, tu as tort de me prendre pour une andouille. Sache que si je voulais épouser un Blanc, ce serait fait depuis longtemps. J'ai eu quarante-trois demandes à ce jour, et sur les quarante-trois, il y en avait environ dix qui étaient tout à fait sérieuses. Seulement voilà. Je n'ai pas l'intention de me marier. Alors, tu ferais mieux de parler d'autre chose. Par exemple, de t'occuper de moi. Après tout, Philippe te paye, tu peux bien faire un peu de son travail.

Et avant que j'aie eu le temps de trouver quelque chose d'intelligent à rétorquer, Fortunata plaque ses lèvres sur ma bouche et sa langue se livre à une exploration détaillée de ma cavité buccale, pendant que ses deux mains s'égarent dans mon dos.

Allez résister à pareils arguments.

28

Le 20 mars 1985

Je viens de faire un cauchemar épouvantable. J'en suis encore tout frissonnant, je n'arrive pas à me remettre les yeux en face des trous, mon Dieu, que cette chose était abominable !

Je marchais dans les rues d'une ville, probablement Paris, ou peut-être Lyon, de toute façon il y avait un fleuve, et c'était une grande ville. Soudain, je tenais la main de Juliette, qui souriait, et puis d'un coup, elle se penchait vers moi pour m'embrasser, et brusquement, je sentais quelque chose qui me mordait le sexe. Je baissais la tête, et je voyais Betty, enfin, plutôt ses dents, toutes jaunes et trop longues, qui claquaient sur mon sexe comme si elles voulaient le découper. Je m'apercevais alors que ma braguette était grande ouverte, et que les dents de Betty n'avaient eu besoin que d'écarter ma chemise, car je ne portais absolument aucun sous-vêtement. J'appelais à l'aide, Juliette avait disparu dans l'intervalle, et un pompier se précipitait à mon secours, me demandant si j'avais un problème d'incendie ; je n'arrivais pas à parler, et désignai mon bas-ventre où les dents de Betty s'activaient à qui mieux-mieux, emportant de grands lambeaux de chair sans pour autant que le sang coule. Le pompier s'approchait de moi, et je réalisais alors qu'il ne s'agissait pas d'un vrai pompier, mais d'un anthropophage déguisé en pompier, un anthropophage qui avait les traits, horriblement déformés, de Généreuse, ma Vénus africaine, celle qui m'a mis le cœur en sang... et au milieu de sa figure, bien enfoncées à travers les narines, à la manière des os des cannibales dans mes livres d'enfant, ce pompier-anthropophage arborait fièrement deux épingles à nourrice, les deux épingles que je portais à mon costume, le soir de la fête de l'Institut.

Comment interpréter ce rêve ? Culpabilité par rapport à Juliette, peur d'avoir perdu ma virilité, désir inconscient pour Betty ? Et que dire de ce personnage de pompier-anthropophage, arborant à son nez mes épingles à nourrice ? Ce pompier qui ressemblait épouvantablement à Généreuse, qui en était une sorte de double terrifiant, une sorte d'image inversée ?

29

[30 mars]

Tout de même, Fortunata, tu exagères. Tu aurais pu me prévenir.

Les yeux plantés dans ses yeux de velours, je tente de prendre un air mauvais. Mais prendre un air mauvais en regardant la Vénus africaine, c'est un tour de force dont je ne suis plus capable.

Mais je ne pouvais pas prévoir ! s'exclame la jeune beauté d'ébène. Comment voulais-tu que je devine que justement ce jour-là il m'emmènerait à son domicile ?

Fortunata, Fortunata, tu es en train de me prendre à ton tour pour une andouille, dis-je en fronçant les sourcils. Tu ne vas pas me faire croire que ce n'est pas toi qui as décidé d'aller passer la soirée chez lui, tout de même.

C'est pourtant la vérité, me répond la donzelle en plantant bien droit dans mes yeux son regard innocent. Nous devions aller manger à la Gazelle, comme d'habitude, mais quand nous sommes arrivés, c'était complet. C'est là qu'il m'a proposé d'aller manger chez lui, pour que je puisse admirer sa maison.

Admettons que tu dis la vérité, Fortunata. Admettons-le, au nom des liens qui nous unissent et qui ont uni nos familles depuis quarante-trois générations. Admettons donc. Mais maintenant, pour me dédommager, il faut que tu me racontes tout ce qui s'est passé avec précision. Que tu me fasses vivre toute la soirée avec autant d'émotion que si j'avais été présent. Applique-toi si tu ne veux pas me décevoir.

Très bien, Joseph, je suis d'accord, répond la belle. Mais à une condition. Tu fermes les yeux, tu te concentres, et surtout tu ne m'interromps pas.

Je serai muet comme un poisson du lac, Fortunata. Tout ouïe, promis juré.

D'une voix chaude, la Vénus africaine commence son récit.

Quand nous sommes arrivés, il était un peu crispé, explique-t-elle. Il s'est précipité dans la pièce avant moi, sans doute pour vérifier qu'il n'avait pas laissé traîner telle ou telle chose inconvenante, puis il m'a dit d'entrer. Je me suis extasiée sur la décoration. J'ai eu beaucoup de mal à échapper au tableau qu'il voulait m'offrir, j'ai dû appeler à la rescousse les règles de bienséance et la réaction de mes frères, s'ils le découvraient.

Je nous ai fait quelques cocktails — grâce à toi il y a tout ce qu'il faut dans le frigo, tu es un excellent boy, préviens-moi quand tu seras libre — pendant qu'il me dévorait du regard. Nous avons trinqué à l'amitié entre les peuples et à la synergie, c'était très émouvant.

Et Fortunata me gratifie d'un baiser si fougueux que j'ai du mal à garder mes yeux fermés.

Tout à coup, il a été pris d'une illumination, poursuit la Vénus africaine. Généreuse, je vais te faire une surprise, m'a-t-il annoncé. Je vais t'offrir quelque chose, en hommage à ta beauté. Moi, tu me connais, j'ai protesté. Je craignais un nouveau tableau. Mais il m'a répondu que cette fois c'était tout ce qu'il y a de plus immatériel, qu'il avait juste besoin d'un peu de musique.

Il a mis du jazz sur son magnétophone, puis il s'est planté devant moi et il a commencé à tortiller son bassin en fléchissant les jambes.

Je vois. L'awulé, dis-je.

Joseph ! Tu avais promis de ne pas m'interrompre, proteste la Vénus africaine. Je te préviens, si tu recommences, je m'arrête et tu ne sauras jamais ce qui s'est passé ensuite ; en tout cas pas par ma bouche.

Ce serait du gâchis, reconnais-je, tout penaud. Je me tais, je n'ai rien dit, je ne suis plus qu'une immense oreille silencieuse suspendue à ton bon vouloir, Fortunata. Promis juré. Je ne dis plus rien. Plus un seul mot. C'est décidé.

La belle sourit malgré elle, puis reprend son récit.

Tout heureux que je ne connaisse pas cette danse, il m'a proposé de me l'apprendre. C'est assez simple, une fois qu'on a compris le principe : il suffit de remuer les hanches. Comme ça, en fait.

Les lèvres scellées par mon serment, je pousse quelques grognements tout en palpant d'un air approbateur le balancement des hanches de Fortunata.

Comme j'apprenais très vite, Philippe m'a expliqué que mon inconscient avait probablement mémorisé les mouvements de cette danse ancestrale, continue la Vénus africaine. D'après lui, il n'avait fait que me révéler à moi-même cette part oubliée de mon patrimoine culturel. Danse comme tu le sens, me disait-il, improvise, fais ce que tu veux, tu connais mieux que moi l'esprit de l'awulé.

J'ai toujours préféré les danses de proximité, poursuit Fortunata en se rapprochant de moi. Alors j'ai continué de danser, mais un peu plus près. Attends que je te montre ce que je veux dire.

Voilà, poursuit-elle en accélérant son balancement. Ça lui a fait à peu près cet effet-là. Généreuse, Généreuse, balbutiait-il, tu vas me rendre fou, et je sentais son souffle qui devenait court, pendant que la sueur perlait à ses yeux. C'est à ce moment-là que la porte s'est ouverte en grand, tandis qu'une voix féminine appelait Philippe !, puis s'arrêtait brutalement.

Betty, dis-je.

Joseph ! Je t'avais prévenu ! Je ne te raconterai plus rien de cette soirée. Tant pis pour toi, Monsieur l'Espion, tu ne sauras jamais la suite, décrète Fortunata.

J'ai beau supplier, prier, insister, menacer, la belle reste inflexible.

Très bien, Fortunata, dis-je en désespoir de cause. Je vais imaginer. Je vais te raconter en silence ce que j'imagine que tu as bien pu faire hier soir avec mon petit maître. Mais pour ça il faudrait que tu recommences à danser un peu l'awulé. Il n'y a pas mieux pour stimuler l'imagination. Je vais me mettre à la place de Ramou. Tu me diras à la fin si mon intuition a été bonne. En tout cas, à sa place, voici ce que j'aurais fait.

30

Le 10 avril 1985

Me revoici, encore plus perdu, si c'est possible.

Depuis quelques jours, les étudiants affichaient des mines goguenardes, en particulier Boniface. Il a attendu que j'arrive au chapitre sur l'honnêteté et la vertu, dont j'expliquais qu'elles étaient indispensables au sein d'une discipline qui en paraît pourtant dépourvue, comme l'économie, pour lever la main et demander à la cantonade quels devaient, d'après moi, être la nature des rapports entretenus avec les États-Unis. Bien qu'ayant du mal à trouver le rapport, j'ai répondu très sérieusement, parlé de l'impérialisme américain y compris dans le domaine de la morale, jusqu'à ce que Boniface dise que les Américains étaient encore bien pire que ça puisqu'ils utilisaient des armes secrètes pour empêcher les meilleurs de nous-mêmes d'être vertueux. Je lui ai demandé tout naturellement quelle était la nature de ces armes, pensant que quelqu'un avait probablement colporté des idées fausses, sans doute un coopérant issu d'Union soviétique, mais Boniface a pris un air évasif, et a répondu que cela faisait longtemps que nous n'avions pas fait de séance d'esprit critique.

Brutalement, j'ai compris qu'il devait faire allusion à ce baiser, échangé l'autre soir bien malgré moi avec Betty, simplement parce que je la trouvais émouvante, si seule et fragile.

Je suis devenu cramoisi. Des rires ont parcouru l'assistance, j'ai senti que je ne parviendrais pas à m'en sortir. J'ai fait alors quelque chose dont je ne me serais pas cru capable : j'ai exclu Boniface du cours et j'ai ordonné aux autres étudiants de prendre une feuille de papier, pour faire un contrôle-surprise.

Je n'aurais jamais cru que je pourrais en être réduit un jour à suivre ce conseil de Betty. Une telle attitude est en contradiction totale avec mes tentatives pour briser le carcan maître-élève, occidental-africain, oppresseur-opprimé, etc. Mais force est de constater que je n'ai plus entendu un seul rire ou une seule remarque désobligeante depuis, aussi bien avec les deuxième année (avec qui cet incident a eu lieu) qu'avec les autres classes, ce qui tendrait d'ailleurs à prouver que l'information circule très bien entre les élèves (ce dont je me réjouis : cela prouve que l'Afrique est capable de faire jouer, à une micro-échelle, des mécanismes de solidarité forts).

Mais arrêtons de tourner autour du pot : je me sens effroyablement mal, ces derniers jours, et les étudiants n'y sont pour rien.

Malgré tous mes efforts, je ne parviens toujours pas à comprendre comment j'ai pu gâcher, par bêtise pure, cette soirée dont Généreuse m'avait si généreusement fait l'offrande.

Tout cela est tellement aberrant que je me demande si mon inconscient ne m'a pas joué un tour, mettant tout en œuvre pour m'empêcher de profiter de ce miracle : l'Afrique qui me faisait signe, l'Afrique qui me souriait, l'Afrique qui se frottait contre moi en soupirant, l'Afrique qui m'enlaçait, l'Afrique qui m'entraînait dans une danse lascive, l'Afrique, qui me déshabillait, l'Afrique abandonnée, l'Afrique offerte, l'Afrique nue, m'appelant à mi-voix en poussant des soupirs à faire damner un ange.

Comment cela est-il possible ? Comment ai-je pu laisser passer cette chance indicible, comment ai-je pu briser cet instant fragile, comment ai-je pu mettre en péril ma vie entière, une vie que j'aurais pu passer à jamais avec elle, une vie où je risque de me contenter de survivre, arraché à son étreinte, privé de son parfum pour toujours ? Car, voulant réparer de mon mieux ma défaillance, je n'ai su que l'effaroucher au point qu'elle s'est enfuie sans me donner de rendez-vous...

Comment pourrait-elle accepter d'épouser un impuissant ?

Mon Dieu, quel effroyable gâchis ! Et c'est moi le seul responsable, moi le seul à blâmer, moi et moi seul qui ai tout provoqué. C'est moi que Betty a surpris, apprenant l'awulé à Généreuse. Moi qui n'ai pas eu le courage d'avouer à Juliette l'existence et la force de cette passion dévorante. Moi qui ai noyé mon désir dans des Cannibale Blues. Moi enfin qui n'ai même pas été capable de bander.

Je suis le seul, l'unique responsable de cette catastrophe, et la seule chose que je trouve à faire, lâche que je suis, est de me gaver de gâteaux (avec une sorte d'empathie déroutante, Joseph s'est mis à en fabriquer deux fois plus, sans que je lui aie rien demandé), ou, pire, de boire Cannibale Blues sur Cannibale Blues, comme si je pouvais y trouver l'oubli.

Soyons lucide. Il est probable que je ne reverrai jamais la Vénus africaine. En une seule soirée, je suis parvenu à tout dévaster.

[Plus tard]

Je me demande si ce qui s'est passé n'est pas un signe. Un signe que je me fourvoyais, un signe que la meilleure des choses que j'aie à faire est, bel et bien, de rester fidèle à Juliette, qui, après tout, m'aime d'un amour sans partage et m'attend avec confiance, malgré tout ce temps où nous ne nous sommes pas vus, et malgré la distance.

Il faut que je me donne le temps de la réflexion. On ne perd jamais rien à prendre du recul.

31

[12 avril]

Il a raison, ce cher Ramou. Un peu de recul, ça ne fait pas de mal. Hier soir, en rentrant de chez Fortunata, j'ai feuilleté un peu ce grand cahier, commencé il y a maintenant six mois.

C'est étonnant. Plus rien de ce qui mettait Ramou si mal à l'aise, au début de son séjour ici, ne semble le choquer aujourd'hui. Ni de se faire servir par un serviteur noir aux yeux baissés, ni de toucher, pour quelques leçons qu'il dicte à des étudiants abrutis, cinquante fois le salaire qu'il verse à Justinien pour entretenir son jardin, grimper en haut du papayer et faire office de gardien toutes les nuits. Voilà plusieurs semaines qu'il oublie d'enjoindre aux petits mendiants d'aller à l'école, comme s'il ne voyait plus rien de révoltant dans le fait que des gamins de six ou sept ans passent leurs soirées dans les rues, couchés sous les voitures, pendant que lui sirote un cocktail importé en galante compagnie, à la Gazelle. Toutes ces choses sont comme qui dirait entrées dans ses mœurs, et il serait bien surpris si on lui disait brutalement qu'il est en train de vivre d'une manière qu'il aurait fortement réprouvée il y a quelques mois.

Bien sûr, il n'a pas bonne conscience pour autant, ce cher petit Ramou. Il se complaît bien trop dans l'autoflagellation pour se sentir parfaitement bien dans sa peau. Mais il a trouvé maintenant, grâce aux rotondités de Généreuse et à ses défaillances, d'autres raisons plus convenables de se sentir subtilement coupable tout en s'absolvant à demi.

Ce n'est pas la première fois que je constate ce type d'évolution. François appelait cela la grande loi de l'indifférence. Il disait qu'il y avait là un moteur de l'espèce humaine ; une sacrée invention, qui permet de survivre au pire, en oubliant. Il avait l'habitude de porter un toast à cette loi, et nous trinquions ensemble, fraternellement. À cette époque, en regardant son beau profil, je ne trouvais pas cela scandaleux. Ni pathétique.

Depuis, j'ai survécu au pire ; sans oublier ; cela, François ne l'avait pas prévu.

Pas plus que je n'avais prévu le pire.

Alors, chaque fois que l'un de ceux que j'ai choisis se soumet à cette grande loi, je ne peux m'empêcher d'en être malheureux, au moins pendant quelques secondes. Ensuite, je reprends mon sourire narquois. Mais je ne m'habitue pas. Le pire est toujours là, au fond du lac comme une pierre.

Allons bon, voilà que je me mets à avoir des états d'âme.

Depuis quand le blanc déteint-il sur le noir ?

32

Le 20 avril 1985

Hier soir, j'ai invité les Durouchoux.

Joseph avait insisté pour faire le service, il voulait expérimenter plusieurs nouvelles recettes, en particulier un soufflé au chocolat.

Cette soirée m'a fait beaucoup de bien. Elle m'a sorti de l'état de torpeur malsaine où j'étais plongé depuis ce jeudi fatidique, elle m'a fait sentir que la vie continuait, et m'a permis de prendre la mesure de tout ce qu'il me restait à découvrir. Voir deux êtres aussi libres que les Durouchoux fait chaud au cœur, tout comme fait plaisir à voir l'amour qu'ils portent à ce pays. J'aurais pu les écouter des heures, tant l'expérience qu'ils ont accumulée pendant toute une vie est passionnante.

D'autant qu'après que Joseph eut apporté son soufflé au chocolat (tout à fait délicieux) la conversation a pris un tour très intime. Sans une seule plaisanterie, sans un seul rire gêné, nous avons évoqué franchement et dignement nos expériences amoureuses. Ce fut un moment rare, précieux, même si certains des propos qui se sont tenus, autour de la table, auraient pu paraître choquants.

Après quelques propos généraux, la conversation a roulé sur les vertus relatives des rapports de couple « à l'euro-

péenne» et «à l'africaine». J'ai évidemment exprimé mon indignation quant à l'humiliation permanente dont sont victimes les femmes dans ce pays, et dit que malgré toute mon ouverture d'esprit je ne voyais pas de quelle manière on pouvait justifier pareille aliénation.

« Il y a une chose, a dit M. Durouchoux, que je n'ai comprise que très récemment, grâce à une amie africaine avec qui j'ai eu, pour être honnête, une petite liaison. Précisons qu'il s'agit d'une femme mal mariée, avec une espèce de brute qui boit et qui la trompe, mais qu'elle se refuse à quitter, malgré tout le mal qu'il lui fait, en apparence. J'ai fini par comprendre que la raison pour laquelle elle restait avec cet homme était, aussi surprenant que cela puisse paraître, une raison sexuelle. Elle ne jouissait jamais aussi violemment que dans ses bras. C'est du masochisme, me suis-je dit. Cette amie est un peu tordue. Mais, en discutant avec d'autres femmes, je me suis rendu compte que le cas de cette amie était beaucoup plus répandu qu'on ne l'aurait dit. Ce que j'ai constaté, en d'autres termes, c'est que les femmes africaines, qui sont humiliées, exploitées, dominées, traitées plus bas que terre, sont, autant que je puisse en juger, capables d'éprouver des jouissances beaucoup plus fréquentes et beaucoup plus fortes que les femmes occidentales, toutes " libérées " qu'elles soient. Comme si cette oppression où elles se trouvent leur permettait de se libérer plus violemment que les autres. D'ailleurs, si on y réfléchit bien, l'oppression est le ressort des plus grandes histoires érotiques. »

Choqué, je me suis tourné vers Mme Durouchoux, sûr qu'elle allait contredire son mari. Mais elle se contentait de hocher la tête d'un air approbateur. Je me suis alors insurgé, évoquant certaines pratiques, qui ne supposent aucune domination, et sont, pour certaines femmes, le seul moyen de parvenir à l'orgasme. M. Durouchoux a souri gentiment.

« Tu as raison, Philippe, certaines pratiques permettent à la femme de ressentir du plaisir sans être humiliées. Mais,

dans ce pays, elles sont le plus souvent proscrites. "Ne prends jamais mon ventre avec ta bouche", dit-on, par exemple. Un homme qui enfreindrait ce commandement manquerait profondément de respect à sa partenaire. Il serait considéré comme un lâche, comme un faible, bref, comme une lopette. »

Au fur et à mesure que je réalisais ce que Généreuse avait pu penser de mes propositions, j'avais la sensation de tomber dans un puits sans fond. La honte dévorait mon visage. J'aurais voulu mourir.

C'est Mme Durouchoux qui m'a tiré hors de l'abîme en déclarant gaiement qu'à son avis cette tradition était bien regrettable.

Avec le recul, le constat du désastre auquel mon manque d'expérience m'a amené me rend presque serein. On ne peut pas revenir en arrière, comme dirait le père Francis. Et quand je vois Joseph s'affairer dans la maison, très calmement, sans qu'il ait rien perçu de cette lame de fond qui a failli balayer toute ma vie, je me dis qu'il ne me reste plus qu'à me relever, à m'ébrouer et à reprendre mon chemin. Courageusement. Parce que c'est mon devoir.

33

Le 10 mai 1985

Ma Juju,

Tu ne peux pas savoir à quel point j'aurais besoin que tu sois là, à mes côtés, en ce moment.

Je t'écris de mon lit, c'est à peine si j'ai la force de tenir mon stylo, je suis calé contre des oreillers bien frais, que Joseph vient de disposer derrière mon dos, mais je me sens malgré tout comme dans un nuage. Je ne sais pas ce que je ferais si Joseph n'était pas là pour me soigner, même la nuit il reste à mon chevet... Cet homme vaut beaucoup mieux que nous tous, avec nos grandes idées, nos grands discours, et notre incapacité à passer aux actes.

Bien sûr, je ne parle pas pour toi, ma Juju adorée, mais pour moi, pour ton pauvre Fifou qui se retrouve, depuis deux jours, immobilisé par la fièvre, incapable de dispenser les quelques cours qui justifient sa présence dans ce pays.

Cela a commencé par un rhume, que j'ai attrapé en faisant du jogging avec les Durouchoux, autour du rond-point de l'Indépendance. Mais, au bout de cinq jours, au lieu d'aller mieux, je me suis mis à avoir de la fièvre, des tremblements, bref, à me sentir de plus en plus mal. Joseph a fait le diagnostic immédiatement : c'est la malaria. Je ne voulais pas le croire, puisque je prends consciencieusement ma nivaquine ;

mais le médecin de la Mission l'a confirmé : certaines souches y résistent.

Tu connais l'expression « avoir les jambes comme du coton ». Jusqu'à présent, je pensais qu'il s'agissait d'une image un tantinet exagérée. Mais pas du tout. C'est exactement, précisément ce que je ressens.

Ce n'est même pas vraiment désagréable. C'est surtout déroutant : on se sent vide, dans une sorte d'état second, où les choses n'ont pas du tout la même importance, on fait des rêves extrêmement puissants, colorés, intenses et doux, sauvages et sucrés, graves, tendres et chatoyants... Je te vois régulièrement dans ces rêves, ma Juju, tu me souris, et tu me tends les bras...

Ce qui m'ennuie le plus, c'est d'avoir été contraint d'annuler cinq heures de cours, auxquelles je tenais énormément. Ce sont les cinq dernières heures des troisième année, et j'avais l'intention d'organiser de petits groupes de cinq ou six étudiants, pour mener une réflexion critique et prospective sur l'économie du pays. Cela fait plusieurs semaines que je les y prépare sans qu'ils s'en doutent. Je voulais expérimenter cette formule pour remplacer la discussion-bilan en grand groupe, formule qui s'est révélée un peu décevante à l'usage.

Bonaventure est passé tout à l'heure prendre des nouvelles de ma santé. Il m'a proposé de faire sauter ces heures purement et simplement. Il cherchait sans doute à me soulager, mais la perspective d'arrêter l'enseignement de l'économie du développement abruptement, en queue de poisson, sans être parvenu à la conclusion vers laquelle je tends, sans avoir atteint mon but, me rendait encore plus malade. Il m'a dit qu'il n'avait connu qu'une personne dotée d'une aussi grande conscience professionnelle que moi, et qu'il s'agissait de François, ce surveillant qui s'était intéressé à lui quand il étudiait en France, avec qui il était devenu très ami. Cela m'a fait du bien, et l'essentiel est acquis : il ne m'enlèvera pas mes cinq heures.

J'espère que tu travailles d'arrache-pied pour préparer tes derniers examens, je suppose que c'est pour cette raison que tu ne m'as pas beaucoup écrit ces derniers temps, et je ne t'en veux pas du tout.

Je t'embrasse tendrement, je vais charger Joseph de poster cette lettre pour qu'elle te parvienne le plus vite possible,
  ton Fifou

P.S. : J'aimerais bien que tu m'envoies quelque chose — quoi, je suis trop malade pour le dire — que je puisse offrir à Joseph avant de partir. Il est tellement dévoué que je me sens vraiment débiteur à son égard. Je voulais lui offrir un objet d'art local, mais Bénédicte, à qui j'en ai parlé et qui connaît bien les goûts des gens du pays, m'a dit que ce n'était pas une bonne idée. Elle dit qu'ils préfèrent recevoir un cadeau qui vient de France, même s'il a moins de valeur qu'un objet d'art d'ici.

34

[15 mai]

Le métier de boy a ses bons et mauvais côtés. Comme toutes choses en ce monde, ils sont indissociablement mêlés.

Ainsi de cette crise de paludisme de mon petit patron. En mauvais, il faut compter l'odeur épouvantable qui s'échappe par petits jets de ses entrailles. En bon, la délicieuse expression de son visage, lorsqu'il voit que je vois, qu'il ne peut rien faire d'autre que d'abandonner sa pudeur, et les petits rires gênés qu'il se sent obligé d'émettre, entrecoupés d'excuses plates. Moi, je baisse les yeux sur mes sandales de toile, je dis patron, tu n'as pas besoin de t'excuser, je connais bien cette maladie, quand mon père en est mort, c'est moi qui l'ai veillé, ce qui se passe dans ton corps, ça se passe pareil pour tout le monde, c'est la maladie qui fait ça, il faut juste attendre que ça s'en aille.

Il sourit misérablement, dit pour la dixième fois que des gens comme moi, on devrait les canoniser, que je vaux tellement plus que tous les Blancs, surtout ceux qui se croient intelligents.

Je l'avoue, cela me procure une joie d'une qualité exceptionnelle.

Mais ce qui rend mon bonheur parfait, c'est le retour de Betty.

Elle était pourtant bien décidée à lui battre froid ; les comptes rendus réguliers d'Ignace, son boy, étaient devenus notre seul lien.

Mais Betty est une brave fille. Quand elle a appris que mon petit patron était alité, elle n'a écouté que son cœur et s'est précipitée à son chevet. J'en ai un peu rajouté, lui expliquant que le médecin, qui avait vu ce cher Ramou, était inquiet, celui-ci ayant contracté une forme rare de paludisme qui ne cède pas toujours à la quinine. Comme pour confirmer mes dires, mon maître avait réellement une sale tête lorsque Betty est entrée dans sa chambre. Il souffrait de maux de ventre épouvantables et poussait quelques faibles gémissements qui ne manquèrent pas de retourner le cœur de la tendre Betty. Philippe, c'est moi, je suis revenue, disait-elle d'une voix douce, en lui prenant la main. Il faut dire que je lui avais laissé entendre que le médecin n'excluait pas qu'il y ait eu un déclencheur psychologique à cette crise. Comme pour me faciliter la tâche, ce cher Ramou a cessé de geindre, et a esquissé un faible sourire de ses lèvres grisâtres. La pauvre Betty n'en attendait pas plus pour se mettre à pleurer.

Depuis, elle se rattrape. Le temps qu'elle ne passe pas au chevet de mon maître, elle l'occupe à concocter des tisanes pour le guérir.

Il en a expérimenté deux jusqu'à présent. La première était tellement amère qu'il l'a vomie immédiatement (Betty a épongé avec abnégation) ; la deuxième, qu'il vient d'ingérer, est un puissant laxatif.

35

[20 mai]

Arrête, arrête, gémit Fortunata voluptueusement en caressant ma tête. Oh oui, arrête, arrête encore un peu, j'aime bien cette manière que tu as d'arrêter.

Tu vois, Fortunata, tu t'es privée de quelque chose, avec ce brave Ramou, dis-je, après avoir fini d'arrêter, en laissant courir mes doigts sur sa peau veloutée.

La belle ne trouve pas la plaisanterie à son goût. Se redressant d'un coup, elle me foudroie du regard : Joseph, tu vas finir par me faire de la peine. Tu sais bien que tu es le seul à qui je permets ces choses-là. Dieu sait que je n'ai pas beaucoup d'orgueil, mais tu es en train de toucher à mon honneur. Fais attention.

Je n'ai pas peur de grand-chose, mais quand la Vénus africaine se met en colère parce que l'on touche à son honneur, l'instinct de survie commande de filer doux. Pardon, Fortunata, je ne le ferai plus, je te le jure je ne voulais pas t'insulter, je disais ça pour rire, je me croyais intelligent. Mais c'est toi qui as raison, je suis un imbécile, Fortunata, j'ai des yeux et je ne vois pas, et toi tu es trop patiente avec moi, je ne te mérite pas.

Ça va, se radoucit la belle, ça me suffit. Figure-toi que je n'aime pas non plus qu'on en rajoute.

Moi, j'en rajoute, Fortunata ? Comment pourrais-je en rajouter ? Tu me connais, je ne dis que la vérité. Je te le jure sur ce que j'ai de plus cher au monde, dis-je en tendant la main vers sa croupe adorable.

Mais ce n'est pas mon jour de chance. La croupe s'esquive sous mes doigts, tandis que les deux yeux restent plantés dans les miens, imperturbables. Soudain, une main saisit la mienne. Joseph, Joseph, et si tu arrêtais ? La Sûreté, cette vie que tu mènes, si tu plantais tout là ? Si tu te décidais à vivre ? Dix ans, c'est assez pour un deuil, tu ne crois pas ?

Je serre cette main dans ma paume. Elle est incroyablement douce. Après tout, pourquoi pas ? Je ferme les yeux.

Sous mes paupières, les pierres au fond du lac.

C'est impossible, Fortunata. Complètement impossible. J'en suis tout à fait incapable. Il n'y a pas qu'un deuil. Tu ne sais pas ce que je sais. Je le regrette. Sincèrement. Mais je vis la seule vie qui m'empêche de passer toutes mes nuits à hurler.

36

Le 25 mai 1985

Je suis abasourdi.

Tout a commencé avec cette maladie, qui s'est emparée de moi alors même que je reprenais, bien difficilement, goût à la vie sans Généreuse. Elle m'a permis de voir sur qui je pouvais réellement compter, de faire une sorte de tri parmi les personnes que je fréquentais.

Ainsi me suis-je rendu compte que Xavier et Yvonne n'étaient pas fiables : ils ne sont venus me rendre visite qu'une fois, ont mangé tout le gâteau au chocolat que Joseph, qui s'était absenté une demi-journée, avait laissé au cas où j'aurais faim, et ont fait beaucoup de plaisanteries douteuses sur l'origine de ma maladie et l'existence d'un « deuxième bureau ». J'étais trop malade pour me fâcher, mais il est clair que désormais je les fréquenterai moins assidûment. C'est dommage, car sur le plan de la pédagogie nos échanges étaient fructueux.

Les Durouchoux ne sont pas venus me voir, mais cela ne remet pas en cause les liens qui nous unissent. En effet, il y a une raison à cette attitude. Comme me l'a expliqué M. Durouchoux, il se trouve qu'un jeune homme avec qui Mme Durouchoux avait une aventure (et qui était devenu très ami de M. Durouchoux) est mort brutalement à la suite d'un accès de paludisme. Depuis, ils ont contracté une sorte de phobie de cette maladie, et le simple fait de voir quelqu'un qui en est atteint les rend plus malades encore.

Bonaventure est venu à mon chevet, un soir que Joseph était sorti. Je crois bien que je délirais. J'appelais Généreuse. Dans le silence, la voix de Bonaventure s'est élevée. «La vie est étrange, Philippe, m'a-t-il dit. On se demande parfois quelle comédie se joue sous nos propres yeux, sans que nous nous en rendions compte.» Et il m'a parlé à nouveau de son ami François. «Il est venu ici, m'a-t-il dit à voix basse, il logeait à deux pas, dans une petite maison juste au bout de la piste. Il était tombé amoureux. Amoureux fou d'une fille de chez nous. Marie, la sœur de mon ami Bébert. Il voulait l'épouser. Mais les familles ne voulaient pas. Celle de Marie, surtout. Ça s'est mal terminé. La fille est morte, une bande armée l'a éventrée après l'avoir violée. C'était pendant les événements. Et François est rentré en France. Il paraît qu'il s'est suicidé. Tu lui ressembles trop. Ne cherche pas à épouser une fille de chez nous. Reste avec ta fiancée, c'est un conseil d'ami.»

Curieuse histoire, dont je me demande aujourd'hui si elle n'est pas le fruit de ma seule imagination : quand j'ai voulu en reparler, Bonaventure m'a soutenu qu'il ne m'avait jamais rien dit de tel. Qu'il s'agisse d'un secret qui lui a échappé ou d'un simple fantasme, je ne peux refuser d'entendre ce message, de l'interpréter comme un nouveau signe : mon aventure avec Généreuse est bel et bien achevée.

Le père Francis m'aide beaucoup dans ce travail de deuil. Lui-même a eu son premier accès de paludisme après avoir quitté Francine, et, d'après lui, le grand abattement où je me suis trouvé est probablement responsable, au moins en partie, de ma maladie. Pour lui, cela aussi a un sens ; je ne suis pas croyant, mais certaines choses sont tout de même extrêmement troublantes.

Car s'il est exact que l'épouvantable ratage de la dernière soirée que j'ai passée avec Généreuse est à l'origine de ma maladie, alors ce qui s'est produit depuis lors en découle directement. Difficile de ne pas y voir la trace d'une volonté de rétablir l'équilibre dans ma vie.

Je me dois d'en parler, puisque j'ai juré que rien de ce que je fais d'important ne serait absent de ce journal.

Jamais je n'aurais pensé qu'une femme pouvait être aussi douce que l'a été Betty. D'une manière très touchante, elle s'est mise en quête des remèdes traditionnels susceptibles de me soulager ; il ne se passait pas un jour sans qu'elle m'apporte une poudre, une tisane ou une décoction à essayer.

Au bout de cinq jours, elle a trouvé une tisane à base de ginseng, délicieuse, mais dont l'effet ne pouvait être vraiment efficace que si l'on y adjoignait une série de massages, d'après la personne qui la lui avait indiquée.

J'étais faible, fiévreux, l'esprit comme embrumé, je percevais le monde à travers un halo cotonneux. Betty manifestait une telle bonne volonté, un tel désir de parvenir, elle, à me guérir avant que la médecine occidentale fasse son effet que je me suis prêté au jeu.

Sur sa demande, après avoir bu la tisane, je me suis donc allongé, nu, sur mon lit pour qu'elle me masse.

Les yeux fermés, conformément à ses recommandations, je sentais ses mains, très douces, qui, par petits mouvements concentriques, malaxaient délicatement chaque portion de ma peau. J'étais à moitié conscient de ce qui se passait, et progressivement j'ai senti le contact d'une entité chaude, humide, que je ne parvenais pas à identifier, qui décrivait de petits cercles concentriques en même temps que ses doigts.

Quand elle m'eut ainsi massé tout le dos, Betty m'a demandé d'une voix très douce de me tourner, pour qu'elle puisse faire « la deuxième côté, c'est la plus importante ». Malgré l'érection effrayante que je sentais, j'ai obéi.

Comme si de rien n'était, Betty a continué son massage, posant ses doigts au hasard sur mon ventre, sur mes cuisses, qu'elle massait doucement. À nouveau, je sentis quelque chose d'humide se substituer aux doigts. C'est alors que je réalisai qu'il s'agissait de sa bouche, de sa langue qui faisait de petits ronds chauds sur ma peau. Quelques soupirs franchissaient mes lèvres malgré moi ; je voulais l'arrêter, lui expliquer que je n'éprouvais pour elle qu'une amitié sincère, mais la perspective de lui faire de la peine et l'état émotionnel très fort où je me trouvais me paralysaient. Quand les lèvres de Betty se sont approchées de mon sexe dressé, il était trop tard pour dire non.

Le lendemain j'étais guéri.

37

[31 mai]

Il aurait dû se méfier, mon petit maître. Depuis le temps qu'il n'était pas venu à l'improviste, Bonaventure avait forcément une bonne raison pour s'inviter à l'heure de l'apéritif. Au lieu de ça, mon pauvre Ramou lui a fait fête comme un brave chien qui accueille son maître après une longue absence. Tu vas voir, je vais te faire goûter un cocktail délicieux, Joseph, sers-nous vite deux Cannibale Blues, avec ce que tu as de meilleur comme accompagnement, assieds-toi là, Bonaventure, c'est un nouveau fauteuil, ah qu'est-ce que ça me fait plaisir que tu sois passé me voir ! s'emballait-il, trop excité pour se résoudre à s'asseoir.

La technique n'a pas varié d'un pouce, mais elle est toujours aussi éblouissante. Cela pourrait s'appeler : l'enrobage assassin.

Cela commence tout en douceur : te voir avec cette mine splendide me fait chaud au cœur, Philippe, j'avais une petite crainte sur ton état de santé.

Mon petit maître explique que c'est à Betty qu'il doit sa guérison ; une tisane traditionnelle qu'elle a dénichée, précise-t-il en rosissant. Et d'ajouter à quel point il est heureux de pouvoir reprendre ses enseignements, y compris ces heures que Bonaventure lui a permis de rattraper.

Monsieur le directeur continue d'un ton neutre. C'est tout à fait normal, mon cher Philippe. Je comprends bien cet état d'esprit où tu es, de vouloir mettre un point final à cette aventure parmi nous. De ne rien laisser inachevé. Et sur le mot inachevé, la voix de Bonaventure se met à vibrer de la belle manière.

Mais Ramou est incapable de se méfier de son ami. Il lui ressert un Cannibale Blues, vante dans un même élan les mérites de son boy — un modèle de dévouement, d'abnégation, bref, un être d'élite —, de ce cocktail — sauvage, râpeux, quelque chose comme le goût de l'Afrique — et de l'Institut — une institution aussi essentielle qu'indispensable.

Bonaventure saisit la balle au bond : il sait à quel point il peut être difficile, pour un être aussi intelligent que ce cher Philippe, de se mettre à la portée des étudiants, souvent ignares. Il apprécie énormément les efforts faits en ce sens. Rien n'a été aussi fructueux que cette collaboration d'une année. Un grand moment dont les étudiants se souviendront probablement toute leur vie. Un grand moment qui doit malgré tout prendre fin, un jour ou l'autre. Un être exceptionnel comme Philippe ne peut pas passer trop de temps dans un si petit pays. Un tel esprit se doit d'aller distiller le savoir dans des oreilles à sa mesure. Oui, même si Bonaventure le regrette amèrement, il faut s'y résigner : l'heure du départ de ce brave Ramou est proche.

Mais non, Bonaventure, s'exclame mon petit maître. Je rentre en France pour les vacances, mais mon contrat est de deux ans ! Je croyais que tu le savais !

Je le sais bien, sourit le directeur après avoir avalé d'un coup son troisième Cannibale Blues. Mais je ne suis pas certain qu'un être aussi brillant que toi, Philippe, ait réellement intérêt à rester parmi nous une année supplémentaire. Tant d'autres étudiants, de par le vaste monde, mériteraient mieux que ceux de l'Institut de bénéficier des lumières d'un tel professeur. Non, sincèrement, je me demande si nous avons le droit de priver ainsi le reste de l'humanité d'un tel honneur. Je me le demande, sérieusement.

La sueur perle au front de mon petit maître. Quelque chose ne va plus. Peut-être l'assiette de feuilletés au fromage que je viens de déposer sur la table lui rappelle-t-elle quelques douloureux souvenirs. On le voit se crisper, dents serrées, pendant que Bonaventure brode sur le thème : le génie de mon maître ne mérite-t-il pas une meilleure rétribution, une audience plus éclairée, des étudiants plus enthousiastes ?

Arrête de tourner autour du pot, craque finalement Ramou, malaxant la branche de ses lunettes nerveusement. Que me reproche-t-on ?

Oh, mais rien, vibre la voix de Bonaventure. Comment pourrait-on reprocher quoi que ce soit à un grand professeur comme toi ? Non, il ne s'agit pas de reproches. Bien loin de là. Plutôt d'un manque fatal d'adéquation entre le niveau supérieur de ton enseignement et celui, bien trop bas, de mes compatriotes. Il semblerait qu'il leur soit impossible de répondre, après plusieurs semaines d'interruption et sans avoir été prévenus, à un contrôle-surprise portant sur le contenu du cours précédent. Je suis le premier à le regretter, sois-en bien convaincu. Mais il est difficile pour eux, psychologiquement, de faire face à leur incompétence manifeste. C'est la fin de l'année, ils vont rentrer dans leurs familles, montrer leurs carnets de notes à leur papa, à leur maman, qui ont mis beaucoup d'espoir en eux, comme tu le sais. Sans doute ces étudiants ont-ils tort. Ils auraient dû apprendre leurs leçons régulièrement, profiter des semaines de congé dont ils ont bénéficié, du fait de ton état de santé, pour s'imprégner du contenu du cours. Mais ils n'en ont pas eu la force. Et cette manière abrupte de mettre le doigt sur leur faiblesse leur fait du mal.

Bonaventure, laisse-moi t'expliquer, implore Ramou.

Cela ne me paraît pas nécessaire, poursuit Bonaventure,

sans pitié. Je comprends fort bien la logique qui est à l'œuvre dans ce type de pédagogie. Non content de la comprendre, je l'approuve de toutes mes forces. Je prie Dieu chaque jour pour qu'un jour les enfants des enfants de mes enfants parviennent à suivre des cours de ce niveau sans que cela porte atteinte le moins du monde à leur moral. Mais aujourd'hui, malgré cette conviction qui est la mienne, je suis obligé de constater que plusieurs étudiants souffrent. Certains sont dans des situations de détresse morale. Et je ne suis pas sûr qu'il soit profitable, à eux comme à toi, de poursuivre ce contrat.

Bonaventure, par pitié, je vais tout t'expliquer, tu vas voir, je te jure que ça ne se reproduira plus, supplie Ramou, des sanglots dans la voix. Je t'en conjure, avant de me mettre à la porte, laisse-moi te dire ce qui s'est produit.

Magnanime, Bonaventure s'arrête. Parle, Philippe, et sache que, quoi qu'il arrive, tu as toute mon estime.

Ça s'est passé lundi dernier, explique mon pauvre patron. C'était le premier cours que je donnais après ma maladie. Je me sentais encore un peu faible, mais je pensais que ça irait. En fait, mon cours était tout prêt, je l'avais rédigé juste avant de tomber malade.

Quand je suis entré dans la salle, les étudiants m'ont fait la fête. Ils m'ont même applaudi, sourit Ramou pathétiquement. Dans l'enthousiasme du moment, l'un d'eux, Boniface, a proposé que nous buvions un verre à ma santé. Visiblement, la chose était prévue, puisque deux étudiants ont sorti de sous leur table une caisse de vin de banane, qu'ils gardaient là pour l'occasion. Un tel mouvement spontané m'a beaucoup ému, et nous avons trinqué. C'était très convivial, le courant passait entre nous, je me sentais bien. Mais tout à coup, en regardant ma montre machinalement, je me suis rendu compte qu'il ne restait plus qu'une demi-heure de cours. J'ai donc demandé aux étudiants de regagner leur place au plus vite ; j'avais l'intention de leur dicter, le plus rapidement que je pourrais, le résumé du cours que j'aurais dû leur prodiguer, en laissant une dizaine de minutes pour d'éventuelles questions.

Cela me paraît tout à fait sage, rassure Bonaventure.

J'ouvre mon sac, sors mes feuilles et m'apprête donc à dicter mon cours, poursuit Ramou. Mais à la dernière seconde, la bouche déjà entrouverte, je réalise que ce que je tiens entre mes mains, et que j'ai un peu de mal à déchiffrer, étant donné que seul un des verres de mes lunettes est en place (je les avais cassées juste avant de tomber malade), n'est autre qu'un fragment de mon journal intime, que j'avais écrit sur des feuilles volantes, ayant momentanément égaré le gros cahier où je consigne mes pensées. Personne, à part Joseph, n'ayant pu avoir accès à ces documents, je suis contraint de supposer qu'à un moment où à un autre, pour une raison que j'ignore, j'ai fait l'interversion. Quoi qu'il en soit, j'avais sous les yeux mes pensées les plus intimes, il faut que je te dise que Juliette, ma fiancée, venait de m'écrire une lettre qui m'avait beaucoup ébranlé, je ne suis pas sûr, pour tout dire, que nous soyons toujours fiancés, en ce qui la concerne.

Là-dessus, mon patron marque une pause, durant laquelle il vide son verre de cognac.

La suite est tout à fait absurde, poursuit-il. En voyant cette feuille, une angoisse insurmontable s'est emparée de moi, et je suis resté là, la feuille à la main, la bouche ouverte, pendant que les étudiants, docilement, attendaient que je commence la dictée.

J'ai cherché à rassembler mes idées, mais ma tête était vide. J'ai eu peur d'avoir un malaise, je me suis assis sur ma chaise, lourdement, dans mon désarroi j'ai fait tomber mes lunettes, le deuxième verre incassable a explosé sur l'estrade, j'aurais voulu mourir. C'est alors que j'ai entendu un ou deux étudiants rire sous cape. C'en était trop, j'ai fait la seule chose dont je me sentais capable, j'ai ordonné aux étudiants de prendre une feuille, et je leur ai fait un contrôle-surprise. C'est tout à fait stupide, je le sais bien, mais, sur le moment, c'est la seule chose à laquelle j'ai pu penser pour ne pas perdre la face.

Voilà, Bonaventure, conclut Ramou, j'ai sans doute commis là une faute professionnelle, je comprendrais très bien que tu décides de te passer de moi l'année prochaine, mais au moins tu prendras ta décision en connaissance de cause.

Mais mon cher Philippe, il n'a jamais été question de nous passer de toi ! s'exclame Bonaventure en souriant de toutes ses dents. Je voulais simplement te faire comprendre qu'en fin d'année il est d'usage ici d'être assez indulgent sur la notation. Mais je suis sûr que les étudiants se sont sous-estimés, qu'ils ont tous brillamment répondu à ce contrôle-surprise.

Bien sûr, bafouille Ramou, pris de court. Ils auront tous au moins dix.

Toujours ce pessimisme, Philippe, conclut Bonaventure. Moi, quelque chose me dit qu'ils auront tous au moins quatorze ou quinze. Au fond, ce contrôle est tombé à pic pour repêcher ceux qui auraient eu quelques difficultés pour passer. Ils se sont inquiétés trop vite. Mais que veux-tu, les étudiants sont toujours un peu nerveux, en fin d'année. On les comprend. On a été jeunes comme eux, n'est-ce pas ? Sacré Philippe ! Tiens, je vais reprendre un cocktail, pour la peine. À ta santé, Monsieur le Grand Lecteur !

38

Le 6 juin 1985

Hier soir, en sortant de cours (c'était la dernière heure des deuxième année, j'étais si anxieux que j'avais appris par cœur le résumé), soulagé que tout se soit finalement bien passé (ils n'ont pas réclamé de séance d'esprit critique), j'ai décidé d'aller dire bonjour à Betty. Je ne l'avais pas revue seule depuis ma guérison, et j'avais résolu de mettre les choses au point ; je voulais aussi m'assurer de sa discrétion, sachant combien les moindres bruits circulent rapidement dans le milieu des expatriés.

Mais, une fois arrivé chez elle, la force m'a manqué. Betty semblait si sincèrement heureuse de me voir que je n'ai pu me résoudre à gâcher son plaisir. D'autant que son comportement ne recelait aucune trace d'ambiguïté : elle m'a embrassé sur la joue, m'a proposé de boire un verre, m'a demandé des nouvelles de ma santé, comme si jamais ce qui s'était produit entre nous n'avait eu lieu.

Tout en devisant amicalement, j'ai réalisé combien il aurait été cruel de venir mettre les points sur les « i » à cette jeune femme qui m'avait soigné, qui m'avait veillé jour et nuit, qui n'avait jamais rien réclamé, qui ne s'était souciée que de mon bien-être, de mon confort, de mon plaisir, qui m'avait offert tout ce qu'elle avait dans l'unique but d'apaiser mes tourments. *Face à un tel dévouement, mes velléités d'«éclaircir» la situation, mon souci de discrétion m'ont paru tout à coup mesquins, égoïstes, voire insultants.*

Nous avons parlé des vacances, qui se rapprochent. Sans entrer dans les détails, je lui ai expliqué à quel point la dernière lettre que j'ai reçue de Juliette avait pu me déstabiliser, et combien j'étais inquiet de la situation que j'allais trouver à mon retour en France. Ensuite, je lui ai demandé quels étaient ses propres projets. J'ai été très surpris d'apprendre que Betty ne rentrerait pas aux États-Unis. En fait, comme la plupart des Américains, elle ne bénéficie que de deux semaines de congé. Si elle rentrait chez elle pour une plus longue période, elle serait contrainte de déclarer les jours supplémentaires comme étant pris en congé sans solde, bien qu'il n'y ait pas de cours à l'Institut. Plutôt que de faire une visite-éclair dans un pays où personne ne l'attend, ou de perdre une somme importante, elle préfère rester ici. Cela ne semble d'ailleurs pas la déranger : elle a l'intention d'aller tous les jours à la piscine, de prendre des cours de français, de se mettre au jogging, et peut-être, si cela se confirme, de partir quelques jours «faire» les parcs avoisinants, voire — mais elle n'en est pas sûre — de tenter l'ascension du Kilimandjaro.

Le soir tombait. Dans la pénombre, le visage de Betty, qui s'animait à l'évocation de ces projets passionnants, était devenu beau. Je me sentais détendu, heureux d'être là à ce moment précis. L'ombre d'un instant, je me suis demandé si Juliette comprendrait que je puisse entretenir une relation amicale avec une autre femme, mais j'ai bien vite chassé cette pensée : qui sait ce qu'elle est en train de faire avec Éric.

Le silence s'est installé, tout doucement, jusqu'à ce que Betty me propose de danser un peu l'awulé. La musique qu'elle avait mise, la lumière du crépuscule, tout dans l'atmosphère s'y prêtait remarquablement. Refuser aurait été offensant.

Nos corps vibraient à l'unisson. Sous ma paume, je sentais sa chair palpiter et, malgré moi, mes pensées volaient vers cet après-midi où elle m'avait si bien massé qu'elle avait chassé toute fièvre de mon sang. Il y avait, dans la manière dont elle mouvait ses hanches, tout contre moi, une sorte de cadence sauvage, un rythme ancestral qui me rappelait Généreuse. Tout en pensant que je commettais peut-être là une erreur, je la serrais un peu plus fort entre mes bras, prisonnier, comme incapable de m'arracher à cette délicieuse étreinte. Au reste, pour rien au monde je n'aurais voulu lui faire de la peine.

Je ne sais par quel miracle les boutons de sa robe de soie se sont défaits. Mais soudain, l'étoffe a glissé sur le sol, et elle était là, presque nue entre mes bras.

Un élan irrésistible m'a submergé, annihilant mes derniers scrupules. Betty poussait de petits gémissements adorables. Son slip était muni d'une petite fermeture Éclair. Je l'ai prise puissamment, sauvagement, d'une manière dont je ne me serais jamais cru capable, sur le tapis en peau d'antilope, couchée sous moi, la bouche ouverte, gémissant de désir et criant de plaisir. Elle parlait en américain, très vite, me qualifiait d'une myriade de petits noms tendres, commentait chacun de mes va-et-vient, tout en poursuivant les mouvements circulaires de bassin de l'awulé. J'étais dans un état indescriptible, mi-animal mi-maître, mi-sauvage mi-policé, mi-passionné mi-distancié ; en tout cas, je contrôlais parfaitement la situation, si bien que j'ai pu attendre que la jouissance de Betty soit à son apogée, que ses cris soient des hurlements, pour me laisser aller à mon tour.

Pendant qu'elle se rhabillait, les paroles de Joseph me sont revenues à la mémoire, ces paroles que je n'avais pas voulu entendre, tant elles me dérangeaient : « Il faut que tu trouves une autre fille, patron. les mauvaises ondes, ça se chasse comme ça. »

Joseph avait raison, je le sentais : les mauvaises ondes étaient enfin chassées.

J'ai envoyé Ignace nous chercher deux Cannibale Blues à la maison. Nous avons trinqué en silence. Betty souriait. Sa joie me faisait du bien. J'avais la sensation d'avoir pu lui rendre un peu de ce qu'elle m'avait offert pendant ma maladie.

Ce soir, je me sens tout à fait serein. La seule chose qui m'ennuie un peu est de n'avoir pas pu évoquer avec Betty la suite de notre relation. Mais cela aurait été tellement mesquin d'aborder ce sujet juste après ce que nous venions de vivre...

Inutile de me tracasser. Betty est assez fine pour comprendre que cette situation ne pourra pas durer, si Juliette me rejoint l'an prochain.

D'ici là...

39

[15 juin]

Alors, mon vieux, on oublie les copines ?

Gorge pigeonnante, lèvres gourmandes, œil amusé, Fortunata me gratifie d'un sourire ironique : Joseph, est-ce que par hasard je ne t'intéresserais que rapport à ton patron ?

Quelle idée, Fortunata, quelle idée ! Bien sûr que non ! Comment peux-tu penser une chose pareille ? J'ai simplement été très pris. Il est complètement guéri, tu comprends ; du coup, il invite tous ses amis, à tour de rôle, pour les remercier. Ça a fait beaucoup de cuisine. Sans compter le ménage, que j'avais négligé pour le veiller. Ou venir parler avec toi, Fortunata. Et puis, il a fallu que je fasse le tour de mes taxis en ville.

A propos de taxi, Joseph, j'ai un cousin qui aurait besoin d'un travail. Tu n'aurais pas une petite place pour lui ? mutine la Vénus africaine, en me coulant un regard langoureux.

Une place pour un cousin à toi ? C'est comme si c'était fait, Fortunata, tu penses bien ; il suffisait de demander.

Ça va, conclut la belle. Je te pardonne provisoirement. Alors, raconte un peu. Comment va-t-il ?

Il va comme il peut, le pauvre, dis-je, la mine chagrine. Il fait de son mieux pour paraître gai. Mais tout au fond de lui il se languit de toi. Ça le mine, ça le ronge, ça le grignote peu à peu. Comme une lèpre intérieure. Il est terrorisé. Désespéré. À l'idée que tu le méprises ; que tu penses qu'il n'est pas un homme.

Je ne vois vraiment pas ce qui pourrait me faire penser une chose pareille, sourit Généreuse la bien nommée. Est-ce que l'Américaine ne l'aide pas un peu ?

Un peu, Fortunata, un peu, tu as raison. Mais rien ne vaudrait une rencontre avec toi. Le simple fait de te revoir, avant de partir en vacances, le métamorphoserait. Positivement.

Pas de problème, décide Fortunata. Je serai où tu voudras, quand tu voudras. À une seule condition.

Quelle condition, ma belle ?

Que tu me prouves que tu n'es pas un menteur. Que je t'intéresse en dehors de ton maître.

Rien de plus simple, Fortunata. Regarde, je t'ai apporté les boucles d'oreilles qui te plaisaient, tu sais, celles qui sont assorties à la chaîne qu'il t'a offerte. Comment ça, ce n'est pas une preuve ? Des boucles d'oreilles en or massif ! Tu exagères, Fortunata. Mais soit. Écoute ceci. Sais-tu que tu es la seule avec qui je parle librement, depuis près de dix ans ?

Manifestement ébranlée, la belle trouve encore la force d'ébaucher une moue dubitative.

Ça ne te suffit pas ? Écoute, Fortunata. Je vais te dire quelque chose que je n'ai jamais dit à personne. Quelque chose que personne ne sait. Ce qu'on appelle un secret. Tu m'as demandé l'autre jour d'arrêter tout. Tu m'as dit que dix ans de deuil suffisaient. Maintenant écoute. Écoute ceci. Ce n'est pas de l'innocence que je porte le deuil, mais de la trahison. Le deuil de la trahison est bien plus long. Il peut durer toute une vie. Voilà. Ceci est la vérité la plus vraie que je puisse te dire. Je ne l'ai dite à personne avant toi. Je n'en parlerai à personne après. C'est une partie de mon secret, Fortunata. La partie la plus importante.

40

[3 juillet]

Il est parti ce matin. C'est Innocent qui contrôlait les bagages, à l'aéroport. J'ai vu le pauvre Ramou blêmir quand il l'a reconnu, mais Innocent réserve la lenteur zélée dont il a le secret aux arrivants. Il laisse sortir ce qu'on veut du pays : ivoire, malachite, têtes de gorille et mains de bonobo empaillées, il ne fait pas de détail ; le patrimoine africain, Innocent s'en bat l'œil.

Il était fatigué, mon petit maître. Fatigué et ému. Quelques larmes ont affleuré dans ses yeux, quand il m'a donné l'accolade, me jurant qu'il ne m'oublierait pas, qu'il reviendrait bientôt, qu'il laissait la moitié de son cœur en terre africaine.

Hier soir, c'était le grand dîner. Un beau cadeau d'adieu qu'il m'a fait là.

Sur les superbes invitations en feuille de bananier commandées à Émile, il était stipulé que la soirée commençait à vingt heures.

À vingt heures trente bien tapées, ce pauvre Ramou est tout seul au milieu du salon ; il a ingurgité trois Cannibale Blues pour patienter, mangé deux assiettées de biscuits au fromage, engouffré un bol de cacahuètes, et, horriblement malheureux, il scrute sa montre compulsivement. Mais qu'est-ce qui a bien pu se passer, Joseph ? Tu crois que j'ai fait une erreur sur les invitations ? Tu crois que personne ne va venir ? Qu'on va me laisser là, seul avec toi et avec ce buffet ? Et l'agneau qu'on a égorgé ? Et le méchoui ?

Soudain, il a une illumination. Je sais. Ils sont tous chez Robert.

Il faut dire que le gros légume valseur quitte définitivement le pays. Il va faire bénéficier de son QI caucasien une autre contrée de nègres attardés. Ce soir, c'est sa soirée d'adieu ; ce qui explique, au passage, qu'il n'ait pas été facile de trouver des domestiques pour servir le méchoui de ce cher Ramou.

C'est épouvantable, Joseph, se lamente mon petit patron. Je suis sûr que c'est ça. Ils sont tous là-bas, et personne n'a osé me le dire. Chacun a pensé qu'il serait le seul à me lâcher. Mais tout le monde l'a fait. Même Betty, tu te rends compte ?

Ça, c'est tout de même difficile à croire. D'ailleurs, à l'instant même où, désespéré, mon patron chéri s'apprête à avaler son quatrième Cannibale Blues, on frappe. Sur le seuil, l'indéfectible Betty sourit de toutes ses dents, un petit cadeau à la main.

La chérie s'est donné du mal, pour laisser à Ramou un souvenir impérissable. Sa robe de soie blanche, aussi courte que transparente — une copie locale d'un modèle de grand couturier — permet d'admirer les dessous minuscules, tout en dentelle romantique, qu'elle étrenne ce soir. Je ne sais si le slip est muni d'une fermeture Éclair, mais le soutien-gorge est si échancré qu'on peut à loisir constater que les mamelons de la demoiselle pointent avec vivacité.

Il n'y a personne, c'est épouvantable, répète mon petit patron, qui n'a rien remarqué. Je suis sûr qu'ils sont chez Robert. C'est une catastrophe. Joseph, est-ce que tu peux aller voir ça discrètement ? Au moins je serai fixé.

Ça n'est pas grave s'il n'y a personne, minaude Betty. On

fera une méchoui en tête à tête, ça sera super. Tiens, je t'ai amené une cadeau.

Mais tu ne te rends pas compte, je vais être parti pendant trois mois, il faut absolument que je puisse leur dire au revoir, s'énerve mon maître, insensible aux chatteries de l'Américaine. Qu'est-ce que c'est que ce truc ?

C'est une souvenir, répond Betty d'une petite voix. De la musique pour écouter chez toi.

Merci, c'est très gentil, expédie mon petit patron avant de se mettre à crier. Joseph, enfin, je crois t'avoir demandé quelque chose, mais qu'est-ce que tu fabriques à la fin ?

Pardon patron, dis-je humblement en sortant de la cuisine. Je m'occupais du dessert, excuse-moi, patron, j'y vais, patron, pardon, je me dépêche, je ne savais pas, je suis vraiment désolé, patron, je ne le ferai plus, je te promets.

Mais dépêche-toi, au lieu de t'excuser, c'est incroyable ce que tu es lent aujourd'hui, me tance mon petit maître, à bout de nerfs, ce qui a pour effet de me faire détaler à toute allure, pas assez vite cependant pour ne pas entendre la petite voix de Betty noter tristement, je le sais bien, que tu pars pour trois mois ; ce n'est pas le peine de me la rappeler.

Laissant Ramou noyer sa muflerie dans un Cannibale Blues, je vais faire un tour chez ce cher Robert, où la fête bat son plein. Le légume belge — ou plutôt Félicité, parfaite maîtresse de maison — a bien fait les choses : une table digne de celle du réveillon des Durouchoux, du vin par tonneaux, un orchestre local, une troupe de danseuses... Je reconnais, parmi les convives massés autour du buffet, la plupart des professeurs africains de l'Institut, ainsi que la silhouette de Bonaventure, qui avait prévenu mon petit maître que, débordé de travail, il ne pourrait venir qu'en fin de soirée. Mais de tiers-mondistes chers au cœur de Ramou, aucune trace.

Quand je reviens annoncer cette nouvelle rassurante à mon adorable patron, les piliers de la fête sont enfin arrivés.

On se serait cru en Inde, explique Mme Durouchoux, très excitée. Il y avait un troupeau de vaches au milieu de la piste et personne pour le déloger. Ça aurait pu durer longtemps. Heureusement que Bénédicte a eu la présence d'esprit de leur crier de partir en dialecte local. Elles se sont poussées immédiatement.

C'est le moment qu'elle choisit pour frapper à la porte.

Quand il la voit, sur le seuil, souriant gentiment, le brave Ramou manque s'étrangler.

Je viens pour les extras, dit la Vénus africaine à mon pauvre patron qui n'a jamais entendu ce terme.

S'ensuit un amusant dialogue, au cours duquel mon cher maître, horriblement gêné, lâche quelques bégaiements cramoisis, sous le regard attendri de la plupart de ses hôtes, pendant que Betty devient plus jaune que ses dents.

Je ferais bien durer un peu, mais, comme disait le jésuite qui m'a appris à lire, le mieux est l'ennemi du bien. Justinien est malade, expliqué-je à ce cher Ramou, et tous les boys de la colline sont chez Robert. Il n'y a qu'Ignace et Jean-Marie de disponibles. C'est pour ça que j'ai demandé à ma cousine de venir nous aider. J'espère que tu n'es pas fâché, patron ?

C'est ta cousine ? balbutie mon maître, tout à fait ébahi.

Mais oui, patron ; tu ne trouves pas qu'on se ressemble ?

Et sur ces mots j'entraîne la Vénus africaine à l'office pour lui donner mes instructions.

C'est incroyable, je n'en reviens pas, confie Ramou à voix basse au père Francis tout en dégustant une brochette, dans un coin du jardin où il s'est réfugié, profitant que Betty — qui ne l'a pas lâché d'un poil depuis l'arrivée de Fortunata — est partie se changer, mon cher patron ayant, au moment de trinquer, dans un grand élan enthousiaste, renversé un plein verre de Cannibale Blues sur sa robe de soie blanche. Cette femme dont je vous ai parlé... C'est elle ! La cousine de Joseph ! Quel hasard incroyable !

Vois-tu, mon cher Philippe, je me demande s'il n'y a pas

un sens à tout cela, médite le père Francis en se léchant les doigts. On a coutume de dire que les voies du Seigneur sont impénétrables, mais on ne mesure jamais à quel point cela est vrai. Quel est le statut du hasard ? S'agit-il de Dieu, de la Vie, de l'Absurde ? Voilà un sujet de méditation. Elle est très belle. Je comprends ta passion brutale.

Salut la compagnie, déboule Auguste, tout habillé de blanc, son casque de moto à la main. Désolé d'être en retard, mais je rentre à l'instant, des affaires urgentes m'avaient retenu à l'étranger. Je mène une vie de fou. Il y a un proverbe africain qui dit : « Celui qui bouge bougera. » Je crois bien que je suis celui-là. Je suis comme le lion, qui n'est jamais repu.

Joignant le geste à la parole, Auguste saisit trois brochettes, avant de repérer Betty, qui vient de revenir, arborant cette fois une robe longue de soie noire, sage par devant mais dénudant amplement le dos, les cuisses, et lui moulant les fesses.

Je n'ose pas aller lui parler, confesse Ramou au saint homme. J'ai tellement honte de ce qui s'est passé.

C'est cela, la conquête de la liberté, Philippe, prophétise le père Francis. La fidélité à soi-même passe par cette voie étroite. Boire la honte jusqu'à la lie, accepter d'être soi, envers et contre tout.

Et le saint homme, attiré par les brochettes, plante là mon petit patron, qui reste seul, en proie à une réflexion métaphysique intense.

Elle n'attendait que cette occasion. La jambe alerte, l'œil langoureux, la Vénus africaine lui présente un plateau de Cannibale Blues. Dégoulinant de peur, Ramou lui sourit niaisement avant de balbutier, Généreuse, ô, Généreuse, je suis si heureux de te revoir, si tu savais comme je regrette, mais j'ai compris, tu sais, je ne savais pas, sinon bien sûr jamais je n'aurais, ô Généreuse, Généreuse, je suis tellement confus, si tu savais, si tu savais...

Ne t'en fais pas, susurre la belle en souriant. Tu es gentil, c'est ce qui compte. C'est pour ça que je suis venue. J'avais envie de te revoir, avant que tu partes en vacances.

C'est vrai ? s'enflamme le cher Ramou. Ô, Généreuse, Généreuse, tu ne pouvais pas me faire un plus grand plaisir. Jamais je n'aurais cru que tu pouvais avoir envie de me revoir. Jamais. Sinon, tu penses bien que je t'aurais invitée.

Philippe ! Mais qu'est-ce que tu fabriques ? s'exclame Yvonne, de la terrasse. On te cherche partout pour danser l'awulé ! Auguste a apporté de la musique traditionnelle, ça va être génial ! Et Betty dit que tu as promis de danser avec elle !

La mort dans l'âme, mon maître abandonne Fortunata pour rejoindre ses invités, qui, à l'exception de Bénédicte et du père Francis, forment un cercle au milieu du salon, prêts à perpétuer les traditions millénaires de l'Afrique ancestrale, pour le plus grand plaisir d'Ignace et de Jean-Marie.

Joseph ! Où étais-tu passé ? s'inquiète mon petit maître, essoufflé par le quart d'heure qu'il vient de consacrer à danser en tentant, du mieux qu'il pouvait, d'éviter les attouchements de Betty pour ne pas induire Généreuse en erreur, précaution parfaitement inutile puisqu'au même instant je faisais visiter à la belle les appartements de Justinien tout en la préparant à la suite des réjouissances. Je ne sais pas ce qu'il a aujourd'hui, explique-t-il à Bénédicte. Lui qui est d'habitude irréprochable, depuis ce matin il n'arrête pas de faire des bêtises, de se tromper, de lambiner.

Il est troublé par ton départ, diagnostique Mme Durouchoux, qui s'y connaît. Ils ont toujours peur, lorsque l'on part, qu'on ne revienne plus. Quand ils ont trouvé un bon maître, ils s'y attachent énormément. Je me souviens, la première petite bonne que nous avions prise, il lui a fallu cinq années pour ne pas pleurer quand nous partions. Elle était persuadée à chaque fois que nous allions rester en Belgique. Ou qu'il allait nous arriver un accident. Pour finir, c'est elle qui est morte un été, fauchée par une voiture, la pauvre. Mais elle avait fini par comprendre que les vacances ne duraient pas éternellement.

Est-ce que cette manière de voir n'est pas un peu paternaliste ? interroge judicieusement Bénédicte.

C'est l'instant idéal pour plonger la pièce dans l'obscurité, sortir le tambour de sa cachette, et commencer de jouer tandis que Généreuse s'avance, à la lueur des torches qu'Ignace et Jean-Marie viennent d'allumer simultanément ; sur sa tête, reposant sur un plat immense, le plus énorme gâteau au chocolat que j'aie jamais confectionné. Vive le patron ! crions-nous en cœur, tandis que Ramou, bouche bée à la lueur des torches, n'en croit pas ses yeux.

Généreuse, parfaite, la tête majestueusement immobile, danse autour de Ramou en souriant de toutes ses dents blanches à la lueur des torches, tandis que sur mon vieux tambour je m'en donne à cœur joie, histoire de démontrer que les rythmiques traditionnelles, c'est tout de même autre chose que l'espèce de soupe apportée par Auguste.

C'était un grand moment, articule mon cher patron, la voix mal assurée tant il est ému, une fois les lumières rallumées. Vous ne pouvez pas savoir la joie que vous m'avez faite, tous les quatre. C'est formidable. N'est-ce pas qu'ils sont formidables ?

Et les convives d'opiner en cœur : un moment rare, dit le père Francis, vraiment génial, assure Yvonne, presque aussi géant que l'awulé, renchérit Xavier, un beau cadeau, ajoute Bénédicte, ça me rappelle cette danse initiatique à laquelle nous avions assisté au Togo, note Mme Durouchoux, c'est vrai, il y a de ça, vraiment superbe, cela finissait en coït, confirme son époux. Seuls Betty et Auguste se dispensent de commentaire, Betty, les yeux comme aimantés par la croupe de Généreuse, Auguste, dubitatif, qui me fixe d'un air qui ne me plaît pas trop.

Il ne faut pas oublier l'essentiel, patron, dis-je en souriant modestement, il y a le gâteau à manger.

Nous allons le manger, Joseph, je te le garantis, s'engage Ramou solennellement. Mais auparavant, je voudrais te remercier publiquement. Ici, devant tous mes amis, je voudrais dire à quel point je suis heureux de t'avoir rencontré. Au début, je peux bien te le dire maintenant, je ne voulais pas de domestique. Je pensais que ce n'était pas bien, de se faire servir par quelqu'un ; mais le directeur a insisté. Il m'a forcé la main. Je regrette qu'il ne soit pas présent, car il est devenu mon ami. Mais qu'importe son absence, je dois le dire ici, le clamer haut et fort, j'avais raison de ne pas vouloir de domestique. Parce que tu n'es pas mon domestique, Joseph. Tu es bien autre chose. Tu es mon garde-malade, tu es mon conseiller, tu es mon ami, tu es mon frère, tu es mon père, et tu es mon enfant. Tu es tout cela à la fois, Joseph, et je n'oublierai jamais ce que tu as fait pour moi.

Quelques applaudissements bien sentis couronnent ce discours émouvant.

Tu fréquentes vraiment Bonaventure ? demande Auguste à mon maître, qui se dépêche de vider sa bouche pleine de ganache et de meringue.

Bien sûr, se rengorge Ramou, nous sommes même très amis. D'ailleurs, il doit passer dans la soirée. Pourquoi, tu le connais ?

Oh, pas plus que ça, temporise Auguste. Tu sais ce que c'est. Des rumeurs. Mais il n'a pas bonne réputation. On dit qu'il ne tient que par népotisme, qu'il passe son temps à trafiquer, en particulier les devises, qu'il s'en met plein les poches.

Bonaventure ? Tu es sûr qu'on parle du même ? s'étonne Ramou. C'est impossible : il n'y a pas plus honnête que lui.

Peu importe, sourit Auguste charitablement. J'ai peut-être été mal informé.

Est-ce que tu as vu mes masques africains ? s'enquiert mon patron, légèrement déstabilisé.

C'est le moment que choisit Monsieur le directeur pour

venir dire un petit bonjour. Je passe en coup de vent, explique-t-il à Ramou, je suis complètement débordé, un dossier urgent à traiter.

Mange au moins une part de gâteau, s'empresse Ramou. Et buvons du champagne. Joseph, apporte les bouteilles, Bonaventure est arrivé, nous allons trinquer tous ensemble. Dépêche-toi, il est pressé.

Je lève mon verre à la coopération franco-africaine, déclame Bonaventure, solennel. Je lève mon verre à tout ce que Philippe est venu apprendre ici, dans les deux acceptions de ce terme cher à mon cœur. À tout ce qu'il nous a appris, à nous, pauvres nègres ignorants, et aussi, malgré tout, à ce que nous lui avons appris, simplement en existant. Je lève mon verre à la grandeur de cet Institut, qui s'honore d'avoir comme professeurs l'élite des nations française et américaine, ici présente. À la veille du départ de notre ami Philippe, je lève mon verre au chemin parcouru, aux choses que nous avons accomplies, main dans la main, regardant ensemble dans la même direction, celle du progrès et de la liberté chers à notre président. Je lève mon verre, et je dis : bon voyage, mon cher Philippe. Tu vas retrouver tes parents, tu vas retrouver ta famille, tu vas retrouver, allez, je peux bien le dire, nous sommes tous entre amis, tu vas retrouver ta fiancée, qui t'attend depuis de longs mois, ah, quand j'y pense, je me dis que tu as de la chance, retrouver une fiancée qui vous attend depuis si longtemps, c'est quelque chose... Lorsque tu vas les retrouver, ton papa, ta maman, tes amis, et surtout ta chérie, la joie va tout d'abord te submerger. Mais ensuite, après quelques heures, quelques jours passés là-bas, au plus profond de ton bonheur, je sais que tu te souviendras de nous, Philippe, et je te prédis quelque chose. Là-bas, dans les bras de ta fiancée, à table avec ton papa, ta maman, en buvant avec tes amis, tu penseras à nous et nous te manquerons. Telle est ma prédiction, souviens-t-en bien : tu penseras à nous et nous te manquerons.

Vous me manquez déjà, balbutie Ramou rougissant. Vraiment. Je veux dire...

Buvons ! s'écrie Bénédicte, bonne âme, levant bien haut son verre.

Buvons ! approuvent tous les convives, pendant que Ramou, bafouillant, tente d'expliquer à Généreuse, qui fait tinter ses boucles d'oreilles en le traitant de petit cachottier, que Bonaventure s'est trompé en lui attribuant une fiancée.

Si on dansait ? lance Yvonne, impatiente.

Excellente idée, s'empresse d'approuver Auguste qui n'est venu que pour ça. Je propose que, pour bien montrer dans quel esprit d'entente et de partage nous sommes réunis ici, nous formions des couples mixtes. Je serais ravi que Betty m'accorde la prochaine danse.

Tout à fait d'accord ! approuve mon petit maître. Moi j'invite Généreuse.

Et moi Jean-Marie ! s'empresse Yvonne.

Joseph, mets-nous de la musique, vite ! s'écrie Ramou, tout fier de tenir entre ses bras la Vénus africaine.

Il est heureux. Les yeux voluptueusement fermés, il s'emplit les narines du parfum capiteux de Généreuse, à qui il murmure des mots doux dans le creux de l'oreille.

Elle a dû y passer du temps, Betty, à choisir les morceaux qu'elle a enregistrés pour mon petit patron. C'est réussi. Tendre, doux, sensuel, sauvage, torride, l'amour est décliné là sur tous les tons, du plus platonique au plus charnel. Une véritable anthologie.

Eh, Philippe, tu me donneras les références ? demande Yvonne au passage, blottie dans les bras de Jean-Marie. C'est vraiment génial, cette musique.

Géant, confirme Xavier, qui s'est rabattu sur Mme Durouchoux. Vachement bien choisi. Hyperexcitant.

Dis donc, Philippe, tu caches bien ton jeu, note Bonaventure, qui danse avec Bénédicte. Tu nous passes des choses très osées, mine de rien.

Il faut dire que, selon une gradation savamment dosée par Betty, l'érotisme se fait un peu plus torride à chaque morceau. S'il était seul avec Généreuse, nul doute que mon patron saurait en tirer profit. Mais les commentaires insistants de ses invités le mettent un peu mal à l'aise.

Change la musique, Joseph, me crie-t-il dans le noir.

Oh non, laisse ça, c'est trop génial, proteste Yvonne.

Si on changeait de partenaire ? suggère Betty.

Bonne idée, approuve Xavier.

Tu danses, Philippe ? propose Betty, qui s'est extirpée prestement des bras entreprenants d'Auguste.

Écoute, ce n'est vraiment pas le moment, chuchote mon petit maître.

Mais Philippe, insiste l'Américaine, c'est mon musique, je l'ai choisi exprès... Tu m'as promis...

Fous-moi la paix, Betty, aboie mon patron à voix basse. Je ne t'ai rien promis. Je suis déjà assez emmerdé comme ça avec ta cassette. Alors fous-moi la paix, une bonne fois.

Terrassée, la pauvre Betty se rue aux toilettes, tandis que mon patron serre la Vénus africaine d'un peu plus près.

Pauvre Ramou... Au moment précis où sa bouche s'apprête à prendre contact avec le cou de la belle, celle-ci lui file entre les doigts : je suis un peu fatiguée, mon chéri, et puis il faut que j'aide mon cousin, il ne m'a pas fait venir pour danser.

Et il se retrouve tout seul au milieu de son salon, pendant qu'au son de je vais et je viens, les Durouchoux, Xavier et Yvonne continuent de s'en donner à cœur joie.

Ça va, Philippe ? s'informe le père Francis, qui s'ennuie ferme depuis un moment.

Pas trop, répond Ramou. Je pars demain et j'ai déjà le blues.

Sa voix résonne dans le silence : la cassette est finie. Enfin, presque. Car on entend soudain une voix susurrer tendrement, don't forget me Philippe, I'm waiting for you.

Où est Betty ? s'inquiète Bénédicte.

Dans les toilettes, répond Auguste. J'ai frappé plusieurs fois mais elle ne répond pas.

Ouvre, ma chérie, tente Bénédicte.

Un long gémissement se fait entendre, suivi de gros sanglots d'enfant.

Betty, ma chérie, je comprends que tu aies craqué, c'est tout à fait normal, on le ferait à moins. Maintenant ouvre, insiste Bénédicte.

Betty, sois raisonnable, essaye le père Francis. Tu nous inquiètes tous en restant enfermée comme ça.

J'ai trop bu de cocktail, il faut que j'aille pisser, ça urge, ruse Xavier. Ouvre-moi vite, je t'en supplie.

Le temps d'un froissement de soie, la clé tourne dans la serrure. Effondrée contre le mur, sa robe noire chiffonnée, les épaules secouées d'immenses hoquets, le Rimmel dégoulinant le long de ses joues, Betty fait peine à voir.

Ne la laisse pas comme ça, chuchote Yvonne à l'oreille de mon petit maître, plus rouge que jamais.

Betty, Betty, dit-il tout en lorgnant vers Généreuse, ne te mets pas dans un état pareil, voyons. Ne reste pas là, viens au salon.

En sanglotant, le visage enfoui dans le cou de Philippe, l'Américaine se laisse conduire jusqu'au canapé où elle s'écroule, prostrée.

C'est désolant, commente le père Francis. Vraiment dommage.

Nous allons vous laisser, vous avez besoin d'être seuls, décide Bénédicte. De toute façon, il est déjà très tard. Tout le monde est fatigué. Avec l'épuisement, les choses prennent des proportions...

Demain, une longue journée t'attend, confirme Mme Durouchoux, qui a promis à Robert de passer en fin de soirée. Venez, allons-nous-en, bon courage, Philippe, et profite bien de tes vacances.

Avant que mon pauvre maître ait eu le temps de s'y opposer, tout le monde est prêt à partir.

Est-ce que quelqu'un peut me raccompagner ? demande la Vénus africaine, après l'avoir gratifié d'un baiser sonore, ce qui provoque un gémissement déchirant de Betty.

Bien sûr, propose le père Francis, si tu n'as pas peur d'un tapecul, je t'emmène dans mon combi.

Quelques minutes plus tard, il ne reste plus de cette belle effervescence que mon petit patron, agenouillé au pied du canapé, sur lequel Betty sanglote de plus belle.

Ils sont partis, commente-t-il, lugubre. J'espère que tu es contente.

Philippe, Philippe, je suis si désolée, gémit l'Américaine. Je n'ai pas pu.

En tout cas tu as réussi, poursuit Ramou, avec un zeste de méchanceté. Tu as complètement gâché la soirée. Et Dieu sait ce qu'on va penser de moi. Merci. Merci beaucoup.

Les yeux éperdus, le nez luisant, la pauvre Betty fixe mon petit maître un long moment. Je suis si désolée, répète-t-elle. Je n'ai pas pu.

Et arrête de dire que tu es désolée ! C'est insupportable à la fin, pauvre idiote ! s'énerve Ramou.

Méchant, tu es méchant, constate Betty qui, dans un sursaut d'orgueil, se lève, s'élance vers la sortie et lance un retentissant *bastard* avant de claquer la porte.

Qu'est-ce que tu en penses, Joseph ? interroge mon petit maître, mi-furieux mi-dépassé. J'ai fait quelque chose de mal ?

Mais non, patron, dis-je en souriant. Mon père disait toujours qu'une femme qui pleure, c'est une femme qui connaît son rôle. Ne t'en fais pas pour ça, elle reviendra. Par contre, ce qui serait mal, ce serait d'abandonner le gâteau. Tu m'as promis que tu le finirais avant de t'en aller. Regarde : il en reste une moitié.

Deuxième partie

41

[15 octobre]

Je me demandais si tu étais encore vivant, sourit Fortunata en déposant délicatement une dernière touche de vernis sur l'ongle de son auriculaire. Ou plus précisément : je savais que si tu l'étais, je te reverrais ces jours-ci.

Et comment savais-tu cela, Fortunata, alors que je l'ignorais moi-même ? fais-je en m'asseyant tranquillement sur le fauteuil des invités.

Il va falloir que tu t'y fasses, Joseph, constate la Vénus africaine en soufflant sur le bout de ses doigts négligemment. Il y a des choses que tu ignores et que je sais moi-même. Il y a même des choses que tu crois que j'ignore alors que je les sais.

Voilà qui est passionnant, dis-je en me rapprochant. Laisse-moi te regarder, Fortunata. C'est à peine croyable. Tu es encore plus belle qu'avant l'été. Quand je pense à toutes ces journées passées loin de toi, sans te voir, sans que l'éclat de ton sourire illumine mes nuits ! J'en veux à ces messieurs de la Sûreté de m'avoir fait quitter la capitale pour trois mois. C'est inhumain, tu ne trouves pas ? Je n'ai presque jamais de vacances.

C'est tout à fait abusif, renchérit la demoiselle qui se mire dans ses ongles. Est-ce qu'au moins tu as fait quelque chose d'intéressant ?

Pas très, dis-je avant de baisser la voix. Un groupuscule à infiltrer, des gamins qui s'imaginent qu'ils vont pouvoir faire la révolution simplement parce qu'ils l'ont décidé. Plus triste : des gamins qui croient encore que le communisme a quoi que ce soit de révolutionnaire. C'était pour le moins déprimant.

Ramou est tout de même plus amusant, approuve Fortunata. Quoique... Il y a quelque chose de curieux dans cette mission, tu ne trouves pas ? Je veux dire, qui peut-il bien intéresser ?

C'est précisément la question, Fortunata, dis-je en prenant un air intelligent. Pour quelle raison peut-il bien être intéressant ? La clé est là. Il y a forcément une raison, mais elle est difficile à trouver.

Sauf si on l'inventait, suggère Fortunata.

Peut-être bien, dis-je, vaguement déstabilisé. Mais je ne vois pas comment. Fortunata, je suis sincèrement heureux de te revoir. J'ai beaucoup réfléchi, pendant ces quelques mois. Si tu n'étais pas là, ce travail que je fais deviendrait une corvée épouvantable. Tu m'apportes énormément, Fortunata. Mais si, je te le jure. Tu peux me faire confiance. Tu sais que je ne mens jamais. La seule chose que j'espère, c'est que de ton côté, même un tout petit peu, tu y trouves ton compte.

Oh, l'heure des comptes n'est pas venue, s'amuse la Vénus africaine en me coulant un regard en coin. Tout ce que je peux dire, c'est que je suis plutôt heureuse de te revoir. Quand arrive-t-il ?

Demain à l'aube, dis-je, Betty ira le cueillir à l'aéroport. Elle n'est pas rancunière. Comme Ramou voyage seul, elle est persuadée qu'il va rester célibataire. Alors que même Bonaventure est au courant que la petite fiancée arrive dans quinze jours, avec un vol moins cher. La vie est cruelle, Fortunata, tu ne crois pas ? Mais demain est un autre jour. Occupons-nous de nous. Tu m'as tellement manqué, ma belle, je crois bien que j'ai oublié jusqu'à l'odeur de ta peau. Un oubli impardonnable, dis-je en approchant mes lèvres de sa nuque délicieuse.

Et cette fiancée, tu dois la surveiller aussi ? frissonne la belle qui suit son idée.

Pas particulièrement, dis-je en poussant un peu mon avantage. Mais sa présence devrait pimenter un peu les choses, tu ne crois pas ?

Sûrement, fait la Vénus africaine en échappant doucement à mon étreinte ; après tout c'est toi qui décides.

Pas tant que ça, Fortunata, pas tant que ça. Donne-moi ta main, que je baise ta paume. Tu es si douce, savoureuse comme un fruit mûr. Crois bien que si je décidais, je n'aurais pas passé l'été si loin de toi. Mais je n'ai pas le choix, en ces temps agités, j'ai plutôt intérêt à me tenir à carreau.

Tu ne crois pas si bien dire, confirme la belle en retirant doucement sa main et en plongeant son regard dans le mien. C'est même la seule phrase bien dite que tu aies prononcé depuis que tu as mis les pieds dans ce bureau. Tu sais, Joseph, ajoute-t-elle avec un sourire lumineux, tu as un gros défaut. Je pensais qu'avec le temps tu le corrigerais. Mais non, il est toujours bien là, planté sur ton intelligence comme une énorme verrue au milieu d'un visage. Une verrue qui te rend aveugle sans même que tu le saches.

Pitié, ma reine, ne me laisse pas dans l'ignorance, dis-je en posant un genou à terre. Dis-moi comment je dois m'améliorer et je m'amende sur-le-champ.

Tu devrais arrêter de prendre les gens pour des imbéciles, déclare la belle d'un ton sans appel.

Mais c'est injuste, protesté-je mollement. Je suis prudent, c'est tout.

Joseph, Joseph, je t'assure que tu devrais arrêter, m'enjoint Fortunata, dont la voix vibre un peu comme celle de Bonaventure dans les grands moments. J'ai eu beaucoup de temps, cet été. Pas de travail ici, pas de Joseph pour m'emmener au Tam-Tam noir, pas de Ramou pour la Gazelle... J'ai réfléchi. Cela m'arrive de temps en temps. J'ai posé des questions, Monsieur l'Espion. À des gens bien placés. Depuis le temps que je travaille ici, j'en connais quelques-uns.

Bien sûr, Fortunata, tu connais tout le monde, dis-je un peu agacé de cet accès de vanité. Mais je ne vois pas le rapport avec mes verrues. Tu ferais mieux de parler d'autre chose. Je n'aime pas ces petites rides sur ton front, elles me font de la peine.

Rides ou pas rides, rétorque mon interlocutrice sans se laisser déstabiliser, j'ai glané quelques renseignements assez intéressants. Concernant la Sûreté, pour commencer. Ton banquier est formel : tu n'as jamais touché un centime de l'État. Qu'est-ce que tu dis de ça ?

Je suis abasourdi, Fortunata. Mais je proteste. Je n'ai pas de verrue. C'est toi qui es diablement trop intelligente.

Tu ne m'auras pas non plus par la flatterie, me rembarre la demoiselle. Tes petites histoires, garde-les pour épater ton copain Bonaventure et tous les boys de la colline. Mais pas moi.

Je suis un imbécile, Fortunata, dis-je en fixant mes pieds.

Ma mine doit être suffisamment déconfite pour que la belle ait pitié. Allons, Joseph, ne fais pas cette tête-là. Au fond, ça n'étais pas mal inventé. Simplement, quand on connaît Ramou, on a du mal à l'avaler. Et méfie-toi quand même : il y a des gens que ça pourrait finir par agacer.

Je suis un imbécile, Fortunata, répété-je, affreusement penaud.

Peut-être, admet la demoiselle, mais dans ce cas il y a beaucoup d'abrutis. Allons, Jojo, ne le prends pas comme ça, sois beau joueur. D'ailleurs, la partie n'est pas finie, tu ne crois pas ? Je sais ce que tu ne fais pas, mais je suis loin de savoir ce que tu fais. Si tant est que ça m'intéresse, d'ailleurs.

Ne t'en mêle pas, Fortunata, dis-je le plus sincèrement du monde. Crois-moi : il y a des cadavres qu'il ne faut jamais déterrer, des secrets qu'il faut ignorer et des morceaux de nuit qui ne doivent jamais connaître le rayon du soleil.

Puisqu'on parle de nuit, aurais-tu une idée pour occuper celle qui se prépare ? demande, en faisant gracieusement tinter ses boucles d'oreilles avec le bout de ses ongles impeccables, ma jolie tortionnaire qui a retrouvé le sourire.

42

Le 20 octobre 1985

Je suis heureux de retrouver cette maison, cette table où je suis venu écrire si souvent, l'odeur de terre rouge qui vous prend les narines aussitôt que l'on descend d'avion. Moi qui, il y a moins d'un an, n'avais pas même idée de ce que l'on pouvait ressentir en vivant sur ce continent, voilà que je me sens ici comme chez moi, voici que je ressens, à fouler à nouveau ce sol, la même exaltation que l'on a à se retrouver parmi les siens, dans sa patrie.

J'appréhende un peu l'arrivée de Juliette. Normalement, tout devrait bien se passer, mais tant qu'elle n'est pas là, qu'elle n'a pas rencontré mes amis, qu'elle ne s'est pas faite à la vie d'ici, je ne peux être sûr de rien.

Ce dont je suis certain, c'est que j'ai bien fait de ne pas lui parler de ce qui a pu se produire avec Betty. J'en ai discuté longuement avec le père Francis, hier. « Chacun a droit à un jardin secret, mon cher Philippe », m'a-t-il dit en souriant, alors que nous goûtions ensemble de cet excellent cake que Joseph seul sait réussir parfaitement. « C'est ce qui nous fait avancer. Ce qui intéresse l'autre, c'est la direction dans laquelle nous allons, pas ce qui nous meut. »

Malgré cette certitude, depuis mon arrivée, je ne cesse de me torturer à ce sujet. Les Durouchoux, croyant bien faire, ont réussi à me culpabiliser énormément. D'après eux, je devrais tout « avouer » à Juliette immédiatement (avouer quoi ? Un ou deux baisers échangés ? J'ai eu beau leur jurer qu'il ne s'était quasiment rien passé entre nous, la scène qu'elle a faite le soir de mon départ a persuadé chacun que nous étions des amants réguliers), faute de quoi je me retrouverai enferré dans un « carcan » de fausseté qui m'engluera inexorablement.

L'attitude de Betty ne me facilite pas les choses. Pourtant, lorsque je l'ai vue, souriant gentiment à l'aéroport où elle était venue me chercher, j'ai cru que tout était oublié. Cela m'a d'ailleurs aidé à supporter la fouille atroce à laquelle s'est livré, pour la deuxième fois, cet abominable douanier sur qui j'ai eu le malheur de tomber à nouveau. Mais l'accalmie reposait sur un malentendu. Depuis qu'elle a appris que Juliette me rejoignait, Betty s'est mise à m'éviter consciencieusement. Je suis allé la chercher à trois reprises pour l'emmener à la piscine, les trois fois elle m'a fait répondre qu'elle était indisposée.

Mais il s'agit bien de Betty.

Généreuse a hanté mes nuits tout cet été, et depuis que je suis à nouveau en terre africaine, le désir de la revoir s'est fait obsessionnel. Au hasard d'une phrase, j'ai questionné Joseph sur sa cousine, sans insister, naturellement, pour ne pas éveiller ses soupçons. Elle va bien. Elle va bien. C'est tout ce que je sais. Elle va bien. Mon Dieu, comme ces simples mots peuvent me torturer ! Elle va bien, je ne lui manque pas, elle va bien, elle a peut-être un amoureux, elle va bien, je ne la reverrai jamais sans doute, elle va bien... Au reste, que pourrais-je faire, quand bien même elle serait ici, devant moi ? Juliette arrive dans dix jours, et il n'est pas question pour moi de suivre les conseils de Bonaventure.

Faire un enfant à Juliette pour « l'occuper » et pouvoir ainsi « vaquer tranquillement » à mon petit « business », c'est réellement quelque chose qui ne me traverserait jamais l'esprit.

Je voudrais que Juliette se sente ici chez elle, d'emblée, qu'elle ne subisse pas cette période de purgatoire à laquelle j'ai moi-même été soumis, l'année dernière. Or elle n'a pas d'activité professionnelle proprement dite, du moins pour le moment. Il faut donc qu'elle prépare tranquillement son mémoire de DEA, qu'elle lise, qu'elle réfléchisse... Je lui ai installé un bureau, ai acheté un matelas où elle pourra se relaxer quand elle aura bien travaillé. En outre, ce matelas pourra nous être très utile si, comme je l'espère, je parviens à décider papa et maman à nous rendre visite.

43

[30 octobre]

Joseph, mon frère, je suis bien heureux de te revoir, m'accueille chaleureusement Bonaventure qui a grossi pendant l'été. Alors, content de reprendre le collier ?

Il le faut bien, Bonaventure, dis-je en m'installant sur le gros fauteuil en cuir qu'il a acquis tout récemment. Le service, c'est le service, on ne plaisante pas avec ça.

C'est sûr, approuve Bonaventure en nous servant le traditionnel cognac. Dis-moi, il a une petite mine, ton patron, tu ne trouves pas ? On dirait même qu'il a maigri.

C'est qu'il n'a pas pu manger mes petits plats, dis-je modestement. Et puis, tout à fait entre nous, je pense que l'arrivée de sa fiancée le tracasse, ajouté-je en baissant la voix. À mon avis, elle ne trempe pas dans ses affaires. Il va devoir redoubler de prudence.

Ses affaires... Je donnerais cher pour savoir ce qu'il fricote, s'interroge Bonaventure, perplexe. Tu ne peux vraiment rien me dire ?

Malgré toute mon amitié, je reste parfaitement silencieux.

Tiens, ça me donne une idée, s'illumine soudain Monsieur le directeur. Cette fiancée, là, je vais me la mettre dans la poche. Même sans être au courant, elle pourra nous fournir quelques renseignements, tu ne crois pas ?

Ça, c'est malin, Monsieur le directeur, dis-je en clignant de l'œil. Mais ça supposerait que tu sois son genre.

Ne t'en fais pas pour ça, fanfaronne mon presque frère. En ce moment, je dégage un fluide exceptionnel, j'ai un succès fou. Tiens, pas plus tard qu'hier, alors que je trainais au Tam-Tam noir avec un peu de vague à l'âme — mon deuxième bureau attend un petit troisième, elle n'a plus trop goût à la bagatelle, et une nouvelle régulière me reviendrait trop cher —, hier, donc, alors que je me demandais si je n'allais pas me résoudre à faire appel aux services d'une petite sœur de la nuit, j'ai été abordé par une vieille connaissance. Une fille superbe, au demeurant, une sensualité de fauve, une croupe effarante, des seins extraordinaires, de quoi faire se damner un régiment de pères blancs ! Mais si, tu la connais, réfléchis un peu, ça va te revenir. Une beauté, une nature, des hanches comme des melons, des jambes comme un impala, un profil d'une pureté...

Fortunata ? avancé-je, un peu surpris.

Tu vois que je n'en rajoute pas, se rengorge Bonaventure avec un sourire complaisant. Eh bien, elle est venue me chercher ! Je ne l'avais même pas remarquée, et la voilà tout près de moi, à me dire qu'elle a soif. Soif, un gosier pareil ! Je n'allais pas la laisser se déshydrater. On a éclusé une bonne dizaine de cocktails.

Et qu'est-ce qu'elle te voulait, Fortunata ? dis-je, légèrement agacé.

Mais rien, rien de spécial, se pavane Bonaventure. C'est pour ça que je te dis que j'ai un fluide en ce moment. Elle n'avait même pas de service à me demander. Pas la moindre cousine à placer dans un secrétariat. Pas le plus petit passe-droit à solliciter. Pas le moindre mot à glisser à un ministre. Rien du tout. Simplement le plaisir de deviser ensemble. Nous avons parlé du temps passé, Joseph, de notre jeunesse. Je ne sais plus comment on en est arrivés là... Ah si ! Figure-toi qu'elle est fascinée par la France. Tu aurais vu comme

elle était impressionnée que j'y aie fait de longues études.
Elle n'arrêtait pas de me poser des questions, sur ma vie,
mes impressions, les gens que j'avais fréquentés... Évidemment, je t'ai mentionné, mon frère. Sans toi, je ne sais pas si
j'aurais survécu. C'est ce que je lui ai dit, textuellement : s'il
n'y avait pas eu Joseph, je ne sais pas si j'en aurais réchappé.
Et puis j'ai tout raconté, tout. Les profs, les filles, cette surprise la première fois que j'ai vu une blonde, une vraie
blonde, s'entend, je ne savais pas que ça existait, tu te souviens ? Qu'est-ce que tu avais ri, quand je t'avais raconté ça.
Elle aussi elle a ri. Si tu veux mon avis, elle en a là-dedans.
Ce sont des choses qu'on sent, avec les filles. D'habitude,
quand elles sont trop intellectuelles, ça les empêche de savoir
tortiller les fesses. Mais pas Fortunata, tu peux me croire.

Je te crois sur parole, Bonaventure, dis-je en tendant mon
verre, camouflant mon irritation sous un sourire. Donc elle
t'a écouté évoquer le passé. Tu lui as parlé de François ?

Bien sûr, confirme Bonaventure d'un air avantageux. Il
n'y a pas à dire, cet homme-là, il m'a marqué. Vois-tu, Joseph,
je crois que je m'en souviendrai toujours. Cette manière dont
il s'est interposé, à l'internat, dont il a fait face aux dix
gaillards qui avaient décidé de nous bizuter dans les grandes
largeurs... Petit, un peu chauve, un pion comme on en voyait
tant, et tout à coup, c'était un grand homme. Parce qu'il
savait ce qu'il voulait. Parce qu'il avait conscience de l'injus-
tice qu'on allait commettre sous ses yeux. Parce qu'il avait du
courage. Dix fois plus de courage que les dix gaillards réunis.
Tu te souviens ?

Très bien, Bonaventure, je m'en souviens très bien, dis-je,
de moins en moins détendu.

C'est vrai, se reprend Bonaventure. Dans le fond, tu étais
plus proche de lui que moi.

On peut dire ça comme ça, dis-je sèchement.

Excuse-moi, Jojo, fait Bonaventure qui réalise un peu tard
qu'il aurait mieux fait de se taire. Je n'arrive pas à m'y faire,

à ce qui s'est passé. Je ne sais pas pourquoi, j'avais tout oublié. Je veux dire...

N'en parlons plus, dis-je en me forçant à sourire. Raconte-moi plutôt la suite, ça va me changer les idées.

Tu ne vas pas me croire, sourit Bonaventure, mais il n'y en a pas eu. Eh oui, aussi difficile à croire que ce soit, moi, Bonaventure, directeur de l'Institut polytechnique, j'ai passé plusieurs heures en compagnie de cette jeune personne dont la beauté dépasse tout ce qu'on peut imaginer, et dont les regards et les sourires suggestifs me promettaient le paradis, sans qu'il y ait une suite. Mais rassure-toi. Je la revois la semaine prochaine. Et là, mon vieux, je peux te dire que je vais me rattraper.

Je n'en doute pas un instant, Monsieur le directeur, dis-je en me levant, un sourire aux lèvres. Ça va te mettre en forme pour l'arrivée de la fiancée de mon patron.

Tout juste, conclut Bonaventure. Celle-là, elle peut serrer les fesses !

Elle a raison, la Vénus africaine. J'ai eu un peu tendance à la sous-estimer.

44

[20 novembre]

Encore plus amusante que son fiancé, ma petite maîtresse. Et puis elle est toute fraîche. Un rien la choque.

Ainsi de la manière dont mon cher maître traite la domesticité. Mes yeux qui fixent mes sandales de toile, mes «oui patron» qui transpirent la servilité, tout cela la met mal à l'aise. Ma délicieuse patronne ne parvient pas — pas encore? — à effectuer cette opération subtile qui transforme tout domestique, du fait de son statut, en vague objet inanimé, auquel on se doit de n'accorder aucune importance.

Autre point amusant, qui découle du précédent : il semblerait que ma jeune maîtresse ait besoin d'intimité. Ma présence constante, dont elle ne se rend pas toujours compte assez tôt pour baisser la voix ou retenir son geste, semble un peu lui peser. D'autant plus que ce pauvre Ramou, lui, est tellement habitué à ma personne qu'il ne fait vraiment pas attention à ce qu'il dit ou fait devant moi. Or, les présences conjointes de sa fiancée et de la terre africaine semblent le stimuler ; l'inactivité forcée où il se trouve, en l'absence du doyen, n'arrange pas les choses. En clair, le petit Fifou a envie à toute heure du jour et de la nuit. Il passe son temps à balader ses mains sur sa Juju, ce qui oblige cette dernière à protester en rougissant dès que je passe mon museau à la porte, ce dont je suis loin de me priver.

Il y a bien d'autres choses auxquelles elle ne s'habitue pas, ma charmante patronne. Par exemple, à ce que je lave ses petites culottes.

Nous nous livrons à ce sujet une guerre implacable. Une guerre devant laquelle celle de Troie n'était qu'une escarmouche.

J'ai remporté très facilement la première victoire : elle ne se méfiait pas. Elle avait déposé consciencieusement son linge, au fur et à mesure qu'il se salissait, dans le gros coffre en feuilles de bananier acheté à cette fin par mon petit Ramou. La présence de la machine à laver prêtée par Bonaventure avait endormi sa méfiance.

J'ai bien aimé sa tête lorsqu'en rentrant du jardin, où elle passe le plus clair de ses journées, elle m'a vu, agenouillé par terre près d'une cuvette, frottant de toutes mes forces son linge le plus intime, dans mes deux mains bien noires. Elle en est restée bouche bée, puis est rentrée dans la maison à toute vitesse.

Mon ouïe s'est encore affinée, depuis que Juliette est là. Mon petit maître a balbutié qu'il ne s'était jamais préoccupé de ce genre de chose, mais que, maintenant qu'elle le lui signalait, oui, il m'avait déjà vu laver du linge à la main, le linge de corps en général, pour quelle raison, il l'ignorait.

Et voilà mon petit patron, téléguidé par sa fiancée, qui vient me demander des comptes sur ma manière de faire. Comptes que je lui rends bien facilement : c'est le B.A-BA du métier de boy. Il est connu que le linge de corps est plus délicat ; pour ne pas l'abîmer, il est indispensable de le laver à la main. Ma première patronne me l'a appris.

Ramou essaye de m'expliquer : dorénavant, je mettrai tout le linge dans la machine, ce sera bien plus simple. Mon honneur de serviteur zélé s'insurge : c'est impensable ; je veux bien faire beaucoup de choses, patron, mais pas ça, pas mal faire mon travail. Surtout avec Madame qui est là.

La contre-attaque n'a pas tardé. Pendant les trois jours qui ont suivi, aucune petite culotte n'est apparue dans le coffre en bananier. On s'était mis à les cacher. Sournoisement. C'était compter sans mon instinct de chasseur. Quand vos aïeuls ont poursuivi l'antilope à la course, traqué des lions ou des hippopotames dans leur repaire, ce n'est pas une vulgaire petite culotte qui va vous décourager.

Elles m'attendaient, lovées sous une pile de linge, blotties les unes contre les autres, serrées, presque vivantes, tout au fond de la grande armoire.

Mes mains de jais les ont recueillies avec affection et se sont empressées de leur offrir un grand bain de fraîcheur, suivi d'un grand bain de soleil.

Quand elle les a vues se balancer tendrement à la corde à linge, seules et infaillibles preuves de ma conscience professionnelle, Juliette a eu un haut-le-cœur. Mais elle n'a rien osé me dire : parler à son boy de petites culottes, voilà un grand tabou qu'elle n'a pu se résoudre à transgresser. C'est donc à nouveau le pauvre Ramou qui a été pris à témoin. Mais cette fois la chère Juju a appris à ses dépens que toute critique formulée à l'encontre de Joseph — le brave Joseph, le dévoué Joseph, celui qui a veillé son patron mourant, avec autant de courage que d'abnégation — était très mal venue. Tout à fait déplacée. Nulle et non avenue. Voire néo-colonialiste.

Ma petite maîtresse s'est donc retrouvée seule avec sa pudeur sur les bras.

Elle a choisi la moins mauvaise solution. Chaque soir, une fois que je suis parti, elle lave la petite culotte qu'elle a portée dans la journée. Il y en a une tous les matins qui se balance à la corde. C'est comme un message très intime qu'elle m'enverrait. Un message qui me renseigne à la fois sur la couleur de ses dessous et sur ses qualités de blanchisseuse (qui vont s'améliorant).

Robert l'avait bien dit : nous autres nègres, nous sommes de grands enfants.

45

Le 17 novembre 1985

Mon cher Éric,

Fifou est parti donner son cours, et je me demande bien ce que je pourrais faire. À Paris, je serais sortie me promener, faire quelques courses, ou bien j'aurais préparé un gâteau. Mais les courses et la cuisine sont réservées au « boy » (je déteste ce mot !), et on ne peut pas se promener. Hier, j'ai essayé de marcher sur la piste qui mène à la maison. Au bout de trois minutes, une dizaine de gamins m'entouraient, et je suis rentrée le plus vite que j'ai pu.

Je n'arrive pas bien à réaliser que je suis ici pour un an. Tout ce que je peux voir autour de moi me paraît complètement irréel. Il me semble que j'ai été parachutée dans un endroit qui n'est pas vrai. Comme si j'étais dans un décor de théâtre ou dans un film. Ce qui est le plus étrange, c'est de voir les autres gens — et surtout Fifou — se comporter le plus naturellement du monde, comme si de rien n'était.

Si c'était un décor, il serait particulièrement réaliste ; il ne manque rien : ni les couleurs, ni les bruits, ni les odeurs. C'est d'ailleurs ça qui surprend le plus, quand on arrive, toutes ces odeurs... Impossibles à décrire, mais elles t'entrent dans les poumons sans que tu aies le temps de dire ouf !

La terre est rouge, violemment rouge. Ce n'est pas très bon

pour les cultures, mais c'est très beau. Ça n'a rien à voir avec ce qu'on voit en France, ni avec les images qu'on a de l'Afrique avec de la savane : il y a des collines partout, toutes rondes et toutes vertes. Dommage que tu ne sois pas là : ça t'inspirerait.

Je suis tout le temps dans le jardin, je regarde tout ce qui y vit. En fait, on devrait plutôt dire «ce qui y grouille» : il y a une foule d'insectes comme je n'en avais jamais vu, certains font un bruit très impressionnant, comme de petits hélicoptères, d'autres sont tout à fait énormes, mais il paraît qu'ils ne sont pas dangereux. Il y a aussi beaucoup de fleurs, tu sais, ces fleurs exotiques très chères que l'on ne trouve que chez les fleuristes. Ici, ça pousse comme des pâquerettes ! Certaines sont de la même famille que les bananiers, ce sont des fleurs luisantes, rouges, orange et pointues, on dirait qu'elles sont fausses tellement elles ont l'air solide. Je ne sais pas encore si ça me plaît ou non, c'est touffu comme une jungle même s'il n'y a pas de lianes.

La ville, où je suis allée une ou deux fois, est très bizarre : elle n'a pas de centre. Il y a de grandes avenues plantées d'arbres le long desquelles on trouve des villas, toutes plus somptueuses les unes que les autres, avec piscine la plupart du temps. Les Européens riches et quelques Africains (ministres, gros commerçants) habitent là. Les magasins sont dispersés partout, il faut vraiment savoir qu'ils existent parce qu'ils n'ont pas de vitrine. On trouve aussi quelques immeubles, plutôt bas, construits dans une sorte de béton postcolonial, recouverts d'une couche de peinture pastel, écaillée par endroits. On sent que tout ça a pu être flambant neuf il y a vingt ou trente ans, mais que depuis rien n'a été entretenu.

Quelques chiens errants rôdent dans les rues, ici les chiens, comme les chats, ne sont pas considérés comme des animaux domestiques, on dit que certains les mangent, en tout cas il n'y a que les Européens qui les nourrissent.

Le plus bizarre et le plus désagréable, c'est la sensation d'être sans arrêt dévisagé. Où que tu ailles, quoi que tu fasses, les gens te fixent silencieusement, de manière persistante. Philippe a l'air de s'y être habitué, mais moi j'ai beaucoup de mal, il me semble qu'il y a énormément d'agressivité là-dessous. Du point de vue des gens d'ici, ça se comprend sûrement, mais c'est très dur à supporter.

J'entends Joseph qui s'active, il est en train de nettoyer le sol, qui m'avait pourtant l'air tout à fait propre. Il veut me montrer à tout prix qu'il est un bon domestique. Le pauvre, s'il voyait dans quel désordre j'ai l'habitude de vivre !

À propos de Joseph, ce que Fifou ne m'avait pas dit, et que je n'avais pas bien vu sur les photos, c'est qu'il est vraiment beau. Il est très grand, très bien fait, il a des traits très réguliers, et, quand on croise son regard, on ne peut pas s'empêcher de penser qu'il est bien plus intelligent qu'il n'en a l'air. Ça rend la situation encore plus absurde, si c'est possible.

Voilà, je ne sais pas si tu sens l'atmosphère ?

Je t'embrasse fort,

la petite Juliette africaine

46

[5 décembre]

Je ne te vois plus, depuis que ta nouvelle maîtresse est arrivée, se plaint gentiment la Vénus africaine en faisant tinter ses boucles d'oreilles.

J'en suis le premier désolé, Fortunata, dis-je en me glissant à ses côtés sur la banquette du Tam-Tam noir où elle m'attend depuis longtemps, si j'en crois les dépouilles de Cannibale Blues qui jonchent la table. Mais tu sais ce que c'est. Elle vient d'arriver, il faut la dorloter, lui faire des petits plats, astiquer le plancher, faire un peu ses caprices... Et puis, de ton côté, tu as su trouver de la compagnie. On m'a dit que tu fréquentais des directeurs assidûment.

On a médit, proteste la donzelle, je suis restée seule à me morfondre en t'attendant, dévorée par la jalousie à l'idée que tu avais une nouvelle maîtresse. D'ailleurs, ajoute-t-elle malicieusement, je n'ai jamais aimé les hommes ventripotents. Parle-moi plutôt d'elle. Comment est-elle ?

Je n'ai pas à m'en plaindre, dis-je en arborant un air satisfait. Elle me laisse assez libre. Il n'y a qu'une ombre au tableau : elle m'empêche de poser mes pattes de nègre sur sa lingerie pour la laver. Je crois bien qu'elle a peur que je la lui abîme.

Tu es pourtant un homme très délicat, Joseph, sourit la

Vénus africaine. Je te confierais sans problèmes mes linges les plus fins pour que tu les entretiennes, moi. Écoute, si tu veux, je peux lui parler, à ta patronne ; lui expliquer à qui elle a affaire.

C'est très gentil, Fortunata, mais je préfère me débrouiller tout seul, si tu veux bien. Je n'ai jamais beaucoup aimé que l'on me mâche le travail, ou que l'on mette le nez dans mes affaires, conclus-je un rien sèchement.

Joseph, Joseph, tu ne sais pas ce que tu perds, se défend gentiment Fortunata. Rien ne vaut l'appui d'une femme, dans certaines circonstances. Comment se porte notre Philippe ?

Il est assez inquiet, dis-je en posant ma main sur la jambe joliment galbée de la demoiselle. Le moindre imprévu le terrorise. Tu te souviens de Xavier et d'Yvonne, les danseurs d'awulé ?

Mmmmhhhh... Tes mains sont si douces, Joseph, soupire Fortunata. Elle ne sait pas ce qu'elle perd, ta petite patronne. Tu veux parler du type tout chauve avec un grand nez et de la petite souris poilue ?

Ces deux-là, confirmé-je. Ramou ne les avait pas revus depuis son retour. Tu imagines sa tête hier soir quand ils ont débarqué à l'improviste.

Il est devenu tout pâle, susurre la Vénus africaine en se rapprochant de ma main experte, ensuite tout rouge, il a trituré ses lunettes avant de bafouiller, tiens, salut, comme je suis content de vous voir.

Pas mal du tout, Fortunata, vraiment pas mal ; tu as seulement oublié la moiteur dans le cou. Parce qu'il a eu des sueurs froides, mon petit maître. Il ne pouvait se permettre aucun faux pas.

Et Juliette dans tout ça ? s'informe Fortunata.

Elle était toute contente d'avoir de la visite, dis-je en palpant délicatement le haut de sa cuisse. Elle n'avait qu'une envie, c'était de fraterniser avec les deux loustics. Mais elle a eu un peu de mal. D'abord quand Xavier s'est mis à vanter les charmes de Pélagie, en soutenant qu'il y a une supériorité biologique, sur le plan des capacités sexuelles, chez le peuple africain. Il n'avait pas forcément tort.

Pour Pélagie, je ne sais pas, note Fortunata, mais aucun Blanc n'a jamais inspecté mes dessous avec un tel doigté.

Ensuite, continué-je en souriant modestement, Yvonne a voulu s'en mêler : elle a vanté les dimensions remarquables des membres virils africains, et la manière toute primitive — ce sont ses mots — dont nous autres nègres nous en servons.

Elle manque d'expérience, cette petite, s'apitoie la Vénus africaine.

Oh, mais ça avait l'air de lui convenir, rectifié-je immédiate-ment. Les étreintes sauvages, elle trouve ça génial. Non, ceux à qui cette évocation semblait ne pas trop plaire, c'était mes deux petits patrons. Ramou, tout rouge, tentait de les faire taire, et Juliette, les yeux écarquillés, avait peine à y croire.

Je vois d'ici la scène, glousse Fortunata.

Mais le clou de la soirée fut certainement le moment du dessert. Après s'être préparé, comme d'habitude, un peu de chanvre à fumer, le chauve au grand nez et la souris poilue ont voulu initier Juliette aux joies de l'awulé. Ça l'a un peu choquée.

Choquée ? Quelle drôle d'idée, roucoule la Vénus africaine en retenant ma main, prête à s'aventurer sous sa lingerie délicate.

Que veux-tu, elle est un peu pudibonde, dis-je en revenant à la charge. Ça me délasse. Tiens, tu ne devineras jamais ce qu'elle a trouvé à redire à la piscine, où Betty l'a emmenée la semaine dernière.

Toutes ces femmes aux seins nus vautrées sur la pelouse ? ronronne Fortunata d'une voix langoureuse.

Tu y es presque, dis-je, impressionné. Tous ces petits gamins qui les observent, derrière la palissade. Elle n'a pas supporté.

Moi je supporte assez bien ta manière de surmonter les palissades, murmure Fortunata en me laissant pousser mon avantage sous ses dentelles.

Et plaquant sa bouche de velours sur la mienne, la belle met un point final à notre conversation.

47

Le 15 décembre 1985

Je pensais qu'au bout de quelques semaines la présence de Juliette ne me serait que bonheur. Force est de constater que je me trompais lourdement.

Je pensais qu'une fois les premières difficultés surmontées nous pourrions profiter ensemble de cette nouvelle chance qui s'offre à nous. Malheureusement, la situation se dégrade d'heure en heure, et je ne vois pas de quelle manière je pourrais enrayer cette évolution fatale.

Je pensais qu'en y mettant chacun un peu du nôtre nous parviendrions à un compromis acceptable, au moins sur ce que nous sommes venus faire ici et sur le type de rapport que nous souhaitions entretenir avec notre entourage. Eh bien, depuis qu'elle a posé les pieds sur le sol africain, Juliette n'a pas cessé de critiquer, l'une après l'autre, chacune des habitudes que j'avais pu prendre et chacune des personnes que je me suis permis de lui présenter.

J'étais loin d'imaginer qu'elle puisse faire montre d'un tel esprit négatif. Personne n'a trouvé grâce à ses yeux, ni Xavier et Yvonne, qu'elle a jugés «pédants, bêtes et ridicules», ni Betty, qu'elle considère comme «une pauvre fille frustrée», ni les Durouchoux, qu'elle qualifie de «soixante-huitards attardés». Mais le pire est qu'elle ne fait aucun effort pour cacher ses sentiments, et que peu à peu elle repousse toutes les personnes avec qui je me suis lié. Rien ne l'arrête, pas même le souci de ne pas nuire à ma carrière. C'est ainsi que la semaine dernière, lors de la fête de l'Institut, elle a fait un esclandre épouvantable qui a failli tourner à la catastrophe.

Bonaventure avait, comme l'an passé, fait un très beau discours, suivi cette fois par une intervention de Lionel (le jeune VSN qui remplace Robert et qui, toute modestie mise à part, n'a pas eu autant de succès que moi l'année dernière). Nous nous étions restaurés au buffet (moins fourni également que l'année dernière, ce qui était normal étant donné qu'il ne s'agissait plus du vingtième anniversaire de l'Institut ni du dixième anniversaire de la Deuxième République). Juliette avait fait la connaissance de Bénédicte, du père Francis et d'Auguste, et semblait sympathiser avec eux, si bien que je me suis pris à espérer que mon calvaire était en train de prendre fin.

Comme l'an passé, Papa N'diaye était à la sono; il a commencé par une série de slows. Après avoir fait danser Juliette plusieurs fois, j'ai suivi ses recommandations de ne pas laisser tomber Betty (la pauvre faisait pitié à voir, assise seule à une table où elle vidait consciencieusement une bouteille de champagne sans même sembler y prendre plaisir). J'ai donc dansé avec elle, un peu gêné parce qu'elle se serrait très ostensiblement contre moi et que j'avais peur que Juliette ne s'en aperçoive et n'en prenne ombrage. Mais quand j'ai vu que Bonaventure, après m'avoir fait un gros clin d'œil, invitait Juliette (alors qu'il n'avait pas encore invité la femme de l'ambassadeur de France, qui s'était pourtant déplacée spécialement pour l'occasion), j'ai été rassuré.

C'est alors que tout à coup, sans que j'aie le temps de comprendre ce qui se passait, j'ai vu, de mes yeux vu, Juliette s'arracher des bras de Bonaventure, et, au milieu des étudiants qui dansaient, en présence de l'ambassadeur de France, devant tous mes collègues qui commençaient à m'accepter, elle a giflé, oui, giflé le directeur de l'Institut. La musique s'est arrêtée au moment précis où elle le traitait de « sale porc ».

Je crois que je ne me suis jamais senti aussi honteux de ma vie.

La seule explication que Juliette ait daigné me donner est que Bonaventure la serrait de trop près, et qu'une de ses mains s'était mise à lui palper les fesses. Malgré mes adjurations, sourde à mes supplications, elle a refusé de lui faire des excuses, estimant que c'était à lui de lui en faire, et que ce n'était pas parce qu'il était directeur qu'il avait un droit de cuissage sur les amies de ses enseignants.

Heureusement pour moi, Bonaventure est quelqu'un de formidable : malgré le caractère tout à fait inadmissible de l'acte de Juliette, il ne s'en est pas formalisé. Il riait presque, et m'a dit en aparté que cette petite avait un sacré tempérament, si bien que je ne devais pas m'ennuyer tous les jours.

Grâce à l'humour et au bon sens du directeur, cet incident n'a pas eu de conséquences fâcheuses, mais je me sens mal chaque fois que j'y repense, et je ne peux m'empêcher de trembler rétrospectivement en pensant à ce qui serait advenu s'il s'était agi d'une personne ayant une personnalité moins amène. En tout cas, ma soirée en a été tout à fait gâchée, et dès que j'ai pu le faire sans que ce soit trop visible je me suis réfugié à la maison. Joseph est resté avec moi, il a senti comme j'étais abattu. Juliette, par contre, toute fière de son coup d'éclat, a refusé de me suivre, disant qu'elle ne s'était jamais autant amusée depuis qu'elle était arrivée en Afrique.

Si la situation n'évolue pas, si elle ne change pas radicalement, ma vie va devenir un enfer.

48

[20 décembre]

Un enfer, peut-être, mais avec une bien belle diablesse.

Elle a de la suite dans les idées, la Vénus africaine. Je souhaite beaucoup de courage à celui qui chercherait à lui faire lâcher prise.

Je ne sais qui a été le plus surpris, de Ramou ou de moi.

Généreuse ! Comme c'est sympa d'être passée si vite ! s'écrie ma délicieuse patronne, qui, elle, s'y attendait.

Vous... Tu... Vous vous connaissez ? balbutie mon pauvre maître, écarlate en me jetant un long regard perdu.

Mais oui, répond Juliette, tout excitée, bien sûr que nous nous connaissons, depuis la fête de l'Institut. Généreuse m'a tout raconté.

Tout... Soudain très pâle, ce cher Ramou reste sans voix.

Juliette veut dire que je lui ai expliqué comment nous avions fait connaissance, rassure la Vénus africaine. En écoutant ton discours, l'année dernière.

Ce que je ne comprends vraiment pas, poursuit Juju, c'est pourquoi tu ne m'as pas présenté Généreuse plus tôt, à la place de tous ces Français stupides qui défilent ici depuis mon arrivée. Assieds-toi, Généreuse, fais comme chez toi, non, non, mets-toi plutôt sur ce fauteuil, il est plus confortable, c'est Fifou qui l'a fait fabriquer spécialement pour le confort, qu'est-ce que je te sers, du thé, du jus de fruit, un cocktail ?

Tétanisé, mon cher patron parvient difficilement à imprimer à ses lèvres crispées une mauvaise imitation de sourire.

Je veux bien un cocktail, sourit la Vénus africaine en croisant haut les jambes, dévoilant, l'espace d'un instant, une minuscule petite culotte en dentelle bordeaux, ce qui accroît encore la pâleur de mon maître. Titubant, il va se réfugier dans les toilettes, pendant que Juliette s'informe des préférences de son invitée, et s'extasie du hasard qui fait de son cocktail préféré celui dont Ramou l'abreuve régulièrement.

Dis-le à Fifou, dis-le-lui, insiste ma chère patronne dès que mon petit maître, après s'être aspergé d'eau froide et de parfum, se risque à nouveau dans le salon.

Juliette a eu raison, répète la Vénus africaine, en croisant ses jambes dans l'autre sens. Directeur ou pas directeur, ce Bonaventure n'avait pas à lui mettre la main aux fesses. C'est la dignité des femmes qui est en jeu, on ne plaisante pas avec ça.

Bien sûr, je suis d'accord sur le fond, se défend Ramou, mal à l'aise, en attrapant le verre de Cannibale Blues que j'ai déposé devant lui. Seulement elle n'avait pas à employer la force, à faire un esclandre public. C'est tout ce que j'ai dit.

Parce qu'il n'a pas employé la force, lui, peut-être ? explose Juliette. Parce que ce n'était pas en public, peut-être ?

Allons, allons, tempère Généreuse, inutile de vous énerver, ce qui est fait est fait, et sur le principe tout le monde est d'accord, n'est-ce pas Philippe ?

Bien sûr, file doux mon patron.

S'ensuit un silence impressionnant, dans lequel les craquements des petits biscuits aux amandes sous l'action conjuguée de trois paires de mâchoires semblent tonitruants.

Et ton travail, il te convient ? s'informe Juliette, visiblement à court d'idées.

Oh, soupire Fortunata, il y a pire, mais ça pourrait être mieux. Secrétaire, c'est quand même un peu limité.

Il n'y a rien d'autre qui te plairait ? s'enquiert Juliette, protectrice.

Oh si, sourit la Vénus africaine. Mais je ne sais pas si je peux vous le dire, vous allez vous moquer de moi.

Mais si, dis-le, insiste Juliette.

Eh bien, fait la belle en me jetant un regard malicieux, mon rêve, ce serait d'être détective.

Détective ? s'exclame Juliette dans un éclat de rire. Pour faire les constats d'adultère, ce genre de trucs ?

Oh non, les histoires de mœurs, ce n'est pas très intéressant, méprise la Vénus africaine. Non, enquêter sur des choses mystérieuses, des comportements anormaux, des recherches historiques, des disparitions inexpliquées, des meurtres... Mais ça n'existe pas chez nous, ça ne se fait pas. Quand on a un problème, on va voir le marabout, et voilà tout.

C'est très intéressant, ce que tu dis là, fait mon maître, tentant désespérément de mettre son grain de sel dans la conversation. Il y aurait une étude passionnante à faire sur les fonctions symboliques comparées du marabout en Afrique et du détective privé dans les pays occidentaux. Tu ne crois pas, Juju ?

Peut-être, fait ma maîtresse, dont le manque de conviction fait retomber le silence.

Que faites-vous pour Noël ? meuble la Vénus africaine, qui ne se doute pas qu'elle a innocemment mis le doigt sur un point sensible.

On ne sait pas encore, s'empresse Ramou, et toi ?

Oh, moi, je vais le passer dans ma famille, répond la fausse Généreuse avec une nouvelle œillade dans ma direction.

Tiens, on va lui demander ce qu'elle en pense, décide ma jeune maîtresse, au grand désespoir de Ramou, qui enfourne coup sur coup trois gâteaux pour se sentir mieux. Tu nous donnes ton avis objectivement.

Et ma petite patronne d'expliquer à la Vénus africaine, tout en sirotant son Cannibale Blues, que pour Noël son Fifou avait l'intention de participer à la messe de minuit du père Francis, dite en présence des prisonniers repentis, dans le hangar de la briqueterie, à la lueur des flambeaux, rythmée par le son des tambours traditionnels et les chants autochtones ; un moment rare et précieux, auquel mon bon maître n'avait pas eu accès l'année dernière, étant trop nouveau pour y être convié : Mais Juju ne l'entend pas de cette oreille : athée elle est, athée elle reste, et elle se refuse à aller chanter des chants de Noël, fût-ce au milieu d'anciens prisonniers.

Je suis tout à fait désolée, Philippe, mais je crois bien qu'elle a raison, tranche Fortunata après quelques instants de réflexion. Il ne faut pas aller à l'encontre de ses convictions, Dieu n'aimerait pas ça.

Ma maîtresse triomphe, jusqu'au moment où, pensant bien faire, la Vénus africaine ajoute, incidemment : et puis, ce n'est pas votre place. Un prêtre, c'est son rôle, mais vous, il ne faut pas que vous alliez vous mélanger avec des voyous et des voleurs.

Ma jeune maîtresse n'ose pas s'opposer à sa nouvelle amie et lâche un petit rire gêné.

Délicieux, ces petits gâteaux, susurre Fortunata en regardant sa montre.

C'est Joseph qui a fait tout ça, s'empresse Ramou.

Si j'avais les moyens et s'il n'était pas mon cousin, je le prendrais très volontiers comme cuisinier, quand vous repartirez en France, sourit la Vénus africaine en faisant tinter ses boucles d'oreilles.

49

Le 3 janvier 1986

Éric,

Plus le temps passe et moins je m'habitue à ce que devrait être ma vie ici.

L'impression d'irréalité, que j'ai eue dès mon arrivée, ne m'a pas quittée. Les choses et les gens me paraissent complètement fous, à moins que ce ne soit moi qui sois en train de le devenir sans m'en apercevoir.

Tout le monde a l'air de très bien s'accommoder de la manière de vivre ici, de trouver tout à fait normal de n'avoir plus aucune intimité, de ne pas pouvoir, par exemple, s'arrêter au cours d'une excursion pour faire pipi sans avoir immédiatement trois ou quatre marmots autour de soi, de ne pas pouvoir faire un pas dehors sans être suivi par des centaines de regards fixes, de voir des hordes de gamins se battre pour porter un panier et récolter un sou, de se faire servir de sept heures du matin à sept heures du soir par un domestique aux yeux baissés que l'on paye cinq cents francs par mois, de croiser sur la route des enfants au gros ventre qui portent trois fois leur poids en eau ou en fagots, tout le monde semble trouver ça naturel, rit, plaisante, et entretient le système en toute bonne conscience.

Les gens que Fifou fréquente ne font pas exception. Certains

(Bénédicte et le père Francis, essentiellement) me paraissent plus «réels» que d'autres, ils semblent comprendre ce que je ressens quand je le leur explique, mais ne changent pas leur manière de vivre pour autant. D'autres réagissent comme si j'étais une extra-terrestre et que mes réactions témoignaient d'une incapacité totale à m'adapter à ce continent, à l'aimer tel qu'il est.

Mais comment pourrais-je m'adapter à ce que je vois ici ? Comment pourrais-je ? Est-ce que tu pourrais, toi ?

Pour le premier de l'an, nous étions invités chez M. et Mme Durouchoux, ces vieux coopérants babas cools dont Fifou s'est entiché. Il y était déjà allé l'année dernière, et m'avait promis que ce serait inoubliable, grandiose, la plus belle fête à laquelle j'aurais assisté de ma vie.

En fait de belle fête, il y avait surtout une foule de Blancs soi-disant civilisés qui, après s'être précipités sur le buffet, et avoir fait main basse sur le foie gras, le caviar et le saumon fumé (avec l'argent correspondant on aurait pu nourrir un village pendant un an), se sont rués sur la piste de danse pour y tortiller des fesses.

C'était déjà triste de voir tous ces gens se trémousser péniblement. Mais quand je me suis aperçue qu'il n'y avait pas un seul Africain parmi les invités, j'ai trouvé ça abominable. Les seuls Noirs présents faisaient le service, habillés d'une livrée ridicule assortie à la nappe.

Le plus affreux pour moi, c'est de voir Fifou. À cette soirée, par exemple, il semblait être tout à fait dans son élément, s'amusant avec Xavier et Yvonne, tapant sur le ventre de M. Durouchoux et invitant Mme Durouchoux comme s'il n'y avait rien eu de choquant dans la situation.

Et attends, ce n'est pas tout.

Tu sais comme le réveillon du jour de l'an est une date symbolique, pour Fifou et pour moi. C'est ce jour-là, chez Laurent, que nous sommes sortis ensemble. Mais je suis bête, c'est vrai que tu étais là, tu es forcément au courant. Tout ça pour dire que j'avais très envie de me retrouver dans les bras de mon Fifou, au moment du passage à la nouvelle année.

Eh bien, Éric, figure-toi qu'à minuit moins cinq, alors que nous ne dansions ensemble que depuis quelques minutes et que le disc-jockey (le seul Africain sans livrée assortie à la nappe) prévenait qu'il fallait bien choisir son partenaire, Monsieur et Mme Durouchoux sont arrivés, et ont proposé que nous fassions un échange « pour commencer l'année en beauté ». J'ai été tellement surprise que Fifou se laisse faire que je n'ai rien dit, et je me suis retrouvée coincée entre les bras de M. Durouchoux qui me serraient horriblement fort et son gros ventre mou, prise dans l'odeur de sa transpiration, pendant que Fifou, de son côté, enlaçait l'affreuse Mme Durouchoux. Un vrai cauchemar. Et le pire, c'est que quand les lumières se sont rallumées, au lieu de se précipiter vers moi pour m'embrasser, Fifou a cherché partout Joseph pour lui souhaiter la bonne année, comme si c'était ça le plus important.

Tu me manques, Éric. Sincèrement.

Juliette

50

[17 janvier]

Elle s'ennuie, ma petite patronne. Elle a besoin de s'épancher. Mais ceux qui trouvent grâce à ses yeux sont plutôt du genre occupés. C'est dire si l'après-midi d'hier a été faste.

Sur le coup de quatorze heures, Bénédicte franchit le seuil de la demeure de mes patrons. Mon bon maître est parti, quelques minutes plus tôt, distiller la bonne parole aux étudiants ignares, et ma maîtresse s'est retirée dans ses appartements, soi-disant pour travailler, en fait pour piquer un roupillon sur son matelas privé.

Quand elle apprend qu'elle a de la visite, Juju se précipite dans la salle de bains pour passer un peu d'eau sur ses paupières ensommeillées. En attendant, je sers à Bénédicte un café bien serré, accompagné d'une grande assiette de mignardises, que je réservais pour le thé.

Tu te remettais des folies de la nuit ? attaque Bénédicte en souriant aussitôt que ma maîtresse vient s'asseoir en face d'elle, sur le fauteuil en osier dont elle vantait le confort à Généreuse.

Ne parle pas de malheur, rougit Juju en me jetant un regard fugace.

Bien qu'étant tout à fait en mesure de confirmer que ma petite patronne ne brûle pas ses nuits dans des étreintes torrides — du moins dans le lit conjugal, que je fais consciencieusement tous les matins —, je me dépêche de disparaître dans la cuisine, histoire de ne pas nuire à la qualité de ces confidences toutes féminines.

L'Afrique ne t'inspire pas ? poursuit Mme Jacquot.

Ce n'est pas ça, répond Juliette en baissant le ton. Figuretoi qu'hier soir nous étions invités chez les Durouchoux. Je crois que je n'avais jamais passé une soirée aussi épouvantable.

Tu exagères, ils ne sont pas méchants, relativise Bénédicte. Vraiment délicieux, ces petits gâteaux, quand on commence, on ne peut plus s'arrêter.

Vas-y, sers-toi, je suis sûre que Joseph en a encore un énorme stock dans la cuisine, il fait tout en quantités industrielles, l'encourage ma petite patronne en montrant l'exemple. Dès qu'on est arrivés, j'ai senti que quelque chose clochait. Il n'y avait que M. Durouchoux. Il était plutôt bien habillé, ce qui n'est pas habituel, mais il avait l'air d'avoir un peu le trac, ce qui était encore plus surprenant, vu qu'on se connaît quand même bien, enfin, il connaît bien Fifou. Il m'a prise dans ses bras pour me faire la bise, très fort et très longtemps, et quand j'ai tourné la tête, il s'est débrouillé pour faire un faux mouvement, et me frôler la bouche. Ma femme arrive, a-t-il dit avec un drôle d'air. Il a ajouté que nous étions seuls, qu'il avait donné congé à son boy, que personne ne pourrait nous déranger. La façon dont il a dit ça, j'avais envie de repartir.

Je crois que je devine, sourit Bénédicte.

On a commencé à boire un ou deux cocktails, poursuit ma petite patronne, qui ne s'arrête que pour engloutir mes mignardises, et puis elle est arrivée. Sur le coup, j'ai pensé qu'elle s'était déguisée, j'ai failli éclater de rire. Heureusement, je me suis retenue. Elle était maquillée horriblement, les yeux tartinés de Rimmel, la bouche dégoulinant de rouge vif, ses cheveux gris étaient relevés en chignon, avec une grosse fleur d'hibiscus plantée dedans, et elle portait une robe noire en crêpe. C'était affreux, vraiment horrible. Le pire, c'est qu'elle était toute fière de sa tenue ; Fifou s'est senti obligé de lui faire un compliment.

Je savais que vous sauriez apprécier, a dit M. Durouchoux d'une voix rauque, et c'est alors que je me suis aperçue, comme elle passait devant la lampe, qu'à part des bas et des jarretelles, elle était nue sous sa robe.

Ils sont connus pour ça, s'amuse Bénédicte. Tout le monde a, au moins une fois, pu admirer les tenues érotiques de Mme Durouchoux. C'est vrai que c'est spécial. Mais bon, ça n'est pas bien méchant. Si ça lui fait du bien, c'est l'essentiel.

Mais ce n'est pas fini ! s'énerve ma maîtresse en constatant que l'assiette aux mignardises est vide. Ça ne s'est pas arrêté là ! Nous sommes passés à table ; je ne savais pas si Philippe avait remarqué, pour la tenue, et je ne pouvais pas lui poser la question. J'ai donc commencé à manger comme si de rien n'était, en faisant semblant de ne pas voir les longs regards langoureux que me coulait M. Durouchoux. Eh bien, figure-toi que le repas était entièrement constitué de plats supposés aphrodisiaques ! En entrée, il y avait des amourettes, je ne sais pas si tu connais, mais quand Fifou a su ce que c'était, il n'a pas pu en avaler une seule, moi je me suis forcée mais j'ai eu du mal. Ensuite il y avait du lion, ils l'avaient fait venir spécialement de la réserve, tu imagines ? C'est bizarre, ça ressemble à du poulet, mais d'après M. Durouchoux c'est utilisé couramment ici pour donner du cœur à l'ouvrage aux jeunes époux. Il nous l'a expliqué longuement, nous a décrit le cérémonial de la nuit de noces traditionnelle, avec tous les détails, en continuant de me couver du regard. J'étais de plus en plus mal à l'aise, et Fifou n'avait pas l'air de remarquer quoi que ce soit... Enfin, au moment du dessert, il a été bien obligé de se rendre compte. C'était une glace infecte, parfum ginseng, moulée en forme de sexe !

Féminin pour les hommes, masculin pour les femmes, avec des poils en copeaux de chocolat ! Si, je te jure !

Je vois très bien le tableau, s'esclaffe Bénédicte. C'est le genre de chose dont tu riras plus tard.

Peut-être, concède la pauvre Juju, devant qui je viens déposer, en boy attentionné, une nouvelle assiette de mignardises. N'empêche que je t'assure que c'était épouvantable à vivre. Et eux étaient tout fiers, comme si on avait apprécié. Ensuite, ils nous ont fait passer au salon pour prendre un digestif.

Pour se donner du courage, ma petite patronne s'empare d'une tartelette au chocolat qu'elle déguste lentement.

Il n'y avait que des lampes rouges, on se serait cru dans un bordel. Mme Durouchoux a mis de la musique et elle a invité Fifou. Du coup, je ne pouvais pas refuser de danser avec M. Durouchoux. Il s'est mis à me palper les fesses bizarrement, pendant que sa femme collait Fifou comme une goule ; au bout de cinq minutes, j'ai compris qu'il essayait de faire glisser mon slip, tu te rends compte ? Un vieux porc dégueulasse. Je n'ai plus pu le supporter. Je ne voulais pas refaire un scandale comme avec Bonaventure, alors j'ai dit que je me sentais mal, qu'il fallait que je rentre immédiatement.

Les pauvres, commente Bénédicte, franchement hilare. Tous ces efforts pour rien. Ils vont devoir tout reprendre à zéro.

Ça ne m'a pas fait rire, coupe Juliette. Et ce que j'ai trouvé encore moins drôle, c'est que Fifou ne semblait pas trouver ça si choquant que ça. Il m'a maintenu que les Durouchoux s'aimaient de manière authentique, qu'ils avaient droit à leur jardin secret, et que dès lors qu'ils ne forçaient personne on ne pouvait que les admirer !

Et tu n'es pas d'accord ? sourit Bénédicte.

Bien sûr que non, voyons, je ne suis pas folle ! Tu te rends compte qu'ils voulaient partouser avec nous ? Partouser ?

Faire ça les uns avec les autres, en public ? Mais c'est complètement immonde ! C'est répugnant !

Ils doivent bien y trouver un intérêt, remarque Bénédicte.
Tu sais, après trente ou quarante années de mariage, il
arrive que l'on ait besoin de mettre un peu de piment dans la
sauce pour la trouver savoureuse...

Oh non, gémit ma petite maîtresse. Ne me dis pas que toi
aussi, tu vas m'expliquer que c'est presque une bonne chose !
Que par rapport aux couples qui s'ennuient sans se l'avouer,
c'est beaucoup plus courageux.

Je ne vois pas ce qu'il y a de choquant à dire ce genre de
chose, confirme Bénédicte.

Mais enfin, et la fidélité, tu n'y crois pas ?

C'est le moment que choisit le père Francis pour frapper à
la porte.

La fidélité est décidément un sujet qui vous tracasse, Philippe et toi, note-t-il en attaquant les mignardises.

Mais pas du tout, s'insurge Juliette, vexée. Ça ne nous tracasse pas. Nous sommes fidèles, un point c'est tout.

Et tu n'as jamais eu de tentation ? interroge Bénédicte,
d'un ton neutre.

Mais si, rougit Juliette, en chassant de son front une
mèche rebelle, bien sûr que j'en ai eu. Mais j'y ai résisté, c'est
tout. Si je n'étais pas capable de me tenir à ce que j'ai promis,
je ne pourrais plus me regarder en face. J'ai juré à Fifou que
je serais fidèle, il a juré pareil, nous avons confiance l'un en
l'autre, et ce n'est pas la peine d'aller chercher plus loin. Pas
besoin de recevoir des gens tout nus et de les papouiller pour
avoir envie l'un de l'autre. On n'est pas des malades.

Tu as la fougue de la jeunesse, note le père Francis en
passant la main sur son front d'où il chasse une mèche imaginaire, et c'est bien. En vieillissant, il est possible que la vie
t'apporte des épreuves qui te rendront un peu moins fou-
gueuse ; tu comprendras alors que les choses ne sont jamais
toutes bonnes ou toutes mauvaises, que le bon grain ne se

sépare pas de l'ivraie, pour reprendre une parabole qui m'est chère.

Je ne suis pas d'accord, s'obstine Juliette ; si on décide d'être fidèle, on peut très bien le rester. C'est une question de volonté.

On doit parfois se battre contre sa volonté, fait Bénédicte, l'air songeur. Et il y a du charme à en sortir vaincu.

Ce n'est pas vrai, s'entête Juliette. Moi, par exemple, l'année dernière, j'ai eu une tentation : eh bien j'ai tenu bon. Je n'ai rien fait. Et nous en sommes sortis plus forts. Beaucoup plus forts. Le charme, c'était de vaincre, pas de sortir vaincus.

Bravo, conclut Bénédicte en se levant. Désolée, il faut que je file, le magasin rouvre dans dix minutes.

Tout le monde devient mou, dans ce pays, insiste Juliette. C'est effrayant. Ça ne m'arrivera jamais. Jamais je ne deviendrai comme ça. Jamais.

Je te le souhaite, rassure le père Francis. Mais tout le monde n'a pas ta chance. Ne juge pas les autres trop hâtivement.

Mon bon maître rentre sur ces entrefaites.

Le père Francis a raison, fait-il doctement. Tu vois, Juju, c'est ça que je voulais t'expliquer, hier au soir. Nous ne sommes pas dans la peau des Durouchoux. Nous n'avons pas vécu leur vie. Ce qu'on sait, c'est qu'ils sont ensemble depuis trente ans, ce qu'on voit, c'est qu'ils s'aiment. Ça ne veut peut-être rien dire, mais alors le fait qu'ils organisent des parties fines ne veut rien dire non plus. On ne peut pas juger les gens, on ne les connaît pas de l'intérieur. On ne sait pas pourquoi ils ont commencé. Ils ont peut-être été soumis à une tentation trop forte, quelque chose d'irrésistible.

Fifou, tu ne te rends pas compte à quel point tu as changé, s'indigne ma maîtresse. Avant, c'était moi qui disais qu'on ne pouvait pas s'engager pour toute une vie. Tu as insisté, insisté, jusqu'à ce que je te croie. Et maintenant c'est toi qui dis qu'on peut comprendre, que ça peut s'expliquer, se justifier ! Je ne suis pas d'accord !

Tu sais, Juliette, on ne perd rien à être un peu nuancé, explique le père Francis, à qui mon petit maître lance un regard reconnaissant. Philippe a vu des choses, depuis qu'il est ici. Elles l'ont amené à réviser ses théories, qui, pour sympathiques, étaient tout de même un peu rigides. Ça ne l'empêche pas de t'aimer.

Mais si, ça l'empêche ! s'exclame Juliette, pathétiquement lucide. Si ça continue à ce rythme, dans pas longtemps il trouvera très bien de me tromper !

Mais non, voyons, Juju, tu dis des bêtises, ment mon cher patron en triturant la branche de ses lunettes.

Tout dépend ce que l'on appelle tromper, finasse le père Francis.

Je ne comprends pas, décide Juliette, butée.

Mais si, Juliette, tu comprends très bien, insiste le père Francis sournoisement. Imagine que Philippe ait une amie, une très bonne amie qui tout à coup tombe amoureuse de lui.

Eh bien ? rougit Juju dignement.

À partir de quel moment pourrait-on dire qu'il t'a trompée ? S'il lui prenait la main ? S'il l'embrassait sur la joue ? S'il lui massait le dos à la piscine ? Si elle le massait...

Ça suffit, coupe mon petit maître, dégoulinant de gêne. Je crois que Juliette a compris.

Tu as raison, je suis encore en train de faire un sermon, conclut le père Francis, dont l'œil lâche un éclair. Une mauvaise habitude que j'ai là. Mais on parle, on parle, et j'en oublierais presque mes prisonniers. Je me sauve, encore merci pour ces délicieux amuse-gueules.

Et plantant là mon bon maître, le dominicain au grand cœur s'éclipse, non sans avoir fait la bise à Juju.

Il n'y a pas à dire, hier après-midi, j'ai été gâté.

51

[31 janvier]

À force de baisser les yeux comme un nègre stupide, je parie que tu n'as rien vu, s'amuse Fortunata en déchiquetant délicatement la viande de sa brochette d'antilope, à la Gazelle.

Parle, Fortunata, ouvre mes yeux aveugles, le nègre que je suis n'attend qu'un mot de ta bouche pour ramper à tes pieds, dis-je en faisant signe au garçon de remplir nos verres. Parle, écrase-moi sous tes talents de détective.

Puisque tu te moques de moi, je ne te dirai rien sur mes recherches, décide la Vénus africaine en me faisant admirer la blancheur de ses dents. C'est dommage parce que je progresse. Dis-moi, tu ne bois pas un peu beaucoup, ces derniers temps, Joseph ? ajoute-t-elle, légèrement ironique, pendant que je vide mon verre d'un trait. La peur de me voir approcher la vérité ? À moins que tu ne sois pas si aveugle, et que tu sois troublé ?

Si je bois un peu plus que d'habitude, Fortunata, c'est que j'avais perdu l'habitude de te voir en tête à tête ; je n'arrive plus à supporter la joie d'être assis en face de toi, de te dévorer du regard, dis-je en approchant mon pied de celui de ma compagne. Dis-moi ce que je devrais voir, je suis trop aveuglé par ta beauté pour prêter attention à autre chose.

C'est vrai que tu n'es pas trop mal, poursuit la Vénus africaine en me détaillant scrupuleusement. Tu es plutôt bien bâti, carré d'épaules mais mince de hanches, ton ventre est rond, tes bras raisonnablement musclés, tes jambes sont sveltes et courent vite. Pour ta virilité, elle a des proportions tout à fait convenables, si je me souviens bien. Tes traits sont fins, ton nez bien droit, tes yeux joliment dessinés. Ce qui est regrettable, c'est que tu ne sois pas capable de t'en servir mieux que ça. C'est vraiment très dommage. Tu me diras, dans notre tradition, les aveugles sont les envoyés de Dieu. Mais tu sais ce que c'est, mon pauvre Joseph, les traditions se perdent. Depuis que l'homme blanc est venu nous civiliser, on ne respecte plus grand-chose, et les aveugles sont devenus des infirmes.

Fortunata, dis-je, légèrement agacé, avant d'attaquer ma quatrième brochette de lion, si tu ne m'expliques pas tout de suite ce dont il s'agit, je pourrais bien oublier de payer le bijoutier qui a monté le diamant qui orne ta narine.

Oh, mais c'est qu'on s'énerverait presque ! s'attendrit la donzelle. Sacré Jojo ! Je ne te savais pas si fragile ! Et moi qui avais l'intention de ne te révéler la chose qu'au moment du dessert, que nous devrions prendre au Tam-Tam noir, comme d'habitude ! Comment vais-je bien pouvoir m'en tirer ? Allez, je ne voudrais pas que tu gardes un mauvais souvenir de cette soirée, ne t'énerve plus, mon Joseph, je vais t'aider à deviner. Il s'agit d'une Française.

Juliette ? dis-je, un peu radouci.

Tout juste, approuve Fortunata. Tu sais que nous sommes amies. Même plus qu'amies. Nous sommes devenues des sœurs. Et que font deux sœurs ? Elles complotent. Alors nous complotons. Nous nous donnons des rendez-vous hors de portée de l'oreille du mari. Et de la tienne, par la même occasion.

C'était donc toi, mardi matin ? dis-je, de moins en moins courroucé. Je me suis vraiment demandé où elle allait.

Tu m'as encore sous-estimée, pontifie la belle gentiment.

Depuis le temps, pourtant, tu me connais : j'ai une nature passionnée. En amitié comme en amour. Juliette avait des choses à me confier.

Fortunata, je déclare forfait, c'est toi qui as gagné, et de très loin, dis-je en prenant sa main dont j'embrasse la paume, ce qui fait frissonner la belle. Tu serais une détective hors pair. Tu mériterais que l'on crée la fonction juste pour toi.

Et toi, tu devrais peut-être regarder d'un peu plus près le feuillage, quand tu prends ta douche en plein air, rétorque la demoiselle, avant de plonger innocemment le nez dans son verre de vin.

Je marque un temps, incapable de lui répondre. Puis je reprends mes esprits. Ce que tu insinues là est tout à fait impossible, dis-je, péremptoire. Tu parles d'espionnage. Or ma maîtresse est blanche. Jamais les Blancs ne font ce genre de chose.

Allez, Joseph, s'esclaffe Fortunata, arrête de faire le gros naïf. Ce n'est tout de même pas à moi que tu vas faire croire que toi, Joseph, tu penses que les Blancs sont incapables de se cacher dans un jardin pour regarder un bel homme se doucher ?

Mais c'est du voyeurisme, ce que tu me décris là, protesté-je. Du vulgaire voyeurisme. Or ma maîtresse est d'une fidélité exemplaire. Elle l'a dit encore la semaine dernière au père Francis.

Oh, pour l'instant, il s'agit d'un plaisir purement esthétique, précise Fortunata en plantant ses yeux de velours dans mes prunelles désemparées. Quelque chose de très innocent, qui ne mérite pas qu'on le signale à un dominicain. Presque une leçon d'anatomie.

Très bien, raconte-moi tout, dis-je, légèrement amusé. Ou plutôt non. Réservons ça pour le dessert.

La première fois qu'elle t'a aperçu, explique la Vénus africaine en chipotant son Boulet avec sa cuillère, c'était tout à fait par hasard. Le jardin est le seul endroit où elle se sent bien. Elle y passe des heures, à contempler les plantes... C'est comme ça qu'elle t'a vu, au milieu des oiseaux te mettre entièrement nu, et t'asperger d'eau froide en chantonnant. Il va falloir que tu me montres, ça a l'air alléchant.

Quand tu veux, ma chérie. Je te ferais bien une démonstration immédiatement, mais il me manque l'eau bien froide.

Pour ne pas te gêner inutilement, poursuit Fortunata, elle est restée plantée derrière son bananier, en essayant d'être la plus discrète possible. Il est déjà tellement timide, m'a-t-elle dit en parlant de toi, je n'ai pas eu envie d'ajouter à son malaise.

Elle est très délicate, ma petite patronne, m'attendris-je.

Je me demande si tu la mérites, confirme Fortunata. Toujours est-il que le lendemain, ce n'est pas tout à fait sans arrière-pensée qu'elle a passé l'après-midi au jardin, à peu près au même endroit que la veille. Le surlendemain, elle t'a carrément suivi, quand elle t'a vu sortir avec ton seau d'eau froide. Depuis, elle ne peut plus s'en passer. En tout cas elle n'a pas raté une seule séance.

Quand on y a goûté, il devient impossible de s'en priver, dis-je en me rengorgeant. Tu vois, c'est un peu comme ta bouche. Ta bouche quand tu viens de manger un Boulet de la jungle. Ce goût poivré, cette odeur sensuelle... Je suis comme Juliette, Fortunata. Je ne vis plus que pour ces instants-là. Viens donc un peu plus près de moi, sinon je vais m'effondrer, victime du trop grand manque.

52

[14 février]

C'est sûr que ça ne lui a pas fait plaisir, à la pauvre Betty, d'apprendre par Ignace, qui le tenait d'un collègue bien informé, que mes patrons se livraient à des parties fines avec les Durouchoux. Colère légitime : Betty est tout de même plus appétissante qu'eux.

Mon petit maître a joué de malchance. Selon toute probabilité, il aurait dû être présent au moment crucial. En quelques mots bien sentis, il serait parvenu à maîtriser les foudres de Betty. Mais, depuis la fête de l'Institut, Bonaventure répugne à venir boire ici son petit cognac vespéral ; il n'a pas abandonné la surveillance de Ramou pour autant. Cet après-midi-là, donc, en sortant de dicter son cours, ce cher Ramou s'est vu convié à étudier un dossier urgent dans le bureau du directeur. Assis confortablement dans le fauteuil en cuir de buffle qui a coûté à l'Institut le salaire annuel de deux professeurs locaux, mon petit maître a pris tout son temps. Erreur fatale.

L'œil rouge, le cheveu filasse en bataille, Betty déboule dans le salon. Où est Philippe ? crie-t-elle presque à ma petite patronne, ensommeillée, où est Philippe, il faut que je le parle !

Mais Betty, que se passe-t-il ? demande Juju, tout étonnée.

Viens, ne reste pas plantée ici, on va aller se mettre sur la terrasse, tu prendras bien un jus de fruit, Joseph vient justement de préparer de la décoction de gingembre, tu vas voir, c'est très bon.

Dieu m'est témoin que je n'avais pas prémédité mon acte, mais l'idée de confectionner pour ma maîtresse chérie cette boisson aux vertus aphrodisiaques qui avait eu raison de l'attaque de malaria de mon bon maître tombait à pic.

En plus vous buvez ça, murmure l'Américaine qui devient livide. Il va me le payer.

Mais enfin Betty, qu'est-ce qui t'arrive ? sourit gentiment ma patronne. Tu as un problème de cœur, peut-être ?

Problème de cœur ? Problème de cœur ? Je vais te dire, explose sa visiteuse, à bout de nerfs. Tu vas voir, je vais te dire. Ma problème elle s'appelle Philippe !

Oh, fait Juliette, protectrice. Je m'en doutais. Mais moi aussi je l'aime. Ça fait trois ans qu'on vit ensemble. Tu vois bien que c'est impossible.

Impossible, impossible, quoi est impossible ? aboie Betty, presque hystérique.

Mais, qu'il se passe quelque chose entre Philippe et toi, dit Juliette gentiment en écartant sa mèche.

Parce que quand il m'a baisée, ici, sur ce fauteuil, c'était pas quelque chose ? hurle Betty, hors de ses gonds. Et quand je l'ai sucé, là, dans la chambre, c'était quoi, c'était rien ?

Betty, tu deviens folle, tempère ma petite maîtresse, sûre d'avoir affaire à une mythomane désespérée. Tu sais bien que tu n'as rien fait. Fifou et moi nous sommes fidèles. Tu le sais bien. Ça ne sert à rien de t'énerver et d'inventer des choses.

Tu ne me crois pas, comprend Betty, les yeux légèrement écarquillés. N'est-ce pas ? Tu crois que j'invente ce chose, n'est-ce pas ?

Je crois que tu es malheureuse, rassure Juliette, bonne âme. Joseph, est-ce que tu peux aller cueillir des fleurs dans le jardin ? Un très beau bouquet, s'il te plaît, c'est pour Betty.

Je me fous de tes fleurs, s'effondre l'Américaine. Pourquoi tu me crois pas ? Est-ce que je suis plus moche que Mme Durouchoux ?

Malgré toute ma conscience professionnelle, je ne peux vraiment pas rater ça. Bien que Justinien cueille les fleurs beaucoup moins bien que moi, je lui délègue ce travail.

Pourquoi parles-tu de Mme Durouchoux ? s'étonne ma maîtresse, un peu inquiète.

Tout le monde sait, vous partousez ensemble, lâche Betty en saisissant son verre qu'elle vide d'un trait.

Betty, je te jure que c'est faux, s'insurge ma patronne, cramoisie sous l'affront. Je ne sais pas qui t'a dit ça mais c'est complètement faux. Ce qui est vrai, c'est qu'ils ont essayé. Mais je te jure qu'on n'a rien fait. Enfin, Betty, tu imagines ? Tu as vu M. Durouchoux ? Comment pourrais-je... et devant tout le monde !

Ce dernier argument ébranle les certitudes de l'Américaine. Elle se souvient du comportement de Juliette à la piscine, et tout à coup, elle voit mal comment la pudeur maladive de ma patronne pourrait s'accommoder d'une partie carrée.

Je crois que je te crois, dit-elle, radoucie. Ignace m'a fait un blague. Excuse-moi, je n'ai rien dit.

Attends, s'inquiète ma petite maîtresse. Laisse-moi comprendre. Tu es venue me dire tout ça parce que tu croyais qu'on avait partousé avec les Durouchoux ? C'est ça ?

Excuse-moi, répète Betty, confuse.

Mais alors ça doit être vrai ! découvre Juju, atterrée. Tu as vraiment couché avec Philippe.

Seulement trois fois, minimise Betty. Ce n'est pas importante.

Et il ne m'a rien dit, réalise ma patronne.

Voilà, Madame, j'ai cueilli toutes les plus belles fleurs pour Mademoiselle Betty, dis-je innocemment.

Mets-les dans une vase, m'ordonne Betty. Ils sont pour Juliette, finalement.

Le regard fixe, ma petite patronne fait peine à voir. De grosses larmes coulent le long de ses joues jusqu'à ses mains qu'elle tord pathétiquement.

Betty, finit-elle par dire, d'une voix lointaine, est-ce que je peux te demander quelque chose ?

Bien sûr, s'empresse l'Américaine, qui n'avait pas prévu pareil dénouement.

Ne dis rien à Philippe. Ne lui dis pas que je suis au courant. D'accord ?

Bien sûr, excuse-moi, je suis si désolée. Vraiment, ce n'est pas grave, tu sais ? Je suis si désolée.

Mais tu n'y es pour rien, tente bravement de sourire ma maîtresse. Vraiment pour rien. Ne t'en fais pas. Ça n'a pas d'importance.

53

Le 28 février 1986

Quand je relis ce que j'écrivais il y a deux mois, je suis stupéfait de la transformation qui s'est opérée en Juliette. Cela tient du miracle.

Miracle de l'amour, sans doute, puisque s'il me fallait mettre une date à ce changement merveilleux, ce serait sans aucun doute le jour de la Saint-Valentin. J'avoue que je n'avais pas pensé à souhaiter cette fête à Juliette. Il faut dire que l'ambiance entre nous était plutôt morose, ce qui n'incitait guère à ce genre d'attention.

Quand je suis arrivé à la maison, un immense bouquet de fleurs trônait au milieu de la table du salon. Comme je m'informais de son origine, Juliette, toute souriante, m'a proposé qu'il soit le symbole du nouveau départ que prenait notre couple, à l'occasion de la Saint-Valentin. Elle m'a expliqué qu'elle venait de comprendre certaines choses, qu'elle n'oublierait jamais.

Depuis, l'enfer s'est transformé en paradis.

Du jour au lendemain, elle a arrêté de critiquer tous mes amis et de ne vouloir voir personne. Elle passe son temps à lancer ou à accepter des invitations, à tel point que je souhaiterais parfois que nous puissions rester un peu en tête à tête. Elle s'est réconciliée avec les Durouchoux, s'initie à l'awulé, va

régulièrement au Méridien, est devenue amie avec Géné-
reuse... Et, comble de gentillesse, elle a proposé d'elle-même
que nous payions le voyage à maman (papa ne voulant pas
venir, de toute façon).

Mes cours se passent de mieux en mieux. Je pense avoir
appris à enseigner, ces derniers mois. Les étudiants ne me
demandent plus jamais de répéter ce que je leur dicte, ils se
sont habitués à mon vocabulaire, de même que je me suis
accoutumé au leur. En première année, certains élèves ont
même poussé le zèle jusqu'à apprendre par cœur à l'avance le
résumé de mon cours, qu'ils se sont procuré auprès des étu-
diants de l'an passé, si bien qu'ils m'aident dans ma dictée.
Un bel exemple de motivation.

Mon intégration dans la communauté des professeurs s'est
également améliorée. Il faut dire que je suis devenu le plus
« ancien » des professeurs expatriés. On dirait que ce simple
fait permet d'accéder à un statut privilégié. En effet, Lionel
subit un peu le sort qui m'était réservé l'année dernière :
quand il tente d'engager la conversation, on lui sourit poli-
ment, mais on ne lui répond que par monosyllabes. Tandis
que de mon côté je suis le plus souvent entouré de rires ami-
caux (même si les conversations restent malheureusement très
superficielles). Contrairement à Robert, je tente d'aider Lionel
à supporter cette sorte d'épreuve initiatique. Je l'invite aussi
souvent que possible, lui donne des conseils, l'aide à préparer
ses cours... Bref, je fais mon devoir.

Le seul avec qui Juliette ne se soit pas encore réconciliée est
Bonaventure. Ce n'est pas trop grave, étant donné qu'il déteste
Auguste, et m'a signalé à plusieurs reprises qu'il ne mettrait
pas les pieds sous mon toit si ce métis y était (or Juliette l'in-
vite systématiquement quand elle fait un repas). De toute
façon, les tête à tête sont ce qu'il y a de plus intéressant, avec
Bonaventure, et il m'invite assez régulièrement dans son
bureau, sous un prétexte ou sous un autre, pour y boire un
petit cognac.

Si j'observe ma situation de loin, avec un regard aussi extérieur que possible, je m'aperçois qu'elle diffère notablement de ce que j'avais pu imaginer. Pourtant, maintenant que Juliette est revenue à de meilleurs sentiments, je ne peux pas dire que je ne suis pas heureux.

54

[8 mars]

Il n'est pas sûr que le bonheur de mon maître soit contagieux. Quand elle pense que personne ne la voit, ma maîtresse a l'air tout sauf gai. Elle ne fait bonne figure que quand elle a un public, d'où sans doute cette frénésie d'invitations qui fait si plaisir à Ramou.

Hier soir, pendant le conseil des professeurs, la petite Juju déprimait salement. Le poste de radio flambant neuf qu'Éric lui a envoyé pour qu'elle puisse capter RFI était victime d'une panne inexplicable (Justinien avait besoin d'une ou deux pièces impossibles à trouver ici, pour sa propre radio), ce n'était pas l'heure de mes ablutions (le soir, ce sont celles de Justinien, qui n'ont guère d'intérêt), la nuit était presque tombée et, comble de malheur, il y avait une coupure d'électricité. Prostrée sur le fauteuil en rotin, un mouchoir froissé à la main, elle arborait une si triste figure que je me suis promis de demander à Fortunata de passer d'urgence pour lui remonter le moral.

C'est dire si Bénédicte est arrivée à point, avec ses bougies.

S'il semble que ma maîtresse n'ait mis personne au courant de ce qu'elle a appris concernant la trahison de son fiancé, elle est moins discrète en ce qui concerne ses propres attirances : il ne lui faut pas plus de dix minutes et trente-trois secondes pour demander, d'un ton faussement dégagé, à sa visiteuse du soir, si elle a déjà couché avec un Africain.

Bénédicte sourit à la lueur des bougies, puis elle répond, très naturellement, de sa voix chaude et sensuelle, cela m'est arrivé, oui, plusieurs fois. Je ne l'ai jamais regretté.

Ma petite patronne s'enhardit : est-ce que c'est vrai, ce qu'on dit, je veux dire, qu'ils sont mieux, qu'ils savent mieux faire ?

Mi-riant, mi-sérieusement, la veuve joyeuse éclaire la lanterne de l'innocente Juju : je ne peux parler que de ce que je connais, fait-elle. Comme partout, il doit y avoir des bons et des mauvais. Mais ceux que j'ai connus étaient exceptionnels. Une manière d'habiter leur corps, une sensualité, une maîtrise de chacun de leurs muscles... Et puis, l'amour avec un Africain peut avoir un petit côté émoustillant, pour certaines personnes. Tu as raison, Juliette, ce serait bien dommage de t'en priver.

Tortillant sa mèche de cheveux entre ses doigts, la petite s'empresse de bafouiller : oh mais non, ce n'est pas pour moi, c'est une amie à moi, en France, elle me parlait souvent de ça. C'est tout. Moi j'ai Fifou.

Bien sûr, dit Bénédicte, je parlais dans l'absolu.

Et c'était qui ? s'enquiert à nouveau la Juju. Je veux dire, comment tu les as rencontrés, ces amants africains ?

Oh, sourit Bénédicte, à qui la chose rappelle sans doute de bons souvenirs, il y en a eu de toutes sortes. Des ministres, des diplomates, des enseignants... Mais le meilleur souvenir que je garde est sans doute celui de Désiré. Il avait le prénom de l'emploi, remarque. C'était le boy d'une amie.

Le boy ? s'étrangle ma maîtresse. Tu as fait ça avec un boy ?

Tu sais, c'était quand même un homme, s'amuse Bénédicte. Ma chère Juliette, où sont tes idées révolutionnaires ? Tu trouves ça choquant qu'on couche avec un domestique ?

Mais non, bien sûr que non, bafouille Juliette. Ce n'est pas ça. Mais je me dis, si tu le payes, et que tu fais ça avec lui, peut-être qu'il se sent obligé, non ? Un peu comme de la prostitution, tu ne crois pas ?

Tu as déjà vu un homme se forcer à faire ce genre de chose ? demande Bénédicte juste au moment où, l'électricité étant rétablie, la pièce entière s'illumine. Tiens, Joseph, puisque tu es là, s'amuse Bénédicte, tu vas nous dire ce que tu en penses.

Je ne sais pas, patronne, dis-je en quittant la pièce précipitamment. Je passais juste, je te promets, je n'écoute pas, il faut pas me chasser.

Ça m'étonnerait beaucoup que ta patronne te chasse, estime perfidement Bénédicte avant de hausser le ton. Reviens, Joseph, dis-nous si, d'après toi, un homme peut faire l'amour alors qu'il n'en a pas envie.

C'est impossible, patronne, dis-je, le visage épanoui. L'homme a toujours envie.

Même si l'homme est un domestique ? poursuit Bénédicte, ravie de sa démonstration.

Tu veux dire, avec sa patronne ? dis-je en pouffant de rire. C'est la même chose, maîtresse. L'homme a toujours envie, patronne ou pas patronne.

Merci, Joseph, me félicite la veuve joyeuse. Tiens, peux-tu monter voir si l'intendant de l'Institut n'a pas du chocolat à me prêter ? Il m'en faudrait trois kilos, je suis en rupture de stock, je le lui payerai double prix, comme d'habitude.

Chercher du chocolat à l'Institut, c'est un travail pour Justinien.

Tu exagères, proteste ma petite maîtresse, pourquoi es-tu allée parler de ces choses-là à Joseph ? Qu'est-ce qu'il va s'imaginer, maintenant ?

S'imaginer, s'imaginer... Il est bien beau, ton boy, rêve tout haut Bénédicte, après un long silence. Tu ne trouves pas ?

Arrête, se défend ma petite maîtresse, ce n'est pas du tout ce que tu crois, si c'est comme ça je ne te dirai plus rien.

Mais je parlais pour moi ! finasse Bénédicte, en jouant à merveille la parfaite innocence. Ça fait longtemps que je n'ai pas mis de boy dans mon lit. Il y aurait bien le mien, mais ça rend les rapports délicats. La plupart du temps, on est obligé de le mettre à la porte, après. Une fois qu'ils t'ont eue dans leur lit, ils considèrent qu'ils sont les maîtres. C'est pour ça qu'il vaut mieux taper dans les boys des amies. Là tu es sûre que ça ne posera pas de problème.

Tu as vraiment mis des boys à la porte parce que tu avais couché avec eux ? s'indigne la pauvre Juju. Mais c'est infect ! C'est pire que tout ! Comment peux-tu...

Je t'assure que c'est impossible de faire autrement, explique gentiment Bénédicte. Crois bien que ça ne m'a pas plu. J'ai tout fait pour éviter ça. Mais c'était la seule solution. Et encore, j'étais seule. Si j'avais eu un mari avec moi, ç'aurait été bien pis...

S'ensuit un long silence, que ma maîtresse finit par rompre en changeant de sujet.

Bénédicte, dit-elle d'une voix mal assurée, il y a longtemps que je veux te poser la question, j'ai lu des choses à ce sujet mais depuis que je suis ici personne ne m'en parle... Tu étais là, au moment de la deuxième Révolution ? Tu sais ce qui s'est passé à ce moment-là ?

Justinien ? appelle Bénédicte, qui a de bons réflexes. Justinien ?

S'il ne vient pas, c'est qu'il est allé faire une course, explique Juliette qui connaît bien son personnel. Dis-moi ce que tu veux, je te l'apporte, mais je t'en prie, réponds à ma question.

Je ne veux rien, rit Bénédicte. Simplement m'assurer que personne ne nous écoute. Vois-tu, ici, tout le monde espionne tout le monde. C'est un des traits marquants de la culture locale. Alors, si jamais tu veux faire parler quelqu'un de politique, la meilleure solution est de lancer le sujet pendant que tu roules en voiture. Partout ailleurs, des oreilles peuvent être aux aguets.

Même chez moi ? s'exclame Juliette.

Surtout chez toi, confirme Bénédicte. Mais puisque Joseph est monté à l'Institut et que Justinien est aux abonnés absents, je vais répondre à ta question. Oui, j'étais là. Il y a eu un bain de sang. Au sens propre : les rivières charriaient des cadavres, l'eau des lacs était rose. Un peu partout dans le pays, des groupes armés circulaient, massacrant tout sur leur passage. Avec une prédilection pour les Blancs ou les métis. Ils voulaient faire l'indépendance, la vraie, la pure. Tous ceux du premier gouvernement ont été massacrés. Eux, leurs familles, leurs amis, leurs domestiques, même leurs vaches. C'est quelque chose qu'on se dépêche d'oublier quand on a eu le malheur de le voir. Quelque chose d'impossible à raconter. En ce qui me concerne, j'ai passé huit jours dans une cave, sans rien à boire ni à manger. C'est ce qui m'a sauvé la vie. Mon mari n'a pas eu cette chance. On l'a saigné comme un mouton. Voilà tout ce qu'il y a à dire. Des femmes enceintes ont été éventrées. Des choses qu'on n'imagine même pas. Des choses inhumaines que seuls les humains peuvent faire. Des choses tout à fait innommables. À ta place je ne fouillerais pas plus loin dans le passé. Certains moments hurlent qu'on doit les oublier.

Une femme bien, cette Bénédicte.

55

Elle m'a demandé au moins trois fois si je ne te trouvais pas beau, m'informe la Vénus africaine, un soupçon de jalousie dans la voix. Crois-moi, Joseph, tu as toutes tes chances, elle est mordue. Il ne lui faut pas grand-chose pour basculer. D'autant qu'elle est très remontée contre Ramou. Elle a fini par m'en parler hier. Elle attend l'arrivée de Mme Ramou mère pour frapper un grand coup.

Je l'avais deviné, Fortunata, dis-je en prenant un air avantageux.

Au fond, si elle te choisissait comme instrument de sa vengeance, je ne pourrais que l'approuver, songe tout haut la Vénus africaine. Elle a du goût, cette Juliette. Si on laisse Ramou de côté, évidemment.

Elle a du goût, mais elle n'a aucune chance de parvenir à ses fins, Fortunata, dis-je en gratifiant ma belle interlocutrice d'un sourire impénétrable. Tu n'imagines même pas à quel point je suis difficile. J'ai déjà éconduit des centaines de femmes, toutes plus somptueuses les unes que les autres. Alors Juliette... Avec ses petites culottes blanches qu'elle a remises récemment dans le panier à linge mais que je passe à la machine — tu me connais, quand on m'a vexé une fois, on n'en a plus jamais l'occasion —, elle ne fait pas le poids.

Elle plairait éventuellement à un amateur de collégiennes. Ou à un nègre qui n'aurait jamais eu de Blanche, qui voudrait essayer. Même moi, dans ce cas-là, je ne dis pas, je me serais peut-être laissé tenter. Mais ça fait belle lurette que ça ne m'intéresse plus.

Ils ont tous disparu, tous ceux du lac, me coupe Fortunata. Tous ceux qui y étaient. Pour une raison ou pour une autre, ils ont tous eu un accident, une mort violente. Tu étais au courant ?

Si tu le dis, c'est certainement vrai, dis-je en soutenant son regard. Des accidents, il y en a souvent, dans ce pays.

Je trouve ça juste, poursuit la Vénus africaine dont le corps est parcouru d'un gros frisson. Je veux dire, ils l'ont mérité.

Si tant est que l'on puisse mériter un accident, dis-je en caressant son épaule dénudée. Laisse-moi te donner un conseil, Fortunata : ne fouille pas plus loin dans le passé. Il y a des choses qui hurlent pour qu'on les oublie.

Tu as si peur que ça d'être compris ? murmure la belle. Tu sais, Joseph, au fond, personne ne comprend jamais personne. Même pas moi.

Ne me fends pas le cœur, Fortunata, dis-je en laissant glisser ma main de son épaule à son dos. Laisse-moi au moins l'illusion d'un bonheur possible, noyé dans ton regard, perdu dans ton sourire, croqué tout d'un coup par tes dents.

C'est le poisson que tu cherches à noyer, constate la jolie détective. Mais ça ne sert à rien.

Crois-moi, Fortunata, il y a des choses qui ne sont pas faites pour être comprises, dis-je en massant doucement sa nuque. La sagesse veut que l'on soit capable de s'arrêter. Juste avant de nommer l'innommable, en quelque sorte.

Il y a une chose dont tu peux être sûr, Joseph, rétorque la Vénus africaine avant de retrouver son sourire. Jamais je ne m'arrêterai avant toi.

56

[20 mars]

Comme c'est beau ! s'exclame Ginette. Une maison entière pour toi tout seul ! Et tu as même un jardin ! Mais mon chéri, c'est fantastique ! C'est l'Afrique comme je l'ai rêvée !

Laisse, Joseph, laisse, je m'en occupe moi-même, fait mon petit patron, tout fier, alors que je m'apprête à le débarrasser des bagages de Madame Mère. Sers-nous plutôt un apéritif sur la terrasse, je vais lui montrer sa chambre.

Le lit de Ginette a été dressé dans une pièce qui servait jusqu'alors de débarras. On peut dire beaucoup de choses, mais pas que ce séjour n'a pas été préparé avec amour. Il a fallu trois semaines de travail acharné pour que mon petit patron soit enfin content du cadre qu'il allait proposer à sa maman. Deux masques de sorcier africain, dont l'un confectionné à partir d'une carapace de tortue, une fresque en feuille de bananier et un pagne chatoyant ornent les murs, tandis que sur le sol un tapis en peau d'antilope (de l'antilope mugissante, à vue de nez) dispute la vedette à un immense coffre en vannerie locale. Une moustiquaire *made in Taiwan* dénichée sur le marché transforme le matelas emprunté à Juju en lit à baldaquin de fortune. Enfin, sur la table de nuit en faux ébène, une petite statuette en os porte-bonheur sourit de toutes ses grandes dents — un génie tutélaire, d'après Émile. L'ensemble dégage une impression bizarre, d'exotisme de quatre sous mêlé de mauvais goût.

C'est vrai, c'est bien vrai, c'est ma chambre? exulte Madame Mère, au comble de l'excitation. Oh, mon Fifi, tu es tellement gentil, j'ai l'impression de vivre un conte de fées, j'ai pourtant passé l'âge, tout est tellement superbe...

Tu as peut-être envie d'une douche? suggère Fifi.

Parce que tu as même une salle de bains? s'émerveille sa maman chérie. Ce n'est pas de refus, j'ai attendu tellement longtemps dans cet aéroport, j'ai cru que cet affreux douanier n'en finirait jamais, tu es témoin, tu as vu ça.

Mais oui, maman, bien sûr que j'ai tout vu, compatit le fiston. La salle de bains est là, voilà des serviettes, du bain moussant... L'eau est un peu jaune au début, mais ce n'est rien, c'est simplement des dépôts dus aux canalisations. Prends tout ton temps, comme ça, j'espère que Juliette sera rentrée pour l'apéritif.

Tu verras, me confie mon bon maître, elle est gentille. Juste un peu maladroite par moments. Mais ça va bien aller, ajoute-t-il, comme pour s'en convaincre. Ce qui m'ennuie, c'est que Juliette ne soit pas encore rentrée. Je ne comprends pas. Tu es sûr qu'elle ne t'a pas dit où elle allait?

Certain, patron, elle m'a dit qu'elle voulait te faire une surprise, c'est tout.

À cet instant, un cri strident retentit dans la salle de bains, suivi d'un déchirant appel au secours.

En un bond, mon maître et moi sommes sur le lieu du sinistre. Emmaillotée dans une serviette qui laisse entrevoir une de ses cuisses, au demeurant plutôt appétissante, la mère de mon petit patron, terrée dans un coin, désigne le mur opposé d'un doigt tremblant.

Une mygale, murmure-t-elle, comme si elle avait vu sa mort.

Mais non, maman, sourit Ramou, soulagé, ce n'est pas une

mygale, c'est tout à fait inoffensif. Tu sais, il va falloir que tu t'habitues, il y en a des dizaines comme ça dans la maison.

Mon cher patron a à peine fini sa phrase que sa mère fait un bond, pousse un nouveau hurlement, cette fois en jetant sa serviette au loin. Une limace, hurle-t-elle, complètement paniquée ; il y a une limace dans cette serviette.

Maman, je t'en prie, couvre-toi, rougit mon pauvre maître.

Je t'assure qu'il y a une limace, balbutie la pauvre Ginette en masquant de son mieux sa nudité.

Un malunka, patron, dis-je en désignant la pauvre bête, qui forme un petit anneau sur le sol où elle s'est rétractée.

Tue-le, tue-le, et l'araignée avec, supplie Madame Mère qui tremble de tous ses membres, cramponnée à ses vête-ments roulés en boule.

De mon pied nu, j'écrase le malunka qui fait un petit « flop » amusant, et, saisissant délicatement l'araignée entre le pouce et l'index, je lui fais son affaire.

Merci, Joseph, fait Ramou, gêné. Va vite préparer l'apéritif.

Mon Dieu, s'indigne Ginette, que la reconnaissance n'étouffe pas, quel sauvage ! Tu as vu comment il a fait ça ?

C'est toi qui as demandé qu'on les tue, me défend mon bon maître.

Tout de même, persiste Madame Mère, quel sauvage ! Tu n'as pas des bombes contre les insectes ?

Un peu plus tard, rhabillée et remise de ses émotions, cette chère Ginette déguste les petits feuilletés au fromage que le sauvage lui a confectionnés en sirotant un Cannibale Blues. Elle parle fort, ses joues sont rouges, on la sent toute prête à rire ou à pleurer.

Mon patron est de plus en plus inquiet de l'absence de sa dulcinée. Il a du mal à s'intéresser aux derniers progrès de Corentin — le neveu de mon maître, que sa mamy garde dans la journée.

Je vais aller voir chez Betty si elle est au courant, décide Ramou, n'y tenant plus.

Comment t'appelles-tu, déjà ? meuble la dame, qui ne supporte pas le silence.

Joseph, Madame, dis-je en baissant les yeux.

Eh bien, Joseph, mon fils m'a dit le plus grand bien de toi, et je te félicite. Si si, je ne le dirais pas si ce n'était pas vrai.

Merci Madame. Tu veux encore un peu de bon cocktail ?

Il faut dire vous voulez, pas tu veux, Joseph, me corrige Ginette. Mais j'en veux bien encore une goutte. C'est la première fois que je viens en Afrique, tu vois ; pour moi, tout est nouveau. Mme Lempereur m'en avait parlé, et puis aussi Fifi, bien sûr, dans ses lettres, mais je n'imaginais pas les choses comme ça. Je ne me rendais pas compte qu'en Afrique il y a des Noirs partout. Par exemple les douaniers. Ça m'a fait drôle de voir des Noirs avec des uniformes. Tu trouves ça bête, non ?

Mais pas du tout, Madame, dis-je poliment.

Et ça ne te plairait pas, à toi, d'avoir un uniforme ? me questionne Madame Mère, dont l'imagination vagabonde allégrement, le quatrième Cannibale Blues aidant.

Je ne sais pas, Madame, dis-je en fixant mes sandales.

Un uniforme de boy, ça pourrait être bien, poursuit Ginette, décidément inspirée. Quelque chose comme un majordome, tu vois, comme Nestor dans Tintin. Bien sûr, il faudrait changer les couleurs, parce que du jaune et du noir, ça n'irait pas trop à ton teint. On peut garder le jaune, ça tranche, mais il faudrait du blanc. Oui, ça, ça serait beau, un uniforme rayé jaune et blanc. Avec ça tu serais superbe. Je vais en parler à Fifi.

Je n'y comprends vraiment rien, la coupe Ramou, la mine de plus en plus défaite. Betty a vu Juliette ce matin et elle ne lui a rien dit, même pas qu'elle avait l'intention de sortir. J'ai essayé de téléphoner aux Durouchoux, des fois qu'ils l'auraient vue, mais ça ne répond pas.

Tu es inquiet ? s'inquiète Madame Mère.

Oh non, il ne peut rien lui arriver, rassure mon petit patron sans trop y croire. L'ennuyeux c'est que je n'ai pas le téléphone. Si elle veut me joindre, elle n'a aucun moyen rapide.

La viande va être cuite, patron, dis-je pour agrémenter le tout.

Passons à table, décide Ramou. Tu dois mourir de faim. Juliette nous rattrapera, elle a toujours mangé très vite.

C'est très mauvais pour la santé, note Ginette en attaquant ma salade d'avocats du jardin. Il faut toujours bien mâcher...

Savourer chaque bouchée, complète mon petit maître qui ne doit pas entendre cette maxime pour la première fois. Tu sais, maman, je suis vraiment content que tu aies pu venir. Ça me fait chaud au cœur que tu sois avec moi.

Moi aussi, mon petit, je suis vraiment heureuse, ronronne Mme Ramou.

Salut la compagnie ! s'écrie Juliette, sourire en avant. Désolée du retard, mais on a eu un problème avec la moto, le frein ne marchait plus, on a dû faire quatre garages avant d'en trouver un. J'étais avec Auguste, précise-t-elle, je lui ai proposé de venir manger, je me suis dit que ça ferait plaisir à ta maman de faire sa connaissance. Joseph, tu peux rajouter une assiette, s'il te plaît ? Tu seras un amour.

Bonjour, Juliette, fait Madame Mère, manifestement frustrée de n'avoir pu s'épancher. Fifi commençait à s'inquiéter, tu sais.

Oh, mais je ne risquais rien, sourit Juju. J'étais avec Auguste.

À ces mots le métis fait son apparition. Resplendissant dans son pantalon blanc et son tee-shirt jaune, il est la preuve vivante que Ginette s'y connaît en couleurs.

Il y a un proverbe chez nous qui dit : le lion qui boite court moins vite que l'éléphant, déclare Auguste, et c'est très vrai. Un petit problème de technique, et tu te retrouves à pied, à pousser ta moto de garage en garage, d'incompétent en incompétent. Ce pays ne s'en sortira jamais.

Je te présente maman, qui est arrivée ce matin, fait mon petit maître, légèrement mal à l'aise.

Madame, s'incline Auguste avant de lui baiser la main. Votre fils est l'un des personnages les plus importants de cette colline, voire de ce pays. Vous pouvez être fière de lui.

Mais je le suis, je le suis, bafouille Madame Mère, impressionnée.

Miam, de la salade d'avocat, s'écrie Juliette, avec ce petit quelque chose de trop dans l'enthousiasme qui me fait prêter l'oreille depuis son arrivée. Prends-en, Auguste, toutes ces émotions t'ont creusé.

On peut savoir ce que vous avez fait ? demande Ramou, la voix mal assurée.

Oh, pas grand-chose, on s'est juste promenés un peu, explique Juliette la bouche pleine. Auguste m'a montré un lac où on peut se baigner, mais avec des chaussures.

Sinon on attrape la bilharziose, explique Auguste à Ginette. Ce sont des petits vers qui entrent par les pieds et qui mangent le foie. En quelques années on est mort.

Je croyais que tu avais la migraine, reproche mon maître, désemparé. Que tu avais tellement mal que tu ne pouvais pas venir à l'aéroport.

Oh, c'est passé d'un coup, sourit Juliette hypocritement. Dès que tu es parti.

Moi aussi je suis sujette à la migraine, s'empresse Ginette, ravie de ne plus penser à la bilharziose. Ce sont des choses bizarres, ça arrive et ça s'en va d'un coup. Tiens, par exemple, la semaine dernière, au moment de faire la lessive, je me suis trouvée assommée, incapable de bouger, tellement j'avais mal à la tête. Du coup c'est ton père qui a dû mettre le linge dans la machine. Là-dessus Corentin se réveille, il me fait un sourire, pfffuit, envolée, plus mal du tout.

Boy, du vin, réclame Auguste en me jetant un regard malveillant.

C'est de ma faute, s'empresse Ramou, j'ai oublié de sortir la bouteille, avec toutes ces émotions.

Et que faites-vous dans la vie ? s'informe Ginette en tendant son verre.

Disons que je suis dans le commerce, répond Auguste en souriant.

C'est un homme d'affaires important, précise Ramou en s'escrimant sur le bouchon. Je n'y arrive vraiment pas, Auguste, est-ce que tu peux ?

Fais faire ça à ton boy, se défile le métis, il est payé pour ça.

Auguste a beaucoup d'argent, explique Juju à sa future belle-mère, comme si ce simple fait excusait tout.

Oh, du gigot d'antilope, s'exclame Ramou, feignant la surprise, alors qu'il a lui-même décidé du menu. Quelle bonne idée ! Tu vas goûter ça, tu m'en diras des nouvelles, maman. C'est encore meilleur que la biche.

Ce sont de vraies antilopes ? s'informe Mme Ramou, un peu inquiète.

Bien sûr, qu'est-ce que tu voudrais que ce soit ? s'étonne son fils.

Nous avons tout un rituel, pour abattre les antilopes, explique Auguste avec un sourire carnassier. D'abord, nous l'entourons, en formant une barrière infranchissable avec nos lances. Elle tente de briser le cercle, se jette de part et d'autre, se blesse, s'épuise... Quand elle plie les genoux, celui qui l'a frappée à mort arrache son cœur et le mange encore frémissant. Puis il lui gobe les yeux.

Mon Dieu, vous faites ce genre de chose souvent ? lâche Ginette, terrorisée.

Ne t'en fais pas, s'empresse Ramou, ce sont des traditions. Plus personne ne fait ça de nos jours.

Détrompe-toi, Philippe, s'amuse Auguste en dévorant sa viande. Moi qui te parle, j'y participe régulièrement. Le mois dernier j'ai eu le cœur.

Excusez-moi, où sont les toilettes ? s'informe Madame Mère.

57

Le 22 mars 1986

Chère madame Lempereur,

Me voici sur le sol africain, où mon fils et sa fiancée m'ont accueillie bien gentiment. Les chers enfants se sont mis en quatre pour me recevoir. Il faut dire qu'après ce long voyage j'étais tout simplement épuisée.

Heureusement, depuis, je suis récompensée : mon fils vit comme un prince, et il m'a accueillie comme une reine.

Il a une grande maison de huit pièces, dont l'une a été spécialement décorée pour ma venue, avec un lit à baldaquin, des tentures somptueuses, un tapis en peau d'antilope et de nombreuses statues. Le salon donne sur une grande terrasse ombragée, d'où l'on accède par un petit escalier à un immense jardin où chantent des milliers d'oiseaux. Un jardinier qui sert aussi de gardien s'en occupe tout spécialement, et monte, quand il le faut, avec une agilité stupéfiante, à la cime des arbres pour y cueillir les fruits. Quant au cuisinier, c'est un vrai cordon bleu. Depuis que je suis arrivée, je n'ai fait que des repas gastronomiques, dignes des meilleurs restaurants.

Seul petit point de déception : je m'attendais à ce que les habitants de ce pays soient habillés de vêtements chatoyants, multicolores, et jouent du tam-tam à chaque coin de rue. Il n'en est rien : ils portent des tee-shirts, des pantalons à pattes d'éléphant, et écoutent de la musique américaine. C'est à peine si certaines femmes nouent un tissu autour de leurs hanches.

Voilà, chère madame Lempereur, mes premières impressions de ce continent où j'avais tant rêvé d'aller. J'espère que vous vous portez bien, et que votre chien s'est enfin remis de cette méchante grippe intestinale,

Bien amicalement,

Ginette Ramou

58

[25 mars]

Bonjour, est-ce que je suis en avance ? s'informe la Vénus africaine en souriant gracieusement, un petit paquet à la main.

Mais non, bien sûr que non, tout n'est pas encore prêt mais je suis ravi que tu sois déjà là, bafouille mon cher patron en rosissant. Maman, je te présente Généreuse, c'est une très bonne amie de Juliette.

Madame, je suis tout à fait charmée, sourit Fortunata. Ce petit quelque chose est là pour vous souhaiter la bienvenue dans mon pays.

Et d'un geste élégant elle tend son paquet à Ginette.

Il ne faut pas longtemps à Madame Mère pour laisser tomber la chose en poussant un beau hurlement.

Ça ne vous plaît pas ? s'inquiète Fortunata. Chez nous c'est un gage de bienvenue. Pour dire à l'étranger qu'il est considéré comme l'un des nôtres. Que nous lui tendons la main.

C'est une... main de quel... animal ? s'informe Ramou, crispé.

De bonobo. De bébé bonobo, précise Fortunata. Ce sont les plus recherchées.

C'est vraiment très gentil, sourit nerveusement mon patron. Très très très joli.

Celles qu'on trouve dans le commerce sont des imitations, explique Fortunata. Celle-là est authentique, on l'a préparée spécialement.

Merci beaucoup, marmonne Madame Mère, qui a recouvré ses esprits. Je suis vraiment touchée.

Bonjour bonjour, lance M. Durouchoux à la cantonade. Nous ne sommes pas trop en avance ? Enchanté, chère madame, Philippe nous a beaucoup parlé de vous, je brûlais de vous rencontrer. Je vois qu'il ne m'a pas menti, vous êtes splendide.

C'est une robe que j'ai achetée exprès, explique Ginette en rougissant. J'avais peur qu'elle ne convienne pas.

Elle vous va à ravir, complimente M. Durouchoux. Je ne connais qu'une tenue qui vous rendrait encore plus séduisante.

Vraiment ? s'intéresse Madame Mère.

Le plus simple appareil, chère madame, fait M. Durouchoux très sérieusement.

Ouah, ce buffet, géant ! s'exclame Xavier en entrant.

Génial, confirme Yvonne. On a bien fait d'arriver en avance, on va pouvoir se l'attaquer, ça va être génial.

On a croisé Juliette, sur le chemin, signale Xavier. Enfin Juliette et Auguste. La moto est tombée en panne, ils la poussaient jusqu'ici. Ils devraient arriver dans un petit quart d'heure.

La moto c'est génial, mais quand ça tombe en panne...

Bonjour madame, fait Betty, impressionnée. Très heureux faire ta connaissance.

Betty est américaine, explique mon petit maître ; c'est elle qui donne les cours d'anglais à l'Institut.

Dans cette tenue ? s'étonne Madame Mère, visiblement choquée par la minijupe des grands soirs.

Voyons, maman, chuchote mon cher patron, gêné.

Ouah ! regarde, une main de singe ! Depuis le temps que je voulais voir ça ! Génial ! s'exclame Yvonne.

Géant, confirme Xavier. Qui a apporté ça ?

Une jeune personne de couleur, fait Madame Mère, très digne. Glorieuse, ou quelque chose. C'est un signe de bienvenue.

Pas possible, s'écrie Yvonne. Généreuse, c'est Généreuse ! Tu es de la tribu des empailleurs de singes ?

Mais oui, sourit la Vénus africaine, qui n'est pas à un mensonge près. Tu ne le savais pas ?

Géant, jubile Xavier. Figure-toi que depuis tout petit, ça me fascine. Il va falloir que tu me donnes des cours particuliers.

Ce sont des secrets de famille, précise Fortûnata. Il y a des rites initiatiques extrêmement complexes.

Géant, j'adore ça, exulte l'instituteur branché. Surtout s'il y a du sang.

Fifi, tu es sûr que ce n'est pas dangereux ? murmure la pauvre Ginette. Ces gens que tu fréquentes, tu n'as pas peur qu'un jour ou l'autre ils redeviennent sauvages ?

Mangeons, propose mon petit maître. Que chacun se serve comme il lui plaira. À chacun selon ses besoins, comme disait Marx.

Voilà qui est bien parlé, mon cher Philippe, commente le père Francis qui vient d'arriver. Le Christ a dit quelque chose de ce genre, quelques siècles plus tôt. Mais peu importe. L'essentiel est de bien manger.

C'est le père Francis, maman, tu sais ! Ce prêtre dont je t'ai parlé.

Votre fils fait preuve d'un sens remarquable de la spiritualité, madame, flatte bassement le dominicain. J'éprouve toujours un grand plaisir à deviser avec lui.

Nous l'avons éduqué de notre mieux, fait Madame Mère, la bouche pleine de cacahuètes.

Tu vois, je te l'avais dit, ils ont encore commencé sans nous ! s'écrie Juliette, un gros casque à la main, plutôt sexy dans sa robe blanche très courte.

C'est vous qui arrivez systématiquement en retard, corrige Fifou sèchement.

Il y a un proverbe qui dit, ce ne sont pas les derniers les plus en retard, rétorque Auguste. Nous sommes venus avec tout notre cœur pour boire et manger à la santé de ta maman, qui est tellement charmante, ajoute-t-il en gratifiant Ginette d'un baisemain distingué.

Alors, comment trouvez-vous l'Afrique, s'informe Bénédicte, un peu plus tard. Déçue ? Surprise ? Heureuse ?

Oh non, je ne suis pas déçue, lâche Ginette entre deux bouchées. Un peu surprise, ça oui. Mais je suis si heureuse de revoir mon Fifi... Je ne sais pas si vous avez des enfants, vous-même ? Non ? Je vous plains sincèrement. Vous êtes passée à côté d'une des plus grandes joies de l'existence.

On ne fait pas toujours ce qu'on veut, coupe Bénédicte, un brin brutalement.

Excusez-moi, s'enfonce la brave Ginette. Je ne pensais pas... Vous avez l'air si féminine... Voyez-vous j'ai eu mes deux enfants avec une telle facilité que je ne peux pas imaginer qu'on puisse ne pas y arriver. C'est bien simple, ils sont nés chacun exactement neuf mois après le premier jour où j'avais essayé. D'ailleurs, s'il n'avait tenu qu'à moi, j'en aurais eu beaucoup plus que deux. C'est mon mari qui a dit, après la naissance de Fifi, comme il pleurait toutes les nuits, que ça suffisait bien comme ça. Mon mari est un ours, il faut l'excuser. Je ne sais pas pourquoi je vous dis ça, vous ne le rencontrerez jamais.

Sait-on jamais, plaisante Bénédicte qui a pris le parti d'en rire. Votre Fifi m'invitera peut-être chez lui à Paris.

Bien sûr qu'il le fera, s'empresse Ginette. Pensez donc, il doit représenter un peu le fils que vous n'avez pas eu, n'est-ce pas ?

Si vous voulez, sourit Bénédicte une dernière fois ; excusez-moi, il faut que j'aille demander quelque chose au père Francis.

Ça va, maman ? s'inquiète mon petit maître, attentionné.

Très bien, mon chéri, je m'amuse beaucoup ; je me demandais simplement : est-ce que l'ambassadeur est arrivé ?

Non, pas encore, maman, regrette mon cher patron.

Elle a un drôle de genre, cette empailleuse de singes, désapprouve Madame Mère. Cette manière qu'elle a de remuer les fesses, tu ne trouves pas ça un peu vulgaire ?

Oh, maman, s'il te plaît, rougit Ramou.

Madame, permettez-moi de réserver la prochaine danse, s'incline M. Durouchoux, très mondain.

Mais avec plaisir, cher monsieur, minaude Ginette, les yeux brillants. Je n'ai plus l'habitude de danser, mon mari n'aime pas ça, mais je ferai ce que je pourrai.

Assez valsé, c'est le moment de se faire un petit awulé ! s'exclame Yvonne en coupant la musique, pour le grand désespoir de Mme Ramou, qui ne s'en tirait pas si mal, dans les bras de M. Durouchoux. J'ai apporté une cassette géniale, vous allez voir, ça va déménager.

Un truc géant qu'on vient de dégotter, confirme Xavier.

Mon petit maître hésite. Il n'est pas sûr d'oser s'exhiber devant sa maternelle. Après un dernier triturage de lunettes, il prend sa décision. Il se dirige vers sa fiancée légitime... quelques secondes trop tard : Auguste entraîne virilement la demoiselle dans un awulé pas tout à fait réglementaire, mais largement aussi sensuel que l'original.

Et tu laisses faire ça sous ton propre toit ? s'indigne Ginette, stupéfaite, en contemplant l'évolution pour le moins lascive de sa future belle-fille et d'un demi-sauvage.

Maman, je t'en prie, ne recommence pas, supplie mon pauvre maître. C'est une danse africaine.

Extraordinaire, constate Bénédicte.

Tu appelles ça danser ? persifle la belle-mère. Moi j'appelle ça copuler. Il n'y a pas d'autre mot.

C'est une belle chose aussi, fait Bénédicte.

Waoh, je crois que je n'ai jamais aussi bien dansé de ma

vie ! s'exclame innocemment Juliette, tout en nage. Mais qu'est-ce que vous avez tous, à me regarder comme ça ? s'inquiète-t-elle enfin.

Maman est un peu surprise par l'awulé, minimise Ramou. Elle n'a jamais vu personne danser ça, alors évidemment...

Votre conduite est inadmissible, décrète Madame Mère, très raide.

Inadmissible, sourit Juliette. Il se passe pourtant des choses autrement croustillantes dans cette maison, n'est-ce pas, Betty ?

Ça ne va pas, Juliette ? s'inquiète l'Américaine.

Moi si, ça va très bien. Mais j'en connais un qui se sent mal, en ce moment. Il a peur. Vraiment très peur. C'est amusant. En tout cas ça m'amuse. Pas toi, Betty ?

Juliette, mais qu'est-ce que tu racontes ? blêmit mon petit maître.

Oh, moi, je ne raconte rien, poursuit Juliette, un léger tremblement dans la voix. Voyez-vous, chère madame, il y a un proverbe qui dit, il ne faut pas se fier aux apparences. À mon avis il est très juste. Sur ce, moi je vais aller prendre l'air. Tu viens, Auguste ? On va se boire un petit Cannibale Blues au Tam-Tam noir, et puis danser encore un peu, d'accord ?

Et, escortée par le métis, ma chère patronne se dirige dignement vers la porte, sur le seuil de laquelle elle croise l'ambassadeur de France.

59

[1er avril]

Qu'as-tu derrière la tête, Fortunata ? dis-je d'une voix chargée de reproches. Encore un peu de boue à remuer ?

Cela t'inquiète, n'est-ce pas, que je mette mon nez dans tes affaires, sourit la Vénus africaine. Mais rassure-toi. Je ne t'en parlerai pas aujourd'hui. Disons que je fais une pause.

Voila qui est sage, ma belle, dis-je, plus détendu.

Je fais une pause, mais ça ne m'empêche pas de réfléchir, poursuit Fortunata. À nous. Je me suis aperçue que nous étions en train de nous encroûter. Le Tam-Tam noir, la Gazelle, mon incompréhension, ton air impénétrable, tout ça finit par devenir une habitude. Même les banquettes me semblent moins moelleuses. Alors j'ai décidé de balayer tout ça. De faire une petite révolution rien que pour nous.

Fortunata, Fortunata, comment pourrais-je m'habituer à ta beauté ? dis-je en tendant le bras vers la cuisse ronde et nue de la belle. Elle est chaque jour différente, chaque jour plus subtile. Tu es un être lumineux, Fortunata, la seule lumière de ma vie.

Attends, je n'ai pas fini, précise la belle en s'écartant aussi doucement que fermement. Je trouve que nos rapports physiques aussi sont un peu routiniers. Nous savons trop comment cela va tourner. Ça non plus, ça ne me plaît pas.

Pauvre de moi, me désolé-je. Ma petite maîtresse m'abandonne et voilà qu'à ton tour tu te détournes ? Tu me brises le cœur, Fortunata.

Écoute un peu, au lieu de me servir ton boniment, me coupe la Vénus africaine, à peine amusée. J'ai inventé un jeu. Nous allons voir ce que tu donnerais comme détective : nous allons inverser les rôles. C'est toi qui vas me raconter mon propre voyage dans la réserve avec ton petit maître, sa maman et sa fiancée. Quand tu diras quelque chose de juste, tu gagneras un point. Quand tu te tromperas, tu en perdras deux. Non, ne proteste pas, en ce bas monde les erreurs nous font généralement plus de tort que les succès ne nous apportent de bonheur, c'est toi-même qui me l'as appris. À la fin du récit, nous ferons le total. Tu auras le droit de m'enlever autant de vêtements que tu auras de points au-dessus de zéro. Pas un de plus. Il va sans dire que j'ai mis tout un tas de fanfreluches. Maintenant suis-moi.

Quelques instants plus tard, remis de ma surprise, je regarde Fortunata conduire, d'une main alerte, la Mercedes qu'elle a empruntée à l'attaché culturel ; sans vouloir sombrer dans le sentimentalisme, cette fille m'épate de plus en plus.

Voyons voyons, dis-je pour gagner du temps. Commençons par le commencement. Donc, après la soirée, Juliette a fait la tête, Ginette a fait la tête, pendant que mon bon maître ne savait plus où donner de la sienne. C'est alors qu'il a eu l'idée géniale — que je lui ai soufflée — d'emmener tout ce petit monde visiter la réserve, histoire de changer d'air. Seulement Juju a refusé. Elle ne voulait même plus lui parler. Alors mon cher patron lui a écrit. Ecrit et réécrit. Des lettres, des brouillons de lettres, des petits mots... Passons. Finalement, Juju a accepté à condition que tu les accompagnes. Quant à Ginette, elle avait une telle envie de voir les lions qu'elle a surmonté sa peur de voyager en compagnie d'une empailleuse de bébés singes. Voilà, j'ai droit à combien de points ?

Joseph, me met en garde ma belle conductrice, tu ferais bien de te méfier.

Je sais, Fortunata, dis-je d'un air penaud, mais mets-toi à ma place. Tu me cueilles dès l'aube, je n'ai pu glaner aucun indice. Aide-moi un peu, raconte-moi les cinq premières minutes, dis-moi quelque chose qui me mette dans l'ambiance.

La Vénus africaine ne peut s'empêcher de sourire derrière ses lunettes de soleil. Très bien, Joseph, je vais faire un effort. Mais je t'enlève deux points d'emblée, il n'y a pas de raison. Tu es donc à moins deux. Nous sommes partis à sept heures du matin, pour éviter de rouler trop longtemps en plein soleil, et pour profiter au maximum de la journée. Ramou était un peu nerveux, Juju faisait ostensiblement la tête à tout le monde sauf à moi, et Ginette se demandait toutes les cinq minutes si elle allait pouvoir photographier un lion, pour le montrer à Mme Lempereur.

Ça y est, dis-je, soudain inspiré. Laisse-moi continuer.

Sur la première partie de la route, il ne se passe pas grand-chose. Juliette te fait la conversation, te demandant des détails sur ton travail, puis, insidieusement, sur tes amants, ce à quoi tu lui réponds tout naturellement en lui parlant de moi sans me nommer bien sûr.

Plus un, fait la Vénus africaine. Tu vois que quand tu veux, tu peux.

Ramou écoute, très attentif. Pendant tout un temps, il est persuadé qu'il s'agit de lui. Il rougit, sue, mais au fond de lui il est heureux ; il pense que tu ne l'as pas oublié.

Plus un. Tu es à nouveau à zéro.

Ginette Ramou, elle, observe le paysage par la fenêtre ; elle est surprise de ne pas encore voir d'animaux sauvages, et critique les habitations en tôle, qu'elle trouve inesthétiques.

Ne te noie pas comme ça dans les détails, je ne vais pas te mettre des plus un à chaque banalité, me réprimande Fortunata. Il y a une anecdote amusante à trouver, sur cette partie du chemin, en ce qui la concerne. Je vais t'aider, car ce n'est pas facile. Il s'agit d'un enfant.

Je sais, dis-je immédiatement. C'est l'enfant de la Russe. Elle voit cet enfant blond jouer dans le fossé avec les autres. Elle interroge. Apprend qu'il s'agit du fils d'une soviétique, ramenée là par un étudiant, qui vit dans la misère depuis le coup d'état. Elle trouve cela scandaleux. Ramou lui fait remarquer que la situation n'est pas moins scandaleuse pour tous les autres bambins qu'elle a croisés sur le chemin. Elle trouve que si. Ce n'est pas du tout la même chose. Réalise soudain que tu es là, s'excuse et en rajoute.

Plus un. Je ne t'aiderai plus, tu es trop bon, décide ma compagne.

C'est que les Blancs se ressemblent tous, Fortunata. Mais laisse-moi continuer, je sens les choses comme si j'y étais. Le soleil se met à taper. Juliette continue de te questionner sur tes amours. Volontairement, elle aborde des sujets intimes. Tu ris, puis tu te tais.

Moins deux. Tu es encore en train de me sous-estimer.

Pardon, Fortunata. Tu es trop bien pour moi. Tu lui racontes, avec force détails. Tu lui décris nos nuits. Tu vantes mes performances. Ramou, accroché au volant, comprend sa douleur. Il ne fait pas le poids. Madame Mère n'en peut plus. Elle te demande de te taire. Elle estime que tu tiens des propos obscènes. Tu soutiens son regard. Elle se sent minable et se tait. Ramou la gronde un peu.

Moins deux plus un. Elle ne se tait pas, mais Ramou la fait taire.

Je proteste, Fortunata, je proteste, dis-je avec véhémence. Plus un, mais pas moins deux. L'esprit y était. Je ne peux pas deviner de si petits détails. Sois juste.

Je n'admettrai aucune réclamation, me prévient la demoiselle. Quand j'annonce un score, il est incontestable. N'y reviens pas. Tu es à nouveau à zéro.

C'est de l'arbitraire notoire, dis-je encore pour la forme.

En plus tu me coupes dans mon élan. Je perds le fil de mon récit. Attends, laisse-moi réfléchir. Vous arrivez à la réserve. Là, Ramou sort son argent. Il a retiré beaucoup d'argent, pour pouvoir payer en liquide et négocier. C'est Bénédicte qui le lui a conseillé.

Il a fait mieux que ça, m'aide Fortunata.

Mieux que ça, mieux que ça... Je sais ! dis-je, soudain hilare. Il a apporté des dollars. Des devises changées au noir. Attends, attends, je crois que je devine : il a changé de l'argent avec Bonaventure ! Bonaventure lui a fourgué une quantité de faux dollars à écouler.

Plus un, décide Fortunata. Tu es donc à plus un. Ça ne monte pas très vite.

Mon petit patron est tout fier : il les a eus à moitié prix, poursuis-je, le rire aux lèvres. Ginette est très impressionnée. Son fiston chéri, s'il n'est pas dégourdi sur le plan amoureux, est donc doué pour les affaires. Elle se sent riche. Ramou paye l'entrée du parc, le garde, blasé, ne vérifie même pas la texture des devises, et vous voilà partis.

Plus un, confirme Fortunata. Que voyons-nous sur la piste ?

Un troupeau de zèbres, dis-je, sûr de mon coup. Dès le premier virage, hop, vous tombez en plein milieu. Ginette exulte, elle brandit son appareil photo comme un drapeau, regarde, crie-t-elle à son fils, regarde tous ces zèbres ! Juliette elle-même est intéressée. Ramou arrête la voiture, pour que chacun puisse contempler la chose. Il risque la plaisanterie sur le cheval blanc rayé de noir ou noir rayé de blanc, tu es la seule à rire par charité.

Moins deux, décrète Fortunata. Il n'y a pas de zèbres.

Je t'assure, c'est trop difficile pour moi, Fortunata. C'est impossible de savoir quelle sorte d'animal vous avez vu en premier. Si tu me forces à les essayer tous et que je n'ai pas de chance, je vais descendre tellement bas que tu ne pourras plus me repêcher.

C'est la règle du jeu, sourit la Vénus africaine en ôtant ses lunettes. Il n'est pas si facile de me déshabiller.

Attends, tu me donnes une idée, dis-je, tentant le tout pour le tout. Vous n'avez vu strictement aucun animal. Pas la moindre antilope, pas le plus petit impala, pas l'ombre d'un poil de buffle. Rien. Absolument rien. Le seul animal que vous rencontrez, pendant les premières heures de votre parcours, c'est un termite. Une énorme termitière vous barre la route ; Ramou la prend pour une simple bosse. Ça fait un drôle de choc.

C'est mieux. Je te donne deux points d'un coup, pour t'encourager, décide Fortunata.

C'est donc assez déçue, n'ayant pas pu prendre une seule photo, que Ginette et sa bande arrivent à l'hôtel.

Tu as encore deux choses à raconter pour cette première journée, me signale mon joli bourreau.

Deux choses... Attends un peu, dis-je en risquant une main vers sa cuisse, main qu'elle chasse immédiatement d'une petite tape. Après avoir laissé vos bagages à l'hôtel, avoir mangé un peu, je suppose que vous êtes ressortis, histoire de voir quelques animaux. Je me trompe ? Attends... Seuls Ramou et Ginette sont ressortis. Juliette et toi, vous avez décidé de rester à l'hôtel, de profiter de la piscine, puisqu'il ne semblait pas y avoir de petits gamins susceptibles de se rincer l'œil à cet endroit. Donc Ginette et Ramou ont repris la voiture. Et vous, vous avez attendu.

Plus un, m'octroie généreusement ma compagne. Nous avons attendu, c'est le moins qu'on puisse dire.

Quand la nuit est tombée, vous avez commencé à vous inquiéter, dis-je à tout hasard. C'est ça ? Ils se sont égarés ? Une panne. Ils ont eu une panne. La termitière, peut-être. En tous les cas, c'est ce qu'ils se sont dit. Sur le chemin, ils avaient vu quantité d'animaux. Alors, quand la voiture s'est arrêtée, Ginette a pensé aux lions. Elle les sentait rôder. Interdiction au fiston de descendre de voiture.

Plus un. Tu n'es pas si mauvais que ça, concède ma partenaire.

Pendant ce temps, Juliette et toi commenciez à trouver le temps long, poursuis-je, encouragé. Vous avez averti les gardes, lesquels vous ont signalé qu'une recherche de nuit coûtait relativement cher ; qu'à cela ne tienne, nous avons des dollars, a rétorqué Juliette. Et voilà tout le monde parti à sillonner le parc.

Plus un. Tu pourrais écrire des romans.

J'y compte bien, Fortunata, j'y compte bien. Un jour, quand je serai trop vieux pour faire le boy, j'inventerai des histoires qui se finiront mal. Mais laisse-moi deviner. Ils les ont retrouvés. Mais tard. Vraiment très tard. Résignés à passer la nuit sur place. Ginette s'était pelotonnée sur la banquette arrière, Ramou était recroquevillé sur son volant. En voyant arriver les secours, les deux chéris ont exulté de joie ; bras dessus bras dessous, maman, fifils, Juju et la sauvage sont rentrés au bercail, et se sont requinqués devant une fondue de gibier.

Plus un. Mais il y a encore un rebondissement, signale la Vénus africaine en remettant ses lunettes.

Quelle aventure, Fortunata, quelle aventure ! dis-je en réfléchissant. Et quand je pense que grâce à moi, tu as vu tout ça en direct ! Que dis-je, vu, tu l'as vécu, tu étais même une des actrices principales, je ne me trompe pas ? Mais oui, tu as beau cacher ton regard de braise derrière ces verres barbares, je vois à ton sourire que j'ai touché juste. Tu ne sauras jamais à quel point ton sourire m'est un guide précieux. N'en change jamais, Fortunata, ou ce serait une grande perte pour l'humanité. Et en tout cas pour moi. Donc c'est la nuit. Tout le monde a récupéré, Juju et Fifou sont réconciliés, Ginette a eu son content d'aventure, il ne devrait plus rien se passer... Seulement voilà. Émoustillé par la grande frayeur qui l'a étreint, au lieu de profiter des meilleurs sentiments de sa Juju — qui a réalisé à son corps défendant qu'elle était tout de même encore un peu attachée à son Fifou —, mon cher patron n'a de cesse de te soutirer un petit quelque chose. Un de ces petits quelque chose que tu me refuses impitoyablement. Quelque chose comme un baiser. Plus un. Si tu continues comme ça, je ne te le refuserai pas longtemps.

Évidemment, tu lui dis non.

Moins deux, fait la Vénus africaine, impassible.

Très bien, dis-je, plus contrarié que je ne le voudrais. Tu le lui donnes. Il s'enhardit, cherche à introduire sa main sous ta jupe. Là aussi, tu le laisses faire. Il fait nuit. Personne ne vous verra. Juliette est allée se coucher. Il glisse sa main dans ton corsage. Sa respiration se fait rauque. Là, comme l'autre fois, il tient ce qu'il convoite à portée de sa main. Ta respiration s'accélère. Il fait glisser ton slip le long de tes cuisses de déesse, ses doigts s'égarent sur sa propre braguette, il en sort son membre gonflé de désir... Et soudain il est là, en toi, il y est parvenu, de ton côté tu trouves la chose plutôt agréable, sa bouche se colle contre la tienne, sa langue s'introduit entre tes lèvres, au-dessus de vous, il n'y a que les étoiles, vos corps s'apprivoisent, tanguent ensemble, le plaisir monte, inexorablement.

Plus un, confirme ma compagne.

Je ne joue plus, Fortunata, dis-je, franchement contrarié. Finalement, ça ne m'amuse pas.

Joseph, Joseph, tu n'as vraiment aucun humour, s'esclaffe ma partenaire en ôtant ses lunettes. Mais tu as beaucoup d'imagination. Tu étais presque convaincant, tu sais. Allez, arrête de bouder, on va refaire les comptes. On en était à plus deux. Je te donne trois points de bonus, pour ce superbe récit érotique. Ça te met à plus cinq. Ce serait vraiment dommage de ne pas continuer.

Où dois-je reprendre ? demandé-je du bout des lèvres.

Tu le sais bien, mon gros bêta. Là où tu ne t'étais pas trompé. À la fondue de gibier en famille.

Tu joues avec mes nerfs, Fortunata, dis-je, soulagé. Je continue à une condition : que tu fasses disparaître une fois pour toutes ces lunettes de soleil qui sont les seules coupables de mon erreur. Voilà, je préfère ça. Donc tout le monde est soulagé, Ginette répète à qui veut l'entendre qu'elle est certaine qu'il y avait un lion, tapi dans la pénombre.

Plus un, confirme Fortunata.

Juliette soupire, légèrement agacée, continué-je. Vous, mademoiselle, lui lance Madame Mère, j'espère que vous avez eu le temps de méditer sur votre conduite. Vous avez de la chance que mon fils soit un faible. Juliette répond. Le ton monte, Ramou défend mollement sa mère. Juju quitte la table, complètement remontée.

Plus un, tu es doué, sourit la Vénus africaine.

Tu vas la consoler, elle s'effondre dans tes bras et te demande si tu acceptes qu'elle partage ta chambre. Pas de réconciliation sur l'oreiller pour mon petit patron.

Plus un, fait ma jolie compagne, en veine d'indulgence. Ça te fait huit en tout. D'après toi, est-ce que ça suffit ?

Certainement pas, Fortunata. Je te veux nue comme un ver.

C'est qu'il n'y a plus grand-chose à raconter, proteste mollement Fortunata.

Tu n'as qu'à décerner des bonus. Je te fais en deux mots la journée du lendemain. Le petit déjeuner est lugubre. Ginette et Juju ne se parlent plus. Pour mettre de l'ambiance, tu racontes en détail de quelle manière on procède pour empailler les singes.

Plus un, fait généreusement la Vénus africaine.

Ensuite, poursuis-je, il y a le moment amusant où l'hôtel refuse les dollars. Avec la recherche de nuit, ça faisait un sacré paquet, et mon pauvre patron est obligé de laisser son passeport en caution. Ensuite, il y a peut-être une ou deux péripéties sans importance, quelque chose de frais, comme l'apparition d'un lion au moment même où Ginette vient de terminer sa dernière pellicule. Plus quelques propos tendancieux sur les nègres qu'elle lâche à dessein ; elle n'a pas digéré tes empaillages de singes. Puis le retour au bercail, sans rien à signaler.

Pas mal. Je t'offre un forfait de cinq points supplémentaires, et je te raconte la fin, décide ma compagne, tout à fait radoucie. Sur le chemin du retour, Fifou a dû faire demi-tour sur une piste étroite. Évidemment, les roues arrière se sont retrouvées dans le fossé. Il a fait venir quelques paysans, pour l'aider à sortir. En récompense, il leur a distribué les faux dollars. Personne n'a protesté, même pas Juliette.

60

[5 avril]

Je te le dis, Fifi, cette fille n'est pas pour toi, décrète Ginette en pliant soigneusement chacune de ses affaires avant de les fourrer dans ses valises. Quand je pense que c'est toi qui subviens seul aux besoins du ménage... Non, vraiment, je t'assure, il n'y a pas de quoi être aussi abattu. Si elle s'en va, bon débarras !

Les choses ne sont pas si simples, maman, fait mon petit patron, désespéré. J'ai fait beaucoup de tort à Juliette.

Arrête de triturer tes lunettes, tu vas finir par les casser, sermonne Madame Mère. Elle aussi t'en a fait, du tort, ne serait-ce qu'en dansant avec ce sauvage.

Maman, je t'en prie, ne sois pas raciste, supplie mon petit maître. C'est la danse qui voulait ça.

Mon pauvre fils, ta naïveté me fait pitié, méprise Mme Ramou.

Elle essaye simplement de se venger, persiste le pauvre Ramou déconfit.

Je ne vois vraiment pas de quoi, décrète Ginette en emballant précautionneusement le peigne offert par les Durouchoux, et qui représente un couple en plein coït, ce qu'elle n'a pas remarqué. Mon pauvre fils, tu as du caca dans les yeux. C'était un homme bien stylé, ce M. Durouchoux, dommage qu'on ne l'ait pas plus fréquenté. Il est autrement bien élevé que ces sauvages.

Bien élevé, bien élevé... sourit faiblement mon maître.

Inutile de te dire que je n'emporterai pas cette horreur, fait Madame Mère en désignant le cadeau de Généreuse. S'il ne tenait qu'à moi, il irait droit à la poubelle.

Je me suis mis dans un sacré merdier, gémit mon petit maître en pétrissant à nouveau ses lunettes ; je ne sais vraiment pas quoi faire pour m'en sortir.

Et ce petit marchand ambulant dont tu m'avais parlé ? se tracasse Ginette, finalement indifférente aux états d'âme de son fiston. On ne l'a jamais vu ; c'est ennuyeux, j'avais promis à Mme Lempereur de lui rapporter un collier en ivoire. C'est interdit, maintenant, on n'en trouve plus en France, ou alors à des prix astronomiques.

Il est passé pendant que nous étions dans la réserve, explique mon petit maître, les yeux perdus dans le vague. Joseph lui a demandé de revenir aujourd'hui. Je pense qu'il ne devrait pas tarder.

Mon cher patron connaît bien son Émile : quelques minutes à peine après cette prophétie, le voilà qui frappe à la porte, les bras chargés d'œuvres d'art plus authentiques les unes que les autres.

Nous avons des dollars, explique Ginette, que l'honnêteté n'étouffe pas et que mon petit maître n'ose arrêter. Il va falloir que tu me fasses un prix très bon marché, parce que c'est des billets très chers, tu comprends ça ?

Émile comprend, et a tôt fait de se débarrasser de son stock de bijoux en os pour une somme astronomique, même au cours du faux dollar. Il a un numéro très au point, où il fait mine de brûler tous ses bijoux à la flamme d'un briquet, pour prouver qu'ils sont en ivoire véritable ; tout est prévu, même un petit pendentif inflammable qu'il laisse au client le soin de débusquer, preuve irréfutable de l'authenticité des autres.

Je viens saluer ta maman et lui souhaiter un bon voyage, explique Bonaventure, un peu plus tard. Je veux lui présenter toutes mes félicitations d'avoir mis au monde et élevé un être aussi remarquable que toi, Philippe. Vraiment, madame, je vous félicite de tout cœur, votre fils est un être d'exception comme on n'en fait plus. Dieu m'est témoin que je le lui dis régulièrement.

Je suis très touchée, monsieur le directeur, papillote Ginette qui sort du bain, une serviette nouée sur la tête. J'ai passé un séjour très agréable, votre pays est magnifique.

Moins que la France, madame, moins que la France, flatte Bonaventure. Moi qui vous parle, j'y ai séjourné plusieurs années, et je n'oublierai jamais la beauté de ses paysages. Un lieu qui ressemble fort au paradis terrestre.

Vous êtes trop aimable, sourit Madame Mère, cherchant quelque chose d'intelligent à dire. Ici aussi j'ai vu des paysages sublimes. Et tous ces animaux... Les antilopes, si gracieuses, le lion majestueux, les éléphants impressionnants... C'était vraiment extraordinaire. Et cet hôtel si confortable, au milieu de la jungle, avec ce personnel stylé... Vraiment exceptionnel. Il paraît que c'est là que les chefs d'État descendent, n'est-ce pas ?

C'est bien le cas, madame, confirme Bonaventure en me tendant son verre pour que je lui fasse le plein de cognac. Mais les qualités de votre fils justifient un accueil de chef d'État.

À propos de notre voyage dans la réserve, lâche Ramou incidemment, figure-toi qu'on a eu un problème, avec les dollars que tu m'avais eus. Ils étaient faux, tu te rends compte ?

Faux ? s'exclame Bonaventure, jouant la stupéfaction. Je t'ai vendu des dollars faux ? Et tu ne me disais rien ! Philippe, mais je suis déshonoré ! Ah, il va m'entendre, ce Pakistanais. Tu vois, on ne peut faire confiance à personne, dans ce pays. J'étais pressé, j'ai pris la valise sans réfléchir, il en a profité. Ah, ça, mais il va lui arriver des bricoles, à ce voleur. Je vais en toucher un mot au président, il va comprendre sa douleur.

Donne-moi ces dollars, Philippe, je vais te les rembourser immédiatement sur mes propres deniers, ajoute Monsieur le directeur avec sa voix vibrante des grands moments. Il ne sera pas dit que mon ami Philippe aura eu à se plaindre de m'avoir consulté pour changer des devises. Dussé-je me ruiner, je te rembourserai. Donne-moi ces dollars, je te les rembourse immédiatement.

C'est que... bafouille mon bon maître, incapable d'avouer qu'il a utilisé de la fausse monnaie en connaissance de cause. Je ne sais plus à quel endroit j'ai bien pu les ranger. Il faut que je recherche. De toute façon, ce n'est pas grave, il n'y en avait pas pour des sommes...

C'est une question d'honneur, déclame Bonaventure en me tendant son verre. Une sordide histoire d'argent ne doit pas entacher notre amitié.

C'est vraiment quelqu'un de bien, ce directeur, commente Ginette Ramou un peu plus tard, en dévorant sa dernière salade d'avocats du jardin. On voit qu'il a fait ses études en France.

Bonaventure est un ami, confirme mon petit maître, tout content de trouver quelque chose de positif à quoi se raccrocher.

Ce n'est pas comme ton boy, poursuit Mme Ramou. Au début, il fait illusion, on croit qu'il est stylé. Et c'est vrai qu'il fait assez bien la cuisine. Mais à mon avis, tu l'as mal habitué. Regarde un peu comme il s'est permis de partir le jour même où nous sommes rentrés de la réserve ! Alors qu'il venait de passer deux jours à se regarder les orteils, pendant que toi tu le payais, évidemment. Fais attention, Fifi. Tu es bien trop coulant. Tu as bien vu avec cette fille, ce que ça donne. On n'est jamais gagnant à être trop gentil.

Maman, proteste mon cher patron d'une voix faible, arrête s'il te plaît. Tu critiques tout ce que je fais. Joseph est un ami. Il ne me demande jamais rien. Il travaille pour une misère. Il a bien le droit de prendre pour une fois un jour de congé, même si ça ne nous arrange pas. Il a eu un deuil, dans sa famille ; c'est un cas de force majeure, tu ne crois pas ?

Un deuil, un deuil, persifle Madame Mère. À qui veut-il donc faire croire ça ? Un deuil précisément le jour où il avait mon linge à repasser ? Allons Fifi, tu es bien trop naïf. Les gens abusent de toi, tu ne t'en rends pas compte.

C'est ça, maman, se résigne mon petit maître. Est-ce que tes valises sont prêtes ? Il va falloir partir pour l'aéroport. Je crois que Juliette ne pourra pas te dire au revoir, puisqu'elle n'est pas rentrée.

Oh, celle-là, je m'en passe, de son au revoir. Elle est bien trop contente que je m'en aille. Dis un peu à ton boy de porter mes valises, je me suis fait un tour de rein dans cette voiture.

61

[20 avril]

Il n'y a jamais eu autant de visiteurs ici que depuis que rien ne va plus entre mon petit maître et sa fiancée. Les peines de cœur, c'est le plat favori de la communauté tiers-mondiste bien-pensante ; une fois dénoncées les absurdités du système, lancés deux ou trois projets alternatifs, disserté sur l'âme de ce pays, épilogué sur les moyens d'inventer un modèle africain de développement, on ne se délasse vraiment qu'avec un bon drame conjugal.

Mme Jacquot approuve ouvertement Juliette. Pour une fois qu'une femme ne se laisse pas faire, Bénédicte ne peut qu'encourager. D'autant qu'elle est persuadée qu'un brin d'amour exotique fera le plus grand bien à ma maîtresse.

Le père Francis est aux aguets. Les occasions de recueillir des confessions de première main, contant de telles amours, sont plutôt rares, et le saint homme ne laisserait pour rien au monde passer une telle aubaine. À deux reprises, déjà, depuis le départ de Madame Mère, il s'est débrouillé pour se ménager avec ma petite patronne un de ces tête à tête dont il a le secret. Mais pour l'instant il n'a pas récolté autant qu'il espérait. À peine a-t-il pu glaner quelques renseignements sur la vie sexuelle de mes petits patrons — assez décevante dès le début, d'après Juju — et un récit détaillé des perversions sexuelles de mon petit maître — qui ne vont pas plus loin qu'un banal fantasme de soumission. Connaissant les dons du bonhomme, je serais tenté d'en déduire que, contrairement aux apparences, il ne s'est encore rien passé entre Auguste et Juju. Du moins rien de concret. Car le bellâtre a pratiquement élu domicile ici, pour le malheur de ce pauvre Ramou et le plaisir de tous ses amis.

Yvonne et Xavier se passionnent pour l'affaire ; ce qui leur plaît surtout, c'est le côté moral de l'aventure : ils sont friands de subversion, et, comme le disait justement Yvonne à mon maître, quoi de plus subversif, de plus génial, que de vivre pleinement une relation triangulaire, en sortant des sentiers battus, d'instaurer un rapport égalitaire entre les trois pôles d'un amour ? La société bourgeoise en tremble sur ses bases.

Les Durouchoux, quant à eux, ne peuvent s'empêcher de voir la vérité en face : toute cette souffrance aurait été épargnée à mon petit patron, pour peu qu'il ait suivi leurs conseils avisés. Ils ne sont donc pas tellement enclins à pleurer sur son sort. Le comportement de Juliette, par contre, leur plaît assez. Ils la savaient trop coincée pour oser se lancer dans l'échangisme, ils la découvrent capable de faire preuve de fantaisie.

Il n'y a guère que Bonaventure que le spectacle ne réjouisse pas. Outre qu'il déteste Auguste depuis longtemps, ce que le métis lui rend bien, Bonaventure est vieux jeu. Pour lui, hommes et femmes sont égaux, mais la femme un peu moins. Tu ne peux pas tolérer ça, Philippe, il faut que tu te fasses respecter, a-t-il sermonné mon patron pas plus tard qu'hier soir alors que Juliette et Auguste avaient décidé de faire un tour à moto. C'est toi l'homme, nom de Dieu, c'est toi le plus fort. Si on t'a fait plus fort, c'est bien pour empêcher ta femme de faire n'importe quoi. Ne reste pas comme ça, mon vieux, ressaisis-toi. Explique-lui gentiment que cette plaisanterie a assez duré. Si elle ne comprend pas, donne-lui une petite tape. Si elle n'a toujours pas compris, tu lui donnes une tape un peu plus forte. Une fois qu'elle a compris, tu la mets dans ton lit, tu la prends toute la nuit, qu'elle en ait mal aux fesses, qu'elle sache qui est le maître. Par la même occasion tu lui fais un enfant, avant qu'un autre s'en charge pour toi, tu ne vas tout de même pas élever un petit nègre ! Allons mon vieux, ressaisis-toi.

Affalé sur son fauteuil en rotin, la tête dodelinante, mon cher patron a écouté Monsieur le directeur avec une grande attention. Il y a une chose que tu oublies, Bonaventure, a-t-il dit à la fin. Et cette chose, c'est que c'est moi le coupable. C'est moi qu'on devrait battre, d'abord un petit peu puis de plus en plus fort pour me faire comprendre. J'ai trahi ma parole, Bonaventure. Je ne vaux plus rien.

Le pauvre Bonaventure en est sorti désespéré, et sûr que je m'étais trompé, qu'un zigoto comme ça ne pouvait pas, en aucun cas, intéresser qui que ce soit, même le plus petit fonctionnaire planqué dans le plus petit placard de la Sûreté.

À propos de Sûreté, la question de Juliette ne m'a qu'à moitié plu.

Joseph, m'a-t-elle chuchoté hier soir, après s'être assurée que personne ne nous entendait, est-ce que tu connais Auguste ? Je veux dire, il est de ta famille ou quelque chose ?

Mais pas du tout, maîtresse, ai-je répondu, surpris.

Je ne comprends pas, a continué Juju. Il n'arrête pas de me poser des questions sur toi. Et rien sur Justinien. Seulement sur toi. Ça me paraît un peu bizarre.

Je ne comprends pas, patronne, ai-je dit en baissant bien les yeux.

Ça ne me plaît pas tellement, a conclu Juliette.

Étant données les accointances de ce monsieur, je serais assez enclin à partager son malaise.

62

[1er mai]

Je t'en supplie, fais attention, Joseph, m'implore Fortunata en passant ses bras à mon cou. Ça a l'air d'être assez sérieux. Auguste a l'air décidé à remuer la boue. Méfie-toi, je t'en prie, c'est sa famille qui a l'oreille du président, en ce moment.

Ne t'en fais pas, j'en ai vu d'autres, dis-je, un peu ébranlé malgré tout. De toute façon, je ne fais rien de mal. Personne ne peut me reprocher de faire le boy si ça me chante, quels que soient mes diplômes et ma fortune.

Fais attention quand même, insiste Fortunata. Il a emmené Juliette au bord du lac, hier. Lui a demandé si elle connaissait cet endroit, si tu le lui avais montré. Je suis sûre qu'il trame quelque chose.

Il y avait un cousin à lui dans la bande, Fortunata. C'est peut-être pour ça, dis-je en lui embrassant la paume. Mais tu n'as pas à t'inquiéter. Il a simplement eu un accident.

Méfie-toi, méfie-toi vraiment, m'implore la belle en me serrant la main. J'ai peur, j'ai tellement peur qu'il t'arrive quelque chose.

Ne t'en fais pas, je t'assure que je ne risque rien, dis-je en posant ma main au creux des cuisses de la Vénus africaine. La seule chose qui pourrait me faire du mal, ce serait de ne plus pouvoir profiter de ta beauté. Je crois que je deviendrais fou.

Est-ce que tu ne l'es pas déjà ? s'interroge mon interlocutrice. Je ne comprends toujours pas ce que tu cherches, Joseph.

Qui te dit qu'il y a quelque chose à comprendre, Fortunata ? fais-je hypocritement. Donne-moi plutôt des nouvelles de Juju, je ne la vois presque plus.

Comme tu voudras, consent la belle, à moitié convaincue. Auguste est un peu énervé. Il a beau faire, triturer ta patronne dans tous les sens, l'embrasser de partout, elle n'a pas encore cédé. Tu penses s'il est vexé ; d'autant que tout le monde est persuadé qu'il l'a eue.

Mon petit patron le premier, confirmé-je en reprenant mes investigations sous la jupe de la belle. Il fait pitié à voir. Betty s'envoie en l'air avec Lionel, Juju et Auguste se bécotent sous son nez, plus personne ne veut de lui, il se contente d'apporter les cocktails.

Ça ne le gêne pas, de t'offrir un pareil spectacle ? s'informe Fortunata en poussant un joli soupir.

Voyons, dis-je en faisant bouger mes doigts délicatement, la première qualité d'un boy est de ne jamais remarquer ce genre de chose. De temps en temps, au détour d'une phrase, je lui fais comprendre qu'il a mon soutien. Je lui fabrique un peu plus souvent ses gâteaux préférés. Le reste, je ne m'en mêle pas.

Je te crois facilement, gémit la belle. En tout cas tu es un amant exceptionnel. C'est ce que j'expliquais encore tout à l'heure à Juliette. Joseph, Joseph ! Si Auguste savait comme tu sais bien faire ça, il serait fou de rage.

Ne me parle plus de ce métis, Fortunata. Tu me gâches mon plaisir. Je n'ai que du mépris pour lui.

Joseph, demande la belle à voix basse, et si nous faisions un enfant ? Là, tout de suite, immédiatement ?

Tu déraisonnes, Fortunata, dis-je avec toute la sécheresse que la situation me permet. Ne reparle jamais de ça, si tu veux me revoir.

63

le 10 mai 1986

Il n'y a que Joseph qui me comprenne.

Sincèrement, s'il n'était pas là, silencieux mais fidèle, je crois que je perdrais tout à fait foi dans l'humanité.

Je ne veux accuser personne. Juliette a sans doute raison d'agir comme elle le fait, et tous ceux que j'aimais ici ont certainement raison de prendre son parti, de la réconforter, de la conseiller. Après tout, je ne peux le nier, c'est moi qui ai commencé. Auguste a certainement un charme fou, qui suis-je pour lui imposer une frustration, quelle qu'elle soit ?

Au fond, ce qui me dégoûte le plus, dans cette sinistre histoire, je crois bien que c'est moi. Parce que, comme je disais l'autre jour un peu pompeusement, rien ne sert de chercher à réformer la société, de vouloir rendre le monde plus juste, si l'on n'est pas capable, soi-même, d'agir au mieux.

Or, malgré toutes mes bonnes intentions, je m'en suis révélé tout à fait incapable. Soyons lucide : je ne peux pas citer un acte, que j'aurais accompli depuis que mon avion a atterri ici, qui vaille la peine d'avoir été fait, qui ait réellement changé quelque chose dans ce pays, qui ait apporté quelque chose à quelqu'un.

Je croyais que mes cours avaient cette ambition. Je pensais y être un peu parvenu. Mais je viens de l'apprendre : auprès des étudiants, j'ai une réputation épouvantable. On se moque de moi.

Je n'aurais peut-être pas dû tant insister pour que Lionel me rapporte ce qu'il avait entendu dire à mon propos. Il passe son temps dans les petits cafés qui fleurissent sur la colline, à boire des bières avec les étudiants. Il est suffisamment alcoolique pour parvenir à leur faire oublier qu'il est aussi professeur. En quelques cuites bien senties, il est arrivé là vers où je tends en vain depuis maintenant près d'un an et demi : entendre ce qu'ils pensent réellement, tout au fond d'eux. Savoir comment les prendre pour leur parler au cœur. Je suppose que s'il n'avait pas besoin de moi pour rédiger certains passages de son cours de probabilités il aurait cédé moins facilement. Quoi qu'il en soit, comme il vient de me l'annoncer, sur le plan pédagogique aussi, mon séjour ici est une catastrophe. Que les étudiants de troisième année en soient encore à espérer décrocher une bonne note par tricherie, voilà qui montre l'échec total de tout ce que j'ai cherché à leur faire comprendre depuis mon arrivée. Et quand je parle d'échec total, il est de nature à faire boule de neige : quiconque a obtenu ses diplômes par tricherie est une proie facile pour tous les flagorneurs, tous les bailleurs de fonds qui feraient vendre son âme à la probité même. C'est donc l'avenir entier du pays qui est compromis. Par ma faute. Moi qui venais ici pour tenter d'apporter ma modeste contribution au progrès, je ne suis, finalement, qu'un artisan de la régression, du marasme et du cercle vicieux.

En quelques mois de présence sur ce continent, je suis parvenu à démolir ma relation amoureuse avec Juliette, à gâcher les chances que j'avais de faire de quelques étudiants au moins des idéalistes prêts à sacrifier leur intérêt personnel pour la cause du développement de leur pays, à donner à Généreuse une bien piètre opinion des Occidentaux, à donner à Betty la sensation qu'elle n'était qu'un ersatz que l'on jetait à peine utilisé... Non, la seule chose qui surnage, dans cet

immense gâchis dont je suis le seul responsable, c'est ce rap-
port, bien imparfait, que je suis parvenu à établir avec
Joseph. Nous sommes devenus intimes. Même si nous parlons
rarement, même si chacun de nous est prisonnier de ce carcan
lié aux rôles respectifs que nous devons jouer, moi le maître et
lui le serviteur, malgré cela, je dirais presque, entre les lignes
de ce parcours imposé, quelque chose de vrai, quelque chose
d'authentique s'est noué entre nous, entre ces deux êtres qui ne
se comprennent pas toujours mais qui s'acceptent.

Je n'ai pas parlé avec lui depuis que Juliette a commencé
cette liaison avec Auguste. J'ignore même ce qu'il en pense
(quand on estime, comme lui, qu'il ne faut pour rien au
monde laisser une femme insatisfaite, on ne doit pas forcé-
ment jeter la pierre à celui qui commence une aventure avec
une femme telle que Juliette), mais au fond cela m'importe
peu. J'ai la sensation très profonde qu'il ne me juge pas. À
vivre ensemble, on en arrive à une connaissance de l'autre qui
passe par-dessus les mots, qui n'a pas même besoin d'être
exprimée pour que chacun des protagonistes sente qu'elle
existe. Voilà, me semble-t-il, ce que j'ai atteint avec Joseph.

Heureusement qu'il est là. Sinon je serais vraiment seul.
Et je crois bien que j'aurais perdu toute foi en moi.

64

[15 mai]

Il n'a pas tort, mon petit maître. Le vide se fait autour lui.
Comme à son arrivée, en quelque sorte. Mais cette fois, la
communauté bien-pensante ne le boude pas par ignorance.
Au reste, on ne le boude même pas. On l'invite partout.
Mais il a de plus en plus souvent mal à la tête. Et personne
n'insiste : Auguste et Juliette suffisent largement, pour
égayer une soirée. Un Noir et une Blanche, c'est une nou-
veauté. Non pas qu'Auguste en soit à sa première femme
blanche. Mais, habituellement, la chose se faisait en cati-
mini : les maris complaisants ne sont pas si nombreux.

Jusqu'à présent, les seuls couples mixtes qu'on pouvait
fréquenter ouvertement étaient constitués d'un homme blanc
et d'une femme noire. Pour charmants qu'aient été certains
de ces arrangements, ils provoquaient immanquablement un
petit malaise parmi les amis de mon petit maître : même
sans être malveillant, il était évident que si le monsieur
n'avait pas eu les poches bien mieux garnies que la belle, et
un passeport lui permettant de vivre à peu près partout dans
le monde, un tel couple n'aurait jamais pu exister.

Avec Juliette et Auguste, tous les scrupules peuvent s'envo-
ler. En voilà deux qui ne sont pas ensemble par intérêt. Car personne ne peut soupçonner Auguste de guigner du côté du passe-

port de ma petite maîtresse — ses affaires sont bien assez floris-
santes pour qu'il ne cherche pas à quitter le pays —, et on voit
mal comment l'intérêt pourrait guider cette brave Juju. C'est
donc un couple mixte au-dessus de tout soupçon, le vrai garant
que l'antiracisme ambiant n'est pas un leurre. Un couple mixte
également intéressant pour les féministes, puisque Juju ne se
laisse pas trop faire par le métis, et contre habilement tous ses
penchants machistes, du moins pour le moment.

Quand elle ne se pavane pas au bras d'Auguste, ma petite
patronne passe de longues heures plongée dans de vieux
livres, la plupart du temps commis par des jésuites, décrivant l'état de ce pays au moment où l'homme blanc y est
arrivé. C'est le père Francis qui les lui fournit, lui-même a
mis des années à rassembler ce stock, en fouillant dans les
archives de l'épiscopat local. Notre chère Juju va de découverte en découverte. De la cuisine, je l'entends pousser des
petits cris chaque fois qu'elle apprend quelque chose de nouveau sur les coutumes de ce pays, où elle réside depuis bientôt un an.

Sa frénésie de connaissance ne s'arrête pas là. Hier,
comme elle prenait le café avec Bénédicte — qui a pris l'habitude de passer presque tous les matins où Ramou enseigne —,
elle s'est informée auprès de la veuve joyeuse des possibilités
d'apprendre l'idiome local. De tous les Blancs bien-pensants
que fréquente mon petit maître, Bénédicte est la seule à le
connaître ; elle a eu l'air heureuse de voir Juliette marcher
sur ses traces, et a promis de lui faire faire la connaissance
de son professeur.

Dans le même temps, la petite Juju s'est mise à la
recherche d'un emploi. Ce n'est pas une tâche aisée, la plupart des contrats de coopération étant négociés dans le pays
d'origine, les autres étant réservés à des Africains — et payés
une misère. D'après Xavier et Yvonne, elle pourrait peut-être
obtenir un poste de remplaçante à l'école française, un des
instituteurs titulaires étant en dépression nerveuse.

Mon pauvre maître ne reconnaît plus sa petite fiancée, qui passait tout son temps, vautrée sur son matelas à préparer un hypothétique mémoire de DEA en vomissant l'Afrique par tous ses pores. Cela l'abat un peu plus, mais on dirait qu'il est trop affaibli psychologiquement pour réagir. Il pousse de gros soupirs, tourne en rond dans sa chambre — Juliette a investi le salon, où il avait l'habitude de préparer ses cours —, vient faire un tour dans la cuisine, grappille un biscuit et retourne dans sa chambre en poussant des soupirs. Juliette le suit du regard avec quelque chose qui ressemble de plus en plus à du mépris.

On a beau être sauvage, une pareille déchéance fait mal au cœur.

65

Le 20 mai 1986
Éric,

Je ne sais plus où j'en suis. J'ai l'impression d'avoir joué avec le feu, sans même m'en apercevoir. Comme si mes mains s'étaient brûlées de manière indolore. Comme si j'avais manipulé de la dynamite sans même savoir que ça peut exploser.

Par dépit parce que Fifou m'avait trompée, je suis sortie avec Auguste. C'est un métis de vingt-sept ans, plutôt beau gosse, qui me tournait autour depuis que je suis arrivée. En fait, j'avais surtout envie de faire honte à Fifou devant sa mère. C'est peut-être mesquin, mais ça m'a fait du bien. J'étais contente de la choquer.

La petite aventure m'a entraînée plus loin que je ne le croyais.

Je viens de parler avec Généreuse dans sa voiture. Elle m'a dit de me méfier énormément d'Auguste. D'après elle, il travaille pour la Sûreté. D'après elle, toujours, il en veut à Joseph, le boy, et il se servirait de moi.

Ça paraît complètement fou, mais je dois bien admettre que depuis le début, le comportement d'Auguste est vraiment curieux. Au lieu de me poser des questions sur la France, ou sur moi, comme on s'y attendrait, il n'arrête pas de faire allusion à Joseph, comme si je savais des choses que je cherchais à lui cacher à son sujet.

Généreuse n'a pas voulu me dire exactement de quelle manière, mais il semble que Joseph et Auguste soient tous les deux mêlés à un drame, qui s'est déroulé au bord d'un lac où Auguste m'a emmenée à plusieurs reprises, en me demandant si ça ne me disait rien.

Elle ne voulait pas m'en dire plus, mais j'ai tellement insisté qu'elle a fini par me raconter ce qu'elle savait.

C'est une histoire horrible, comme il y en a eu beaucoup, paraît-il, au moment de cette Révolution dont personne ne parle.

Voilà. C'est une jeune fille africaine de bonne famille. Fille de ministre ou quelque chose. Elle vit tranquillement ici, quand, un beau jour, un jeune Français débarque dans sa vie. Il a connu son frère, qui étudie en France. Il lui apporte une lettre. Son frère le lui présente comme son meilleur ami.

Cela se fait tout de suite. Une passion brutale, irrésistible, partagée. Contrariée, évidemment : les deux familles s'y opposent. Surtout la famille africaine.

Le frère qui étudie en France intervient. Jure que sa sœur ne peut pas trouver meilleur mari. Après plusieurs mois de tractations, la famille de la jeune fille finit par accepter, la mort dans l'âme, que l'union ait lieu. Il est temps : elle est tombée enceinte.

C'est à ce moment qu'éclate la Révolution, d'une violence qu'on n'imagine pas. Des bandes armées sillonnent le pays. Elles veulent chasser toute trace des Blancs. Le jeune couple cherche à gagner la France, mais il n'est pas encore marié : impossible pour la jeune fille d'obtenir un visa. Alors ils partent, à pied, à travers les collines, tentant de se cacher du mieux qu'ils peuvent. Arrivent au bord du fameux lac, où ils s'installent. Au bout de quelques jours, une bande armée de fourches et de machettes les y découvre. Les égorge tous deux, après avoir violé et éventré la jeune fille.

Depuis, le lac s'appelle le lac des Innocents.

D'après Généreuse, ce n'est qu'une histoire parmi tant d'autres. Mais elle n'a pas fini de faire des morts. Une haine tenace oppose depuis la famille de la jeune fille à celles des membres de la milice. Joseph serait parent de la jeune fille. Ce qui veut dire qu'Auguste...

Mon Dieu, dans quel guêpier suis-je allée me fourrer ?

Éric, est-ce que je deviens folle ?

Ta Juliette bien désemparée

66

Le 30 mai 1986 — minuit.

Juliette est partie ce matin.

Elle a trouvé un travail à l'école française, grâce à Xavier et Yvonne. Bénédicte lui a procuré un logement, un grand appartement au centre-ville, juste à côté du village français où vivent les Durouchoux. Elle a emmené Justinien avec elle, il lui servira de boy.

Lionel et Betty l'ont aidée à faire son déménagement. Auguste était là, évidemment. Il insistait pour qu'elle emmène le plus possible de linge de maison et d'ustensiles pour le ménage. Je n'ai pas osé demander, mais il m'a semblé qu'il avait l'intention d'aller vivre avec elle.

Le père Francis est arrivé au moment où la petite camionnette empruntée par Lionel à l'Institut était sur le point de démarrer. Il venait proposer ses services et son combi. Il avait l'air un peu gêné de me voir, il m'a dit que j'aurais mieux fait d'aller faire un tour chez Bonaventure plutôt que de voir ça. Quoi qu'il en soit, il est parti très vite, d'après ce que j'ai compris, il y avait un grand repas prévu quelque part ce midi, pour fêter ce nouveau départ dans la vie de Juliette.

Me voilà seul.

Il ne reste plus que Joseph, pour partager ma vie.

« Plus que Joseph ». Mais en fait c'est énorme.

Je l'ai déjà écrit ici, si Joseph n'existait pas, je crois que je n'aurais plus de raison de vivre.

D'ailleurs, pendant que j'écris, et bien qu'il soit extrêmement tard, je sais qu'il n'est pas loin. Il a proposé de remplacer Justinien, et de s'installer dans son logement. Cela m'a fait infiniment plaisir.

Comme me font plaisir ces gâteaux que je mange, que j'engloutis sans pouvoir m'arrêter, ces gâteaux qu'il me confectionne, depuis le premier jour.

C'est comme cela que les choses ont commencé entre nous : « Je vais te faire un bon petit déjeuner, patron, tu vas voir, ça va te plaire. »

Et ça m'a plu.

Depuis, jamais il ne m'a déçu. Jamais il n'a trahi. S'il s'est occupé de Juliette, c'est parce qu'elle était ma « femme ». Pour lui, le vrai patron, le patron légitime, c'est moi. C'est à moi qu'il vient demander ses avances, c'est de ma santé qu'il se soucie, c'est mon avis qu'il vient chercher, quand il expérimente un nouveau plat. Joseph est le seul, ici-bas, qui connaisse mes défauts, qui les accepte, qui m'aime tel que je suis. Que j'aie grossi en mangeant ses gâteaux ne le dégoûte pas, bien au contraire, il comprend que c'est ma manière à moi de lui dire que je l'aime. Que j'aie pu accepter les caresses de Betty, ce soir de fièvre, ne lui paraît pas criminel. Que je n'aie rien fait pour retenir Juliette, quand elle a décidé, au beau milieu d'une crise grave, de me laisser livré à moi-même, ne lui semble pas être le comble de la lâcheté. Il ne juge pas, tout simplement. « Ce que tu fais, tu sais mieux que moi si c'est bien, mais moi je pense que tu as raison, parce que c'est toi le patron ». Il m'accepte comme un enfant accepte ses parents, comme un petit garçon reste persuadé que sa maman est la plus belle, quand bien même celle-ci serait un affreux laideron.

Une telle affection, personne d'autre ne me l'a donnée. Pas même Bonaventure, dont je sens qu'il me regarde différem-

ment, maintenant que j'ai la réputation d'accepter de porter des cornes. La dernière fois qu'il est venu, en coup de vent, siroter un petit cognac, il m'a donné l'accolade un peu vite, puis il m'a dit, « libre à toi de ne pas suivre mes conseils, Philippe, mais il faut que tu saches. Les histoires de mari trompé, ça se sait vite, sur la colline, et ça n'est pas bon pour l'autorité. » Je sais qu'il a raison : les étudiants pouffent de rire sur mon passage ; je suis devenu une attraction.

Mais Joseph, lui, n'a pas changé. Pour la première fois, je suis presque heureux qu'il ait en toutes circonstances cet air modeste, voire obséquieux. Parce qu'il continue de l'avoir bien que je sois déchu. Tandis que même chez Justinien, j'ai senti un changement : quand Juliette lui a proposé de devenir son boy, il n'a même pas jugé bon de me demander mon avis. Pour lui, elle a, du fait de ce qui s'était passé entre nous, acquis une autorité au moins égale à la mienne.

Je me demande comment les choses vont se passer pour elle. À mon avis, elle ne va pas tarder à vivre officiellement avec Auguste. Auguste... Comment se fait-il qu'il m'inspire une telle haine ? Après tout, ce n'est pas sa faute, à lui, si les rôles sont ainsi faits qu'il devient mon bourreau. Est-ce que Généreuse devient haïssable parce qu'elle a failli voler sa place à Juliette ?

Viscéralement, je ressens une forte répulsion pour ce métis, pourtant brillant. D'ailleurs, Bonaventure en dit le plus grand mal. Le souvenir de Juliette l'embrassant me donne des frissons de rage. Heureusement qu'elle est partie : j'en étais arrivé à rester terré dans mon bureau, de peur de les voir, enlacés dans un coin. Juliette ne m'a jamais autant embrassé de ma vie. Il faut dire que je suis beaucoup moins beau qu'Auguste.

J'ai du mal à me ressaisir. Lorsque l'on tombe vraiment très bas, on devrait finir par toucher le fond, le fond de tout, l'instant où les choses ne peuvent empirer. Pourtant, chaque événement qui se produit, chaque réaction que j'apprends, que je suppute, me jette un peu plus bas, sans que j'en voie le bout.

Où que je me tourne, rien ni personne à quoi me raccrocher. À quoi me servirait d'essayer de mieux préparer mon cours ? Quoi que je fasse, les étudiants considéreront qu'il ne s'agit que d'une divagation de Blanc cocu, un galimatias à peine bon à recopier pour avoir une bonne note au contrôle final. À quoi bon aller rendre visite aux Durouchoux, à Xavier et Yvonne, à Bénédicte ? Aucun d'entre eux ne pourrait sans mentir me dire qu'ils me soutiennent, moi, et pas Juliette. Je pensais pouvoir encore compter sur le père Francis. Je lui ai proposé de venir de temps en temps l'aider dans sa briqueterie. Il a eu l'air très gêné, et m'a expliqué qu'il avait reçu la même proposition de la part de Juliette. «Crois bien que cela me touche beaucoup, Philippe, mais tu comprendras certainement qu'en l'état actuel des choses je ne puisse vous dire oui à l'un et à l'autre. Il ne me semble pas qu'une rencontre entre vous serait la bienvenue parmi mes prisonniers. Bien sûr, si Juliette ne venait pas, je te ferais signe immédiatement.» Quant à Betty, inutile d'y penser. Elle ne se sépare plus de Lionel, que je cherche à éviter de toutes mes forces : sous prétexte de me remonter le moral, il m'enfonce épouvantablement, à chaque fois que je le vois. Ne parlons pas non plus de Généreuse : c'est la meilleure amie de Juliette.

Heureusement qu'il y a Joseph.

67

[6 juin]

Je ne suis pas mécontent qu'Auguste ait disparu de mon champ de vision. Sans partager les angoisses de Fortunata (tu parles trop, Fortunata, nos affaires de famille ne concernent pas les Blancs), je n'aimais vraiment pas le voir rôder. D'après ce qu'on murmure, il aurait fini par arriver à ses fins avec Juliette, qui a rompu presque aussitôt : le rustre l'a quasiment violée.

Grâce aux conseils attentifs de Fortunata, elle ne se laisse pas abattre. Elle prend des cours tous les soirs pour connaître notre dialecte, et va régulièrement donner un coup de main à la briqueterie ; elle dit que son rêve est de pouvoir se promener près de chez elle sans se faire dévisager par des centaines d'yeux. Ça m'étonnerait beaucoup qu'elle y arrive, mais ça l'occupe.

Mon petit maître et moi vivons en huis clos. Je passe mes nuits sur la paillasse de Justinien. Plus personne ne vient nous voir.

Il se morfond. Se laisse dévorer par les moustiques, revenus depuis peu, avec les pluies. Son cou et ses chevilles en sont tout boursouflés, mais il ne tente pas un geste pour en occire, ne serait-ce qu'un ou deux, pour le principe. Comme s'il pensait être au moins bon à quelque chose, dans ce pays, en se rendant utile à un être vivant.

Il ne fait tellement plus rien que j'ai dû sortir de ma réserve de domestique respectueux et lui enjoindre de se secouer. Je ne sais pas où je pourrais aller, mon pauvre Joseph, m'a-t-il répondu d'un air piteux. Va boire un verre, patron, boire un verre et toucher une femme, après ça ira mieux. Je peux t'avoir des femmes pas chères, des femmes bien propres, si tu veux.

Il m'a regardé d'un air vide. C'est trop tard, Joseph, a-t-il dit en dodelinant de son crâne dégarni. Beaucoup trop tard.

Ça m'aurait presque déprimé.

C'est peut-être pour ça que je suis passé dire deux mots à Donatien. Après avoir craché à plusieurs reprises sur le sable — il ne peut pas s'empêcher de faire son cinéma, même s'il sait très bien que je n'y accorde aucune importance —, secoué la tête de droite à gauche, respiré bruyamment et révulsé ses yeux, il m'a agrippé par la manche : petit, Imana et les autres dieux en ont bien assez de tes manigances, ta vengeance doit s'arrêter, sinon c'est sur toi qu'ils se vengeront. Le moment est venu pour la fleur de fleurir, tu ne peux pas l'en empêcher et tu connais la branche. Un silence a suivi, puis il a fait, d'une voix d'outre-tombe : ne l'oublie pas, petit, le temps de la fleur est venu.

J'ai beau savoir qu'il fait du cinéma, ça m'a fait un curieux effet : j'ai presque eu envie d'arrêter.

Mais je ne peux pas laisser tomber Ramou, au moment où il a tant besoin de moi.

68

Le 13 juin 1986
Philippe,
J'ai bien reçu ta lettre.

Quand Bénédicte me l'a donnée, qu'elle m'a raconté dans quel état elle t'avait trouvé, qu'elle m'a expliqué que tu ne faisais plus rien de toute la journée que manger des gâteaux et te lamenter, j'ai eu pitié de toi. Je me suis dit, après tout j'ai été trop dure, il faut que je fasse quelque chose pour Fifou.

Je voulais t'acheter quelque chose. Un de ces objets d'ici qui te plaisent. Te faire un petit signe, du coin de la main. Alors je suis sortie pour aller voir à la boutique d'artisanat local si je ne trouverais pas quelque chose qui te plairait.

Sur le chemin, je suis passée voir Généreuse. Je lui ai raconté ce qui t'arrivait, je voulais lui demander conseil pour un cadeau.

Elle a eu l'air un peu bizarre. Et puis elle m'a avoué qu'elle avait quelque chose à me dire. Quelque chose dont elle voulait me parler depuis longtemps, sans oser le faire. Elle était vraiment embêtée.

Je suppose que tu as compris ce qu'elle m'a raconté. Au cas où tu aurais encore des doutes, je peux te préciser qu'elle va te renvoyer sa chaîne en or.

Je ne peux même pas dire que ça m'a fait de la peine. J'ai pensé, simplement, que tu n'avais pas de chance. J'aurais pu découvrir tout ça plus tôt, ça se serait confondu avec le reste. Ou bien plus tard. Ou bien jamais. Mais il a fallu que je l'apprenne juste aujourd'hui, alors que j'étais en train d'avoir pitié de toi.

C'est drôle, ça m'a complètement passé.

Sans rancune,

Juliette

69

Le 17 juin 1986

Voilà trois jours que Joseph a disparu. Je suis extrêmement inquiet.

Depuis que Juliette est partie, je me réveille très tôt, oppressé par une angoisse épouvantable ; le bruit que faisait Joseph en entrant dans la maison me rassurait un peu. Il se mettait au travail à 6h55 précises. C'est d'ailleurs à cette heure que je parvenais parfois à me rendormir, pendant qu'il nettoyait le sol à grande eau.

Lundi dernier, peut-être parce que, la veille, j'avais bu un peu plus de Cannibale Blues que de raison (pour me « remonter le moral », Lionel est venu m'annoncer que Juliette n'est plus avec Auguste), je ne me suis pas réveillé. Quand j'ai consulté mon réveil, je me suis aperçu qu'il était dix heures. Et Joseph n'était pas là. Sur le moment, je ne me suis pas trop inquiété, j'ai pensé qu'il était au jardin, ou qu'il faisait une course. J'ai filé donner mon cours sans même avoir pris le temps de petit-déjeuner. Mais, au retour, toujours pas de Joseph.

En regardant dans le frigo, j'ai constaté qu'il ne m'avait rien préparé. J'ai trouvé ça vraiment bizarre. J'ai frappé à sa porte, et comme personne ne répondait, j'ai mis mon œil au trou de la serrure : la pièce était tout à fait vide.

Il n'y a personne chez Bonaventure, toute la famille est partie à l'autre bout du pays pour assister à un mariage. J'ai donc dû aller chez Betty. Je me suis excusé auprès de Lionel, que j'avais reçu un peu sèchement la veille, et puis ils m'ont invité à manger. Ignace n'était au courant de rien, mais, d'après Betty et Lionel, il n'y avait pas à s'inquiéter, Joseph avait sûrement eu une bonne raison pour partir, il n'avait pas voulu me réveiller et n'avait pas pensé à me laisser un mot. Bien que cela ne lui ressemble pas (d'autant que le frigo était tout à fait vide), j'ai fini par penser comme eux, et j'ai passé la fin de la journée normalement.

Le mardi, Joseph n'était pas là.

Nous sommes jeudi et il n'a toujours pas réapparu. J'ai demandé aux autres boys si l'un d'eux connaissait sa famille, pour s'enquérir de lui, mais personne n'a répondu convenablement à cette question. Bonaventure n'est pas encore rentré, il ne peut pas me renseigner. D'après ce que j'ai pu comprendre, il semblerait que − chose rarissime ici − Joseph n'ait tout simplement pas de famille. De femme, il n'en a pas, j'en suis certain, il me l'a dit lui-même. Je sais aussi que son père est mort ; mais sa mère, ses frères et sœurs ?

Ici, les accidents arrivent vite. Plus j'y pense et plus il me semble que Joseph aurait tout fait, s'il en avait eu la possibilité, pour que je ne m'inquiète pas. Il m'aurait fait prévenir d'une manière ou d'une autre. D'autant qu'il connaît ma situation. Il savait à quel point je suis seul. À quel point je lui suis attaché. Plusieurs fois je lui ai répété que s'il n'était pas là je n'aurais plus le courage de continuer. Il est impossible qu'il me laisse sans nouvelles volontairement.

Bénédicte, que je suis allé voir à la Case d'Ali-Baba hier après-midi, parce que je n'en pouvais plus d'angoisse, m'a beaucoup surpris par sa réaction. D'après elle, je n'entendrai plus jamais parler de Joseph et voilà tout. « Des choses comme cela arrivent régulièrement, ici », m'a-t-elle expliqué. On n'arrivera jamais à comprendre réellement les tenants et les aboutissants de ce qui se passe. *Moi-même, après quinze ans de vie commune, il m'arrivait d'être surprise par certaines réactions qu'avait mon mari. Sans doute ton boy a-t-il décidé de s'en aller, pour une raison qui te paraîtrait incompréhensible, et voilà tout.* »

Je suis malheureusement convaincu que jamais Joseph ne m'aurait abandonné en de pareilles circonstances. En dépit de tout ce qui nous séparait, nous étions devenus amis. De vrais amis.

Au stade où j'en suis de ma réflexion, j'envisage trois possibilités.

Soit Joseph a eu un accident. Il est quelque part dans un hôpital, et n'a pas les moyens de me faire prévenir. C'est la moins mauvaise hypothèse : dans quelques jours il sortira, et tout rentrera dans l'ordre.

Soit Joseph a été arrêté. Ce genre de chose peut se produire à n'importe quel moment, parfois sans aucune raison. Des centaines de prisonniers, paraît-il, croupissent dans les prisons en attendant un hypothétique jugement. Seuls ceux qui attirent l'attention des organismes internationaux, ou dont les familles sont restées influentes, ont une chance d'en sortir rapidement. (Si c'est cela qui s'est produit, Joseph peut compter sur moi : je remuerai ciel et terre pour le sortir de là.)

Soit Joseph est mort.

70

Le 21 juin 1986

Je suis de plus en plus inquiet.

Je me suis renseigné partout. Je suis allé dans tous les hôpitaux. J'ai même été voir à la morgue. J'ai vu des cadavres en décomposition. J'en ai vomi. Mais je n'ai pas trouvé Joseph.

J'ai demandé de l'aide au père Francis. Grâce à lui j'ai pu avoir accès au registre des prisonniers. Aucun Joseph n'a été incarcéré dans les dix derniers jours.

Hier, j'ai eu une illumination. Je me suis rappelé que Généreuse est sa cousine. Je me suis donc rendu à la Mission de coopération. Quand elle m'a vu, elle a eu un mouvement de recul. Sur le moment, j'ai pensé qu'elle avait peur que je veuille me venger de ce qu'elle avait répété à Juliette. Ensuite, j'ai compris que c'était mon apparence qui l'effrayait. Il faut dire que je ne me suis ni peigné ni rasé depuis dix jours. Je n'y ai pas pensé. Bref. Quand j'ai expliqué à Généreuse que Joseph avait disparu, elle est devenue grise. Elle m'a dit qu'elle non plus ne l'avait pas revu depuis dix jours. Je lui ai parlé de cette possibilité que Bénédicte avait évoquée, qu'il soit tout simplement parti du jour au lendemain parce qu'il l'avait décidé. Elle a dit que ça n'était pas possible, parce que, s'il avait fait une pareille chose, elle était tout à fait certaine qu'il l'aurait prévenue. D'après ce que j'ai compris, elle est sa seule famille et ils sont très liés.

En fait, Généreuse m'a inquiété encore plus que je ne l'étais. Elle m'a expliqué, après avoir fermé la porte de son bureau et pris moult précautions, qu'elle avait peur que Joseph n'ait eu maille à partir avec la Sûreté. Elle ne sait pas pour quelle raison, d'après elle quelque chose de politique, ou peut-être une affaire de disparition, mais Joseph était paraît-il régulièrement surveillé. Ces derniers temps, cette surveillance s'était faite insistante. À voix très basse, en me faisant jurer de ne le répéter à personne, Généreuse m'a appris qu'Auguste était employé par la Sûreté. Il paraît qu'il a posé énormément de questions sur Joseph à Juliette, pendant leur liaison.

J'ai été complètement stupéfait de découvrir cet univers, dans lequel je baigne sans le savoir depuis près de deux ans. Malgré tout, qu'Auguste soit un agent de la Sûreté ne m'étonne qu'à moitié : il ne m'a jamais inspiré confiance.

Ce qui est très inquiétant, c'est que, d'après Généreuse, si Joseph a été arrêté par la Sûreté, on risque de ne jamais savoir ce qu'il est advenu de lui. Son nom ne figurera sur aucun registre, et on ne parviendra peut-être jamais à avoir des nouvelles de lui. Il paraît que ça arrive régulièrement.

Généreuse semblait très affectée par la situation. Elle m'a supplié de faire ce qui était en mon pouvoir pour sauver Joseph. Il y avait des larmes dans ses yeux.

Je ne pensais pas qu'elle tenait à lui autant que moi.

Faire tout ce qui est en mon pouvoir... Bien sûr que je le veux. Mais que suis-je, qui suis-je, dans ce pays ? Je ne connais personne qui ait un tant soit peu d'influence.

Mais si ! Comment n'y ai-je pas pensé plus tôt ? Bien sûr que je connais quelqu'un ! Bonaventure ! Mon ami Bonaventure. Qui connaît le président. Qui déteste Auguste. Qui m'a confié Joseph. Lui va m'aider, c'est certain !

22 juin — Trois heures du matin

Je suis anéanti.
Bonaventure est rentré tout à l'heure. Aussitôt, je me suis précipité. Sans même prendre le temps de le saluer, je lui ai déballé l'affaire : «Joseph a disparu, il a certainement été arrêté par la Sûreté, il faut que tu fasses quelque chose.»
Bonaventure m'a emmené dans son bureau, dont il a fermé la porte capitonnée. Ensuite, il a sorti une bouteille de cognac et deux verres. En souriant de toutes ses dents, il m'a proposé de trinquer.
«C'est la fin de la comédie, m'a-t-il dit avec un sourire satisfait. J'espère pour toi que tu as obtenu ce que tu souhaitais ? Ça m'étonnerait que tu aies trouvé grand-chose sur moi. À part un peu de fausses devises par-ci par-là, je me suis bien calmé. Entre nous, ceux qui t'emploient ont perdu leur temps : je connais tous les trafics qui ont lieu par ici. Il n'y a rien qui justifie qu'on bloque quelqu'un de ton envergure dans ce trou pendant deux ans.»
Comme je manifestais mon incompréhension, il m'a dit, l'air légèrement agacé : «Arrête un peu, Philippe. Que cherches-tu ? Joseph est parti, ça ne sert plus à rien. Nous sommes entre nous, tu comprends ?»
J'avais l'impression d'être dans un mauvais rêve. J'ai répété qu'il devait m'aider, aider Joseph qui avait disparu, sans doute arrêté par la Sûreté.
Cette fois, Bonaventure est parti d'un grand rire. « Mais Joseph travaille pour la Sûreté depuis belle lurette ! Comment veux-tu qu'il se fasse arrêter par ses employeurs ? Mais je suis bête, tu le sais très bien ! Je me suis encore fait prendre ! Vraiment, mon cher, tu as un don. Le rôle du grand naïf te va à ravir. Si je ne savais pas ce que je sais, je te jure que je marcherais. Et le cocu ! Ça, le cocu... Tu as failli avoir tout le monde, sur ce coup-là. J'ai soutenu à Joseph qu'il y avait maldonne, que la Sûreté s'était trom-

pée... Sacré Philippe, tu m'as fait perdre une bouteille de cognac !»

Bonaventure arborait une mine tout à fait réjouie. Il dégustait son cognac à petites lampées en distillant le poison dans mes veines.

J'ai essayé de prendre l'air le plus malin possible, et j'ai demandé, par simple curiosité, depuis quand Joseph travaillait pour la Sûreté.

«Oh, ça commence à faire un bail», m'a confié Bonaventure. Depuis l'avènement de la Deuxième République, en fait. Son père était ministre, tu sais bien, je t'ai raconté ça un soir. Comment nous étions partis tous les deux faire nos études en France, Jojo et moi. Tu n'avais pas compris ? Mais où sont tes réflexes ? Bébert, c'était lui !»

Je ne sais pas où j'ai trouvé la force de sourire, de terminer mon verre de cognac et de rentrer à la maison. Je n'ai aucun souvenir d'avoir parcouru les cinq cents mètres qui séparent l'Institut de mon domicile. Ni de ce que j'ai fait avant de venir m'asseoir à cette table. Pourtant, j'ai dû faire quelque chose, puisque quatre heures se sont écoulées.

Il faut que je prévienne Généreuse, qu'elle arrête de s'inquiéter.

Huit heures du matin
Généreuse n'a pas voulu me croire. Elle a confirmé que Joseph a étudié en France avec Bonaventure, mais elle dit qu'il ne travaille pas pour la Sûreté. Quand je lui ai fait remarquer que c'était pourtant la seule explication plausible pour qu'il ait été boy chez moi pendant deux ans, elle s'est tue, visiblement ébranlée.

Il y a un avion demain. Elle m'a conseillé de le prendre. Il me restait dix heures de cours, mais peu importe. Lionel corrigera les examens.

Je n'emporte rien avec moi. Je ne veux garder aucun souvenir de ce pays. Je n'emporterai pas même ce cahier, que je vais enterrer symboliquement au fond du jardin. Il restera en terre africaine, avec mes illusions et une bonne partie de mon âme.

En France, personne ne m'attend. Je n'ai plus de famille, plus d'amour, plus d'amis. Plus d'idéal, surtout. Pratiquement plus d'idées. J'ignore où je vais loger, ce que je vais faire comme travail. Je n'ai qu'une hâte : ne plus avoir en mémoire ce qui s'est passé ici pendant ces deux années. Qu'une envie : oublier. Jusqu'à l'existence de ce pays et de ce continent. Jusqu'à moi-même. Et surtout, oublier Joseph. Ne plus penser à lui. Ne plus me rappeler avec nostalgie les plats qu'il me préparait. Ne plus rêver de lui. J'espère que ce sera plus facile une fois rentré à la maison.

Je ne sais ce qui me pousse à vivre encore. Il me semble qu'il ne me reste plus rien de tout ce que j'avais avec moi, en arrivant dans ce pays. Que l'Afrique a tout dévoré. Qu'elle m'a volé le peu d'amour que j'arrivais à me porter à moi-même.

Quatorze heures
En rangeant les ustensiles de cuisine, j'ai trouvé, au fond d'un placard, une boîte de biscuits confectionnés par Joseph. Je n'ai pas pu m'empêcher d'en goûter un. Sa saveur m'a arraché des larmes.

Non, ce n'est pas possible.

Je ne parviens pas à me résoudre à croire que toute l'amitié que Joseph m'a manifestée ait été feinte. Qu'il ait travaillé pour la Sûreté est probablement exact. Bénédicte, qui est passée me voir, me l'a confirmé. Ici, c'est monnaie courante. Joseph n'avait sans doute pas le choix. C'était sûrement le seul moyen pour lui de sauver sa peau. Au reste, quand il a accepté ce travail, il ne me connaissait pas.

Je me prends à rêver qu'il s'est fait piéger par le sentiment amical. Qu'il a lui-même, de son propre gré, mis un terme à sa mission parce que la situation devenait intenable pour lui. Parce qu'il n'avait plus le cœur de me trahir.

Oui, j'en suis sûr. Ses gâteaux ne peuvent pas mentir.

71

[22 juin]

Joseph, espèce d'abruti, tu m'as fait la peur de ma vie, me tance Fortunata, des éclairs dans les yeux. Tu disparais pendant quinze jours sans donner de nouvelles, j'ai cru que tu étais mort, espèce de sinistre crétin.

Fortunata, Fortunata, je ne pouvais pas deviner que mon petit patron viendrait cogner à ta porte pour t'inquiéter, dis-je innocemment. J'avais besoin de réfléchir. De peser le pour et le contre. De faire un retour sur moi-même. Une sorte de retraite pour moi tout seul, tu vois ?

Je vois surtout que tu recommences à me prendre pour une imbécile, fulmine la Vénus africaine. Tes petites affaires délirantes, tes prétendues vengeances minables, j'en ai par-dessus la tête. J'ai réfléchi, Joseph, pendant ces dix jours où je t'ai cru mort. Je suis arrivée à une conclusion : je perds mon temps avec toi. Malgré ton intelligence, ta belle allure, ces frissons que tu me fais quand tu me parles bas, tu es fou, tout à fait fou, définitivement fou, et je ne tirerai jamais rien d'un fou. Alors, maintenant que j'ai pu constater que tu n'étais pas en train de croupir dans une geôle de la Sûreté, tu peux repartir d'où tu viens, aller faire retraite sur retraite jusqu'à épuisement, moi je ne veux plus le savoir.

Fortunata, laisse-moi d'abord te parler. J'ai des choses à te dire, dis-je de la voix la plus conciliante que je peux. Je vais tout t'expliquer.

Tout m'expliquer, tout m'expliquer, mais pour qui te prends-tu ? explose la belle, encore plus belle dans sa furie. Ta verrue a encore grossi, elle va finir par dévorer toute ton intelligence, je me demande si ça ne serait pas plutôt une tumeur. Du genre galopante, à mon avis. Figure-toi que je n'ai nul besoin de tes explications, Joseph. Je les ai bien trouvées toute seule. Ton secret n'est pas si secret que ça. Il suffit de mettre son nez dans les archives au bon endroit pour comprendre ce qui s'est passé.

Ça m'étonnerait beaucoup, dis-je, sûr de mon coup.

Mais c'est qu'il continue ! tempête la demoiselle, dont les yeux lâchent des éclairs. Écoute un peu, Joseph. Écoute bien. J'ai trouvé un récépissé de billet d'avion au nom d'un prénommé François. Un billet de retour en France. Datant de quelques jours après la Révolution. Ça te suffit ?

Un récépissé de billet d'avion ? balbutié-je, désarçonné. C'est impossible. Les archives ont brûlé.

Celles du gouvernement et de l'aéroport, tout à fait, concède Fortunata avec une moue méprisante. Mais en aucun cas celles de la Mission de coopération. Tout est stocké à la cave, trié par date dans des cartons, il suffit de se pencher pour les ramasser.

Et qu'est-ce que tu en as déduit, de ce récépissé ? dis-je, conscient du caractère bien imparfait de cette manière de poursuivre l'entretien.

Ne fais pas l'âne, me tance Fortunata, profitant de son avantage. J'en ai déduit la vérité. Que François était reparti en France. Qu'il avait donc abandonné ta sœur à la milice. Que tu l'as su. Que tu as commencé par éliminer ceux qui l'ont tuée, dont le cousin d'Auguste. Et qu'ensuite tu t'es tourné vers lui. Il s'était suicidé, mais toi, ça ne t'a pas suffi. Dans ton délire, tu t'es tourné vers d'autres, qui lui ressemblent. Tu t'es mis à croquer du blanc. Comme ce pauvre

Ramou. Tu es malade, Joseph. Et j'ai assez perdu mon temps à m'occuper de toi. Je t'ai compris, mais ça ne m'intéresse plus.

Fortunata, tu ne peux pas me faire ça, dis-je en gémissant presque. Laisse-moi t'expliquer. Tu me condamnes trop vite. Écoute, tu me chasseras après. Je jure que je ne ferai plus rien pour l'empêcher. Mais écoute d'abord.

Je t'écoute, fait Fortunata qui ne sourit pas. Essaie de me laisser sur un bon souvenir.

Tu as raison, Fortunata, tu as cent fois raison. Je suis un fou. Je m'en rends compte. Ça ne m'empêche pas d'être fou. Vois-tu, François était plus qu'un ami. Une sorte d'idole. Un maître à penser, comme on en a adolescent. Il m'avait tout appris. Quand il est rentré, avec ce billet d'avion dont tu as trouvé le récépissé, je l'attendais à l'aéroport. Ou plutôt je les attendais. Ma sœur et lui. J'étais sûr qu'il l'aurait sauvée.

Il avait les cheveux tout blancs. Il m'est tombé dans les bras en hurlant, ils l'ont tuée, Joseph, ils l'ont tuée. Quand je suis revenu avec les faux passeports, il n'y avait plus qu'un cadavre. Ils l'ont tuée. Je ne suis rentré que pour te le dire. Il faut que tu la venges. Il faut les retrouver. Tous ceux qui ont fait ça.

Je l'ai cru sur parole, Fortunata. Plus qu'un ami, un père spirituel. Je ne pouvais pas ne pas le croire. Alors je suis rentré. J'ai recherché la bande. Et un par un, j'ai organisé les accidents. En prenant tout mon temps. Je me sentais presque bien. Je faisais ce qu'il fallait faire. Je ne me demandais même pas pourquoi François n'était pas revenu avec moi. Je faisais mon devoir, implacablement. Jusqu'au dernier. Le cousin d'Auguste. Il avait peur, il se doutait de quelque chose. Il n'est pas mort sur le coup. Il a eu le temps de me reconnaître. Tu n'es qu'un chien, m'a-t-il dit. Tu ne vaux pas mieux que ton ami blanc. Aussi lâche que lui.

Ça m'a fait réfléchir, Fortunata. J'ai déroulé à nouveau

cette histoire qu'il m'avait racontée. J'ai remué ciel et terre pour trouver trace de ces faux papiers qu'il serait allé chercher. Nulle part il n'y en avait. Mais des témoignages parlant d'un jeune couple fuyant, un Blanc et une Noire, se dirigeant à pied vers le lac des Innocents. Puis on m'a parlé d'un hurlement. Très long. Très douloureux. Et d'un jeune homme hagard qui errait aux abords du lac. Au même moment. C'est comme ça que j'ai compris. François avait trahi ma sœur. Il était à côté, quand ils l'ont éventrée.

Tu ne peux pas imaginer, Fortunata. La douleur que c'est. Une douleur qui rend fou. Alors je l'ai apprivoisée. Je l'ai décomposée. Pour la comprendre, pour l'éradiquer.

C'est pour ça que j'ai commencé. À choisir mes petits patrons. À me les attacher. À m'attacher à eux, de mon côté. Puis peu à peu, à les voir se déliter. Se trahir. Se décomposer. Se renier eux-mêmes. Comme il s'est renié, François, ce jour-là, au bord du lac. Comme il s'est montré devant Marie. Avec son vrai visage. C'est cela que j'ai fait, tout simplement. Trouver le temps de retrouver le vrai visage des petits Blancs.

Oh, je t'entends d'ici. Il n'y a pas que les Blancs. Je suis bien d'accord avec toi. Tous, nous sommes tous pareils. Mais c'est un Blanc qui me l'a fait comprendre. C'est d'un Blanc que je voulais obtenir confirmation.

Et puis tu es arrivée, Fortunata. Tu as commencé à tout chambouler. À me faire douter. À me laisser penser qu'on pouvait peut-être passer sa vie à autre chose, au bout du compte.

C'est pour ça que je suis parti. Pour méditer la phrase de Donatien, aussi. Non pas que je croie à son cinéma. Mais j'y pensais la nuit, ça n'était pas normal.

J'ai réfléchi, tourné et retourné les arguments dans ma tête, je suis venu rôder près de chez toi, j'ai rôdé du côté de chez Ramou, humé le vent... J'étais perplexe. Pour la première fois, j'ai hésité. Je me suis demandé s'il n'était pas temps de faire une pause. Si tout cela méritait vraiment qu'on y gâche une vie. Le genre de question qu'il ne faut jamais se poser, Fortunata, si on veut continuer à faire ce que l'on fait. J'ai réfléchi, reréfléchi, tourné et retourné mes pensées dans ma tête. Je suis allé au lac des Innocents. Pour la première fois, je n'ai pas senti la nécessité d'y jeter une pierre. Ça ne veut peut-être rien dire, mais ça m'a tracassé. Je suis passé voir Donatien. Cette fois, il n'a pas craché par terre. Il s'est contenté de me dire, petit, je vois que tu es sur la voie. Ne t'arrête pas, ne te retourne pas. Tu pourrais avoir peur de ton ombre.

Je suis tout de même retourné sur la colline. Terminer au moins celui-là. Ne pas laisser les choses en plan.

Une fois sur place, quand je l'ai vu, debout dans la cuisine, en train de savourer un des gâteaux que je lui avais confectionnés, j'ai hésité. J'ai eu envie de le laisser partir. Envie de lui laisser ça : le goût de ce gâteau dans la cuisine.

La vie est drôlement faite, Fortunata. C'est mon hésitation qui m'a sauvé.

Ils sont arrivés à moto. Un petit groupe, Auguste à leur tête. Ils ont cogné fort à la porte. Ramou s'est précipité pour leur ouvrir. Vous avez des nouvelles de Joseph ? a-t-il eu le temps de dire avant de voir les machettes.

Des nouvelles de Joseph, c'est toi qui vas nous en donner, a dit Auguste d'une voix blanche. Vos petites simagrées ont assez duré. Tu vas nous dire tout ce que tu sais sur lui, tout ce qu'il t'a appris.

J'étais caché dans les fourrés, en contrebas. J'ai rampé jusqu'à la fenêtre ouverte. J'imaginais mon maître terrorisé, la sueur dégoulinant sur son dos, le visage vidé de son sang, les dents s'entrechoquant. Sa voix s'est élevée dans le silence, curieusement claire. Je n'ai rien à dire sur lui, sinon qu'il a disparu depuis une dizaine de jours.

On n'est pas là pour plaisanter, a fait la voix glaciale d'Auguste. Ici tu es en Afrique, les droits de l'homme, on ne connaît pas bien. Ce type est un assassin. Il est dangereux. Tu as tout intérêt à nous aider. Il y a pas mal de Français en prison sans que personne le sache. Et il y en a encore plus dont le squelette est enterré quelque part. À ta place, je ne ferais pas le malin.

Je ne fais pas le malin, a dit mon maître un peu plus bas, mais d'une voix toujours ferme. Je ne comprends rien à vos histoires. Joseph est mon ami. Je sais qu'il n'est pas un assassin. C'est impossible. Et je ne sais pas où il est.

Je crois qu'il est sincère, Auguste, a fait une voix plus jeune. Ce type est complètement à la masse. Il n'a rien vu, et il n'a rien compris.

Pardon, a insisté mon bon maître, qui aurait mieux fait de se taire. Je n'ai peut-être rien vu, mais je sais que Joseph est mon ami. C'est important tout de même.

Personne ne t'a dit qu'il t'espionnait ? demande Auguste avec méchanceté.

Mais si, fait Ramou fermement. On me l'a dit. Il avait ses raisons. Ça ne change rien, c'est quand même mon ami.

Plaqué contre le mur de la maison, juste au-dessous de la fenêtre, je ne parviens pas à ne pas être ému.

Ce type est un guignol, fait Justinien, qui est de la partie. Faisons-lui signer le papier et passons aux choses sérieuses.

Écoute, fait Auguste un peu plus doucement. Tu rentres demain chez toi. Tout ce qu'on te demande, c'est de signer ce papier. On s'en va ce soir comme on est venus, demain tu sautes dans ton avion, et on n'entend plus jamais parler les uns des autres. Ça te va ?

Jamais, balbutie vaillamment Ramou. Jamais je ne signerai ça. C'est un mensonge. Joseph ne m'a jamais volé. Il était d'une honnêteté totale.

Signe, je te dis, ordonne Auguste, et on s'en va. Sinon on reste à causer. Et je ne suis pas sûr que tu apprécieras.

D'accord, propose Ramou, téméraire. Restez ici. De toute façon je n'arrive plus à dormir, depuis qu'il est parti. Ça me fera un peu de compagnie. Et puis tu me raconteras ce que tu fais pour la Sûreté, ça m'intéresse.

Ah, tu veux jouer au plus malin, s'énerve Auguste. Je vais répondre à ta question en te racontant une histoire. On va voir si tu la trouves drôle. L'histoire d'un jeune coopérant ma foi plutôt brillant, qui se fait attaquer par des bandits la veille de son départ. Il n'y avait pas grand-chose à voler, quelques objets d'art africain, un peu d'argent liquide, quelques couverts, vraiment trois fois rien. Mais tu sais comment c'est, les bandits, quand ça choisit une proie, ça ne fait pas de détail. Il y a un proverbe qui dit « Malheur à celui à qui le malheur arrive ». Eh bien c'est ça qui lui arrive, à ce coopérant. Un grand malheur. En plus, il n'a plus de gardien. Alors, tu penses, il n'est pas protégé. On souffre un peu, avec les deux mains et les deux pieds coupés. Mais rassure-toi : on finit par mourir.

Un long silence s'installe. Je tends l'oreille, sûr d'entendre le crissement de la plume sur le papier. Au lieu de ça, c'est Justinien qui craque : Auguste, on perd notre temps, il est têtu, il ne signera jamais.

Il y a une justice, Fortunata : ils sont partis comme ils étaient venus.

À pas lents, Ramou est retourné dans la cuisine. A rouvert la boîte de biscuits. Et là, avec un petit sourire salé, il les a tous mangés, les uns après les autres.

C'est alors que j'ai su que je viendrais te voir. Que je t'offrirais le cahier que je lui destinais. Ce cahier où j'ai consigné scrupuleusement son histoire, du début à la fin. L'histoire de mon petit Ramou. Je me suis fatigué, tu sais, ça représente deux années de travail.

J'ai aussi écrit la dernière scène. C'est ma dernière histoire. Et je te l'offre, Fortunata, tu peux en faire ce que tu veux. Tu pourras, tu peux vérifier. Elle est la preuve que je ne t'ai pas sous-estimée.

Attends, je n'ai pas tout à fait fini. Après tu me chasseras.

Mais laisse-moi te montrer ce que j'ai écrit en dernier. Le dernier paragraphe, Fortunata. La conclusion, en quelque sorte. Regarde, c'est moi qui parle, et je te dis :

Si tu en as encore envie, Fortunata, je te propose de faire comme tu m'as demandé. Un enfant, là, tout de suite, immédiatement. Parce que le temps de la fleur est venu, parce que je connais la branche.

Cher Monsieur Philippe Ramou,

Vous excuserez que mon français n'est pas très bon mais je te dicte ce message à Monsieur l'écrivain public, n'ayant jamais pu étudier pour cause de misère grande.

Je t'écris Monsieur parce que mon malheur est grand, et tu peux envoyer un peu l'argent, en mandat svp car sinon il est volé.

Ma fille Fortunata et son ami qui allait la marier sous peu a été prise par les policiers. C'est un grand jour de grand malheur pour moi car c'est mon seul enfant, n'ayant pas eu de fils, et quand les policiers prennent un enfant on ne le revoit pas.

J'ai nettoyé la chambre de ma fille en me lamentant sur mon malheur très grand. J'ai trouvé ce cahier avec ton nom dessus.

Je ne sais pas lire n'ayant jamais pu étudier, mais Monsieur l'écrivain public a dit que ton nom est français. J'ai apporté le cahier à la Mission de coopération, je la connais étant donné que ma fille Fortunata travaillait à cet endroit. Ils ont donné ton adresse.

La secrétaire a dit que tu connaissais peut-être ma fille, elle avait beaucoup des amis français. Je t'envoie le cahier avec ton nom dessus et toi tu peux envoyer un peu l'argent pour m'aider dans le malheur, en mandat svp sinon il est volé.

Mon nom est :

Madame Désirée M.
chez Monsieur WALI
BP 2270

Merci et longue vie.

Achevé d'imprimer sur rotative
par l'Imprimerie Darantiere
à Dijon-Quetigny en février 1999

Dépôt légal : février 1999
Numéro d'édition : 6
Numéro d'impression : 98-1180

Imprimé en France